ix : 0 fr. 95 Net l'ouvrage complet.

ÉDITION ILLUSTRÉE.

BARBEY D'AUREVILLY

LES DIABOLIQUES

PARIS

MODERN-BIBLIOTHÈQUE

ARTHÈME FAYARD, ÉDITEUR

78, BOULEVARD SAINT-MICHEL, 78

LES DIABOLIQUES

A qui dédier cela ?

J. B. d'A.

PRÉFACE

DE LA

PREMIÈRE ÉDITION DES DIABOLIQUES

Bien entendu qu'avec leur titre, ces DIABOLIQUES *n'ont pas la prétention d'être un livre de prières ou d'*Imitation chrétienne... *Elles ont pourtant été écrites par un moraliste chrétien, mais qui se pique d'observation vraie, quoique très hardie, et qui croit — c'est sa poétique, à lui — que les peintres puissants peuvent tout peindre et que leur peinture est toujours assez* morale *quand elle est* tragique *et qu'elle donne* l'horreur des choses qu'elle retrace. *Il n'y a d'immoral que les Impassibles et les Ricaneurs. Or, l'auteur de ceci, qui croit au Diable et à ses influences dans le monde, n'en rit pas, et il ne les raconte aux âmes pures que pour les en épouvanter.*

Quand on aura lu ces DIABOLIQUES, *je ne crois pas qu'il y ait personne en disposition de les recommencer en fait, et toute la moralité d'un livre est là...*

Cela dit pour l'honneur de la chose, une autre question. Pourquoi l'auteur a-t-il donné à ces petites tragédies de plain-pied ce nom bien sonore — peut-être trop — de DIABOLIQUES ?... *Est-ce pour les histoires elles-mêmes qui sont ici ? ou pour les femmes de ces histoires ?...*

Ces histoires sont malheureusement vraies. Rien n'en a été inventé. On n'en a pas nommé les personnages : voilà tout! On les a masqués, et on a démarqué leur linge... « *L'alphabet m'appartient* », *disait Casanova, quand on lui reprochait de ne pas porter son nom. L'alphabet des romanciers, c'est la vie de tous ceux qui eurent des passions et des aventures, et il ne s'agit que de combiner, avec la discrétion d'un art profond, les lettres de cet alphabet-là. D'ailleurs, malgré le vif de ces histoires à précautions nécessaires, il y aura certainement des têtes vives, montées par ce titre de* DIABOLIQUES, *qui ne les trouveront pas aussi* diaboliques *qu'elles ont l'air de s'en vanter. Elles s'attendront à des inventions, à des complications, à des recherches, à des raffinements, à tout le* tremblement *du mélodrame moderne, qui se fourre partout, même dans le roman. Elles se tromperont, ces âmes charmantes !... Les* DIABOLIQUES *ne sont pas des diableries : ce sont des* DIABOLIQUES, — *des histoires réelles de ce temps de progrès et d'une civilisation si délicieuse et si* divine, *que, quand on s'avise de les écrire, il semble toujours que ce soit le Diable qui ait dicté!... Le Manichéisme, qui fut la source des grandes hérésies du Moyen Age, le Manichéisme n'est pas si bête. Malebranche disait que Dieu se reconnaissait* à l'emploi des moyens les plus simples. *Le Diable aussi.*

Quant aux femmes de ces histoires, pourquoi ne seraient-elles pas les DIABOLIQUES ? *N'ont-elles pas assez de diabolisme en leur personne pour mériter ce doux nom ? Diaboliques! il n'y en a pas une seule ici qui ne le soit à quelque degré. Il n'y en a pas une seule à qui on puisse dire sérieusement le mot de :* « Mon Ange! » *sans exagérer. Comme le Diable, qui était un ange aussi, mais qui a culbuté. — si elles sont des anges, c'est comme lui, — la tête en bas, le... reste en haut! Pas une ici qui soit pure, vertueuse, innocente. Monstres même à part, elles présentent un effectif de bons sentiments et de moralité bien peu considérable. Elles pourraient donc s'appeler aussi* « *les* Diaboliques, » *sans l'avoir volé... On a voulu faire un petit musée de ces dames, — en attendant qu'on fasse le musée, encore plus petit, des dames qui leur font pendant et contraste dans la société, car toutes choses sont doubles! L'art a deux lobes, comme le cerveau. La nature ressemble à ces femmes qui ont un œil bleu et un œil noir. Voici l'œil noir dessiné à l'encre — à l'encre de la* petite vertu.

On donnera peut-être l'œil bleu plus tard.

Après les DIABOLIQUES, *les* CÉLESTES... *si on trouve du bleu assez pur...*

Mais y en a-t-il ?

JULES BARBEY D'AUREVILLY.

Paris, 1er mai 1874.

J. BARBEY D'AUREVILLY

LES DIABOLIQUES

Illustrations d'après les aquarelles

DE

M. MARODON

PARIS

MODERN-BIBLIOTHÈQUE

ARTHÈME FAYARD, ÉDITEUR

78, BOULEVARD SAINT-MICHEL, 78

Le vicomte de Brassard, un jour de revue, avait mis l'épée a la main.

JE PRENAIS LA DILIGENCE DE *** QUI PASSAIT A LA PATTE D'OIE DU CHATEAU DE RUEIL.

Le Rideau cramoisi

Really.

Il y a terriblement d'années, je m'en allais chasser le gibier d'eau dans les marais de l'Ouest, — et comme il n'y avait pas alors de chemins de fer dans le pays où il me fallait voyager, je prenais la diligence de *** qui passait à la patte d'oie du château de Rueil et qui, pour le moment, n'avait dans son coupé qu'une seule personne. Cette personne, très remarquable à tous égards, et que je connaissais pour l'avoir beaucoup rencontrée dans le monde, était un homme que je vous demanderai la permission d'appeler le vicomte de Brassard. Précaution probablement inutile! Les quelques centaines de personnes qui se nomment le monde à Paris sont bien capables de mettre ici son nom véritable... Il était environ cinq heures du soir. Le soleil éclairait de ses feux allentis une route poudreuse, bordée de peupliers et de prairies, sur laquelle nous nous élançâmes au galop de quatre vigoureux chevaux dont nous voyions les croupes musclées se soulever lourdement à chaque coup de fouet du postillon, — du postillon, image de la vie, qui fait toujours trop claquer son fouet au départ!

Le vicomte de Brassard était à cet instant de l'existence où l'on ne fait plus guère claquer le sien... Mais c'est un de ces tempéraments dignes d'être Anglais (il a été élevé en Angleterre), qui, blessés à mort, n'en conviendraient jamais et mourraient en soutenant qu'ils vivent. On a dans le monde, et même dans les livres, l'habitude de se moquer des prétentions à la jeunesse de ceux qui ont dépassé cet âge heureux de l'inexpérience et de la sottise, et on a raison, quand la forme de ces prétentions est ridicule ; mais quand elle ne l'est pas, — quand, au contraire, elle est imposante comme la fierté qui ne veut pas déchoir et qui l'inspire, je ne dis pas que cela n'est point insensé, puisque cela est inutile, mais c'est beau comme tant de choses insensées!... Si le sentiment de la Garde qui *meurt et ne se rend pas* est héroïque à Waterloo, il ne l'est pas moins en face de la vieillesse, qui n'a pas, elle, la poésie des baïonnettes pour nous frapper. Or, pour des têtes construites d'une certaine façon militaire, ne jamais se rendre est, à propos de tout, toujours *toute la question*, comme à Waterloo!

Le vicomte de Brassard, qui ne s'est pas rendu (il vit encore, et je dirai comment plus tard, car il vaut la peine de le savoir), le vicomte de Brassard était donc, à la minute où je montais dans la diligence de ***, ce que le monde, féroce comme une jeune femme, appelle malhonnêtement « un vieux beau ». Il est vrai que pour qui ne se paie pas de mots ou de chiffres dans cette question d'âge, où l'on n'a jamais que celui qu'on paraît avoir, le vicomte de Brassard pouvait passer pour « un beau » tout court. Du moins, à cette époque, la marquise de V..., qui se connaissait en jeunes gens et qui en aurait tondu une douzaine, comme Dalila tondit Samson, portait avec assez de faste, sur un fond bleu, dans un bracelet très large, en damier, or et noir, un bout de moustache du vicomte que le diable avait encore plus roussie que le temps... Seulement, vieux ou non, ne mettez sous cette expression de « beau », que le monde a faite, rien du frivole, du mince et de l'exigu qu'il y met, car vous n'auriez pas la notion juste de mon vicomte de Brassard, chez qui, esprit, manières, physionomie, tout était large, étoffé, opulent, plein de lenteur patricienne, comme il convenait au plus magnifique dandy que j'ai connu, moi qui ai vu Brummel devenir fou, et d'Orsay mourir!

C'était, en effet, un dandy que le vicomte de Brassard. S'il l'eût été moins, il serait devenu certainement maréchal de France. Il avait été dès sa jeunesse un des plus brillants officiers de la fin du premier Empire. J'ai ouï dire, bien des fois, à ses camarades de régiment, qu'il se distinguait par une bravoure à la Murat, compliquée de Marmont. Avec cela, — et avec une tête très carrée et très froide, quand le tambour ne battait pas, — il aurait pu, en très peu de temps, s'élancer aux premiers rangs de la hiérarchie militaire, mais le dandysme!... Si vous combinez le dandysme avec les qualités qui font l'officier : le sentiment de la discipline, la régularité dans le service, etc., vous verrez ce qui restera de l'officier dans la combinaison et s'il ne saute pas comme une poudrière! Pour qu'à vingt instants de sa vie l'officier de Brassard n'eût pas sauté, c'est que, comme tous les dandys, il était heureux. Mazarin l'aurait employé, — ses nièces aussi, mais pour une autre raison : il était superbe.

Le vicomte de Brassard.

Il avait eu cette beauté nécessaire au soldat plus qu'à personne, car il n'y a pas de jeunesse sans la beauté, et l'armée, c'est la jeunesse de la France! Cette beauté, du reste, qui ne séduit pas que les femmes, mais les circonstances elles-mêmes, — ces coquines, — n'avait pas été la seule protection qui se fût étendue sur la tête du capitaine de Brassard. Il était, je crois, de race normande, de la race de Guillaume le Conquérant, et il avait, dit-on, beaucoup conquis... Après l'abdication de l'Empereur, il était naturellement passé aux Bourbons, et pendant les Cent-Jours, surnaturellement leur était demeuré fidèle. Aussi, quand les Bourbons furent revenus, la seconde fois, le vicomte fut-il armé chevalier de Saint-Louis de la propre main de Charles X (alors Monsieur). Pendant tout le temps de la Restauration, le beau de Brassard ne montait pas une seule fois la garde aux Tuileries, que la duchesse d'Angoulême ne lui adressât, en passant, quelques mots gracieux. Elle, chez qui le malheur avait tué la grâce, savait en retrouver pour lui. Le ministre, voyant cette faveur, aurait tout fait pour l'avancement de l'homme que Madame distinguait ainsi; mais, avec la meilleure volonté du monde, que faire pour cet enragé dandy qui — un jour de revue — avait mis l'épée à la main, sur le front de bandière de son régiment, contre son inspecteur général, pour une observation de service?... C'était assez que de lui sauver le conseil de guerre.

Ce mépris insouciant de la discipline, le vicomte de Brassard l'avait porté partout. Excepté en campagne, où l'officier se retrouvait tout entier, il ne s'était jamais astreint aux obligations militaires. Maintes fois, on l'avait vu, par exemple, au risque de se faire mettre à des arrêts infiniment prolongés, quitter furtivement sa garnison pour aller s'amuser dans une ville voisine et n'y revenir que les jours de parade ou de revue, averti par quelque soldat qui l'aimait, car si ses chefs ne se souciaient pas d'avoir sous leurs ordres un homme dont la nature répugnait à toute espèce de discipline et de routine, ses soldats, en revanche, l'adoraient. Il était excellent pour eux. Il n'en exigeait rien que d'être très braves, très pointilleux et très coquets, réalisant enfin le type de l'ancien soldat français, dont la *Permission de dix heures* et trois à quatre vieilles chansons, qui sont des chefs-d'œuvre, nous ont conservé une si exacte et si charmante image. Il les poussait peut-être un peu trop au duel, mais il prétendait que c'était là le meilleur moyen qu'il connût de développer en eux l'esprit militaire. « Je ne suis pas un gouvernement, disait-il, et je n'ai point de décorations à leur donner quand ils se battent bravement entre eux ; mais les décorations dont je suis le grand-maître (il était fort riche de sa fortune personnelle), ce sont des gants, des buffleteries de rechange, et tout ce qui peut les pomponner, sans que l'ordonnance s'y oppose ». Aussi, la compagnie qu'il commandait effaçait-elle, par la beauté de la tenue, toutes les autres compagnies de grenadiers des régiments de la Garde, si brillante déjà. C'est ainsi qu'il exaltait à outrance la personnalité du soldat, toujours prête, en France, à la fatuité et à la coquetterie, ces deux provocations permanentes, l'une par le ton qu'elle prend, l'autre par l'envie qu'elle excite. On comprendra, après cela, que les autres compagnies de son régiment fussent jalouses de la sienne. On se serait battu pour entrer dans celle-là, et battu encore pour n'en pas sortir.

Telle avait été, sous la Restauration, la position tout exceptionnelle du capitaine vicomte de Brassard. Et comme il n'y avait pas alors, tous les matins, comme sous l'Empire, la ressource de l'héroïsme en action qui fait tout pardonner, personne n'aurait certainement pu prévoir ou deviner combien de temps aurait duré cette martingale d'insubordination qui étonnait ses camarades, et qu'il jouait contre ses chefs avec la même audace qu'il aurait joué sa vie s'il fût allé au feu, lorsque la révolution de 1830 leur ôta, s'ils l'avaient, le souci, et à lui, l'imprudent capitaine, l'humiliation d'une destitution qui le menaçait chaque jour davantage. Blessé grièvement aux Trois Jours, il avait dédaigné de prendre du service sous la nouvelle dynastie des d'Orléans qu'il méprisait. Quand la Révolution de Juillet les fit maîtres d'un pays qu'ils n'ont pas su garder, elle avait trouvé le capitaine dans son lit, malade d'une blessure qu'il s'était faite au pied en dansant — comme il aurait chargé — au dernier bal de la duchesse de Berry. — Mais au premier roulement de tambour, il ne s'en était pas moins levé pour rejoindre sa compagnie, et comme il ne lui avait pas été possible de mettre des bottes, à cause de sa blessure, il s'en était allé à l'émeute comme il s'en serait allé au bal, en chaussons vernis et en bas de soie, et c'est ainsi qu'il avait pris la tête de ses grenadiers sur la place de la Bastille, chargé qu'il était de balayer dans toute sa longueur le boulevard. Paris, où les barricades n'étaient pas dressées encore, avait un aspect sinistre et redoutable. Il était désert. Le soleil y tombait d'aplomb, comme une première pluie de feu qu'une autre devait suivre, puisque toutes ces fenêtres, masquées de leurs persiennes, allaient, tout à l'heure, cracher la mort... Le capitaine de Brassard rangea ses soldats sur deux lignes, le long et le plus près possible des maisons, de manière que chaque file de soldats ne fût exposée qu'aux coups de fusil qui lui venaient d'en face, — et lui, plus dandy que jamais, prit le milieu de la chaussée. Ajusté des deux côtés par des milliers de fusils, de pistolets et de carabines, depuis la Bastille jusqu'à la rue de Richelieu, il n'avait pas été atteint, malgré la largeur d'une poitrine dont il était peut-être un peu trop fier, car le capitaine de Brassard *poitrinait* au feu, comme une belle femme, au bal, qui veut mettre sa gorge en valeur, quand, arrivé devant Frascati, à l'angle de la rue de Richelieu, et au moment où il commandait à sa troupe de se masser derrière lui pour emporter la première barricade qu'il trouva dressée sur son chemin, il reçut une balle dans sa magnifique poitrine, deux fois provocatrice, et par sa largeur, et par les longs brandebourgs d'argent qui y étincelaient d'une épaule à l'autre, et il eut le bras cassé d'une pierre, — ce qui ne l'empêcha pas d'enlever la barricade et d'aller jusqu'à la Madeleine, à la tête de ses hommes enthousiasmés. Là, deux femmes en calèche, qui fuyaient Paris insurgé, voyant un officier de la Garde blessé, couvert de sang et couché sur les blocs de pierre qui entouraient, à cette époque-là, l'église de la Madeleine à laquelle on travaillait encore, mirent leur voiture à sa disposition, et il se fit mener par elles au Gros-Caillou, où se trouvait alors le maréchal de Raguse, à qui il dit militairement : « Maréchal, j'en ai peut-être pour deux heures ; mais pendant ces deux heures-là, mettez-moi partout où vous voudrez ! » Seulement il se trompait... Il en avait pour plus de deux heures. La balle qui l'avait traversé ne le tua pas. C'est plus de quinze ans après que je l'avais connu, et il prétendait alors, au mépris de la médecine et de son médecin, qui lui avait expressément défendu de boire tout le temps qu'avait duré la fièvre de sa blessure, qu'il ne s'était sauvé d'une mort certaine qu'en buvant du vin de Bordeaux.

Et en en buvant, comme il en buvait ! car, dandy en tout, il l'était dans sa manière de boire comme dans tout le reste... il buvait comme un Polonais. Il s'était fait faire un splendide verre en cristal de Bohême, qui jaugeait, Dieu me damne ! une bouteille de bordeaux tout entière, et il le buvait d'une haleine ! Il ajoutait même, après avoir bu, qu'il faisait tout dans ces proportions-là, et c'était vrai ! Mais dans un temps où la force, sous toutes les formes, s'en va diminuant, on trouvera peut-être qu'il n'y a pas de quoi être fat. Il l'était à la façon de Bassompierre, et il portait le vin comme lui. Je l'ai vu sabler douze coups de son verre de Bohême, et il n'y paraissait même pas ! Je l'ai vu souvent encore, dans ces repas que les gens décents traitent « d'orgies », et jamais il ne dépassait, après les plus brûlantes lampées, cette nuance de griserie qu'il appelait, avec une grâce légèrement soldatesque, « *être un peu pompette* », en faisant le geste militaire de mettre un pompon à son bonnet. Moi, qui voudrais vous faire bien comprendre le genre d'homme qu'il était, dans l'intérêt de l'histoire qui va suivre, pourquoi ne vous dirai-je pas que je lui ai connu sept maîtresses, en pied, à la fois, à ce bon *braguard* du XIXe siècle, comme l'aurait appelé le XVIe en sa langue pittoresque. Il les intitulait poétiquement « les sept cordes de sa lyre », et, certes, je n'approuve pas cette manière musicale et légère de parler de sa propre immoralité ! Mais, que voulez-vous ? Si le capitaine vicomte de Brassard n'avait pas été tout ce que je viens d'avoir l'honneur de vous dire, mon histoire serait moins piquante, et probablement n'eussé-je pas pensé à vous la conter.

Il est certain que je ne m'attendais guère à le trouver là, quand je montai dans la diligence de *** à la patte d'oie du château de Rueil. Il y avait longtemps que nous ne nous étions vus, et j'eus du plaisir à rencontrer, avec la perspective de passer quelques heures ensemble, un homme qui était encore de nos jours, et qui différait déjà tant des hommes de nos jours. Le vicomte de Brassard, qui aurait pu entrer dans l'armure de François Ier et s'y mouvoir avec autant d'aisance que dans son svelte frac bleu d'officier de la Garde royale, ne ressemblait, ni par la tournure, ni par les proportions, aux plus vantés des jeunes gens d'à présent. Ce soleil couchant d'une élégance grandiose et si longtemps radieuse, aurait fait paraître bien maigrelets et bien pâlots tous ces petits croissants de la mode, qui se lèvent maintenant à l'horizon ! Beau de la beauté de l'empereur Nicolas, qu'il rappelait par le torse, mais moins idéal de visage et moins grec de profil, il portait une courte barbe, restée noire, ainsi que ses cheveux, par un mystère d'organisation ou de toilette... impénétrable, et cette barbe envahissait très haut ses joues, d'un coloris animé et mâle. Sous un front de la plus haute noblesse, — un front bombé, sans aucune ride, blanc comme le bras d'une femme, — et que le bonnet à poil du grenadier, qui fait tomber les cheveux, comme le casque, en le dégarnissant un peu au sommet, avait rendu plus vaste et plus fier, le vicomte de Brassard cachait presque, tant ils étaient enfoncés sous l'arcade sourcilière, deux yeux étincelants, d'un bleu très sombre, mais très brillants dans leur enfoncement, et y piquant comme deux saphirs taillés en pointe ! Ces yeux-là ne se donnaient pas la peine de scruter, et ils pénétraient. Nous nous prîmes la main, et nous causâmes. Le capitaine de Brassard parlait lentement, d'une voix vibrante qu'on sentait capable de remplir un Champ-de-Mars de son commandement. Elevé dès son enfance, comme je vous l'ai dit, en Angleterre, il pensait peut-être en anglais ; mais cette lenteur, sans embarras du reste, donnait un tour très particulier à ce qu'il disait, et même à sa plaisanterie, car le capitaine aimait la plaisanterie, et il l'aimait même un peu risquée. Il avait ce qu'on appelle le propos vif. Le capitaine de Brassard allait toujours *trop loin*, disait la comtesse de F..., cette jolie veuve, qui ne porte plus que trois couleurs depuis son veuvage : du noir, du violet et du blanc. Il fallait qu'il fût trouvé de très bonne com-

La balle qui l'avait traversé ne le tua pas.

pagnie pour ne pas être souvent trouvé de la mauvaise. Mais quand on en est réellement, vous savez bien qu'on se passe tout, au faubourg Saint-Germain !

Un des avantages de la causerie en voiture, c'est qu'elle peut cesser quand on n'a plus rien à se dire, et cela sans embarras pour personne. Dans un salon, on n'a point cette liberté. La politesse vous fait un devoir de parler quand même, et on est souvent puni de cette hypocrisie innocente par le vide et l'ennui de ces conversations où les sots, même nés silencieux (il y en a), se travaillent et se détirent pour dire quelque chose et être aimables. En voiture publique, tout le monde est chez soi autant que chez les autres, — et on peut sans inconvenance rentrer dans le silence qui plaît et faire succéder à la conversation la rêverie... Malheureusement, les hasards de la vie sont affreusement plats, et jadis (car c'est jadis déjà) on montait vingt fois en voiture publique, — comme aujourd'hui vingt fois en wagon, — sans rencontrer un causeur animé et intéressant... Le vicomte de Brassard échangea d'abord avec moi quelques idées que les accidents de la route, les détails du paysage et quelques souvenirs du monde où nous nous étions rencontrés autrefois avaient fait naître, — — puis, le jour déclinant nous versa son silence dans son crépuscule. La nuit, qui, en automne, semble tomber à pic du ciel, tant elle vient vite ! nous saisit de sa fraîcheur, et nous nous roulâmes dans nos manteaux, cherchant de la tempe le dur coin qui est l'oreiller de ceux qui voyagent. Je ne sais si mon compagnon s'endormit dans son angle de coupé ; mais moi, je restai éveillé dans le mien. J'étais si blasé sur la route que nous faisions là et que j'avais tant de fois faite, que je prenais à peine garde aux objets extérieurs qui disparaissaient dans le mouvement de la voiture, et qui semblaient courir dans la nuit, en sens opposé à celui dans lequel nous courions. Nous traversâmes plusieurs petites villes, semées, çà et là, sur cette longue route que les postillons appelaient encore : un fier « ruban de queue », en souvenir de la leur, pourtant coupée depuis longtemps. La nuit devint noire comme un four éteint, — et, dans cette obscurité, ces villes inconnues par lesquelles nous passions avaient d'étranges physionomies et donnaient l'illusion que nous étions au bout du monde... Ces sortes de sensations que je note ici, comme le souvenir des impressions dernières d'un état de choses disparu, n'existent plus et ne reviendront jamais pour personne. A présent, les chemins de fer, avec leurs gares à l'entrée des villes, ne permettent plus au voyageur d'embrasser, en un rapide coup d'œil, le panorama fuyant de leurs rues, au galop des chevaux d'une diligence qui va, tout à l'heure, relayer pour repartir. Dans la plupart de ces petites villes que nous traversâmes, les réverbères, ce luxe tardif, étaient rares, et on y voyait certainement bien moins que sur les routes que nous venions de quitter. Là, du moins, le ciel avait sa largeur, et la grandeur de l'espace faisait une vague lumière, tandis qu'ici le rapprochement des maisons qui semblaient se baiser, leurs ombres portées dans ces rues étroites, le peu de ciel et d'étoiles qu'on apercevait entre les deux rangées des toits, tout ajoutait au mystère de ces villes endormies, où le seul homme qu'on rencontrât était — à la porte de quelque auberge — un garçon d'écurie avec sa lanterne, qui amenait les chevaux de relais, et qui bouclait les ardillons de leur attelage, en sifflant ou en jurant contre ses chevaux récalcitrants ou trop vifs... Hors cela et l'éternelle interpellation, toujours la même, de quelque voyageur, ahuri de sommeil, qui baissait une glace et criait dans la nuit, rendue plus sonore, à force de silence : « Où sommes-nous donc, postillon ?... » rien de vivant ne s'entendait et ne se voyait autour et dans cette voiture pleine de gens qui dormaient, en cette ville endormie, où peut-être quelque rêveur, comme moi, cherchait, à travers la vitre de son compartiment, à discerner la façade des maisons estompée par la nuit, ou suspendait son regard et sa pensée à quelque fenêtre éclairée encore à cette heure avancée, en ces petites villes aux mœurs réglées et simples, pour qui la nuit était faite surtout pour dormir. La veille d'un être humain, — ne fût-ce qu'une sentinelle, — quand tous les autres êtres sont plongés dans cet assoupissement qui est l'assoupissement de l'animalité fatiguée, a toujours quelque chose d'imposant. Mais l'ignorance de ce qui fait veiller derrière une fenêtre aux rideaux baissés, où la lumière indique la vie et la pensée, ajoute la poésie du rêve à la poésie de la réalité. Du moins, pour moi, je n'ai jamais pu voir une fenêtre, — éclairée la nuit, dans une ville couchée, par laquelle je passais, — sans accrocher à ce cadre de lumière un monde de pensées, — sans imaginer derrière ces rideaux des intimités et des drames... Et maintenant, oui, au bout de tant d'années, j'ai encore dans la tête de ces fenêtres qui y sont restées éternellement et mélancoliquement lumineuses, et qui me font dire souvent, lorsqu'en y pensant je les revois dans mes songeries :

« Qu'y avait-il donc derrière ces rideaux ? »

Eh bien ! une de celles qui me sont restées le plus dans la mémoire (mais tout à l'heure vous en comprendrez la raison) est une fenêtre d'une des rues de la ville de ***, par laquelle nous passions cette nuit-là. C'était à trois maisons — vous voyez si mon souvenir est précis — au-dessus de l'hôtel devant lequel nous relayions ; mais cette fenêtre, j'eus le loisir de la considérer plus de temps que le temps d'un simple relais. Un accident venait d'arriver à une des roues de notre voiture, et on avait envoyé chercher le charron qu'il fallut réveiller. Or, réveiller un charron, dans une ville de province endormie, et le faire lever pour resserrer un écrou à une diligence qui n'avait pas de *concurrence* sur cette ligne-là, n'était pas une petite affaire de quelques minutes... Que si le charron était aussi endormi dans son lit qu'on l'était dans notre voiture, il ne devait pas être facile de le réveiller... De mon coupé, j'entendais à travers la cloison les ronflements des voyageurs de l'intérieur, et pas un des voyageurs de l'impériale, qui, comme on le sait, ont la manie de toujours descendre dès que la diligence arrête, probablement (car la vanité se fourre partout en France, même sur l'impériale des voitures) pour montrer leur adresse à remonter, n'était descendu... Il est vrai que l'hôtel devant lequel nous nous étions arrêtés était fermé. On n'y soupait point. On avait soupé au relais précédent. L'hôtel sommeillait, comme nous. Rien n'y trahissait la vie. Nul bruit n'en troublait le profond silence... si ce n'est le coup de balai, monotone et lassé, de quelqu'un (homme ou femme... on ne savait ; il faisait trop nuit pour bien s'en rendre compte) qui balayait alors la grande cour de cet hôtel muet, dont la porte cochère restait habituellement ouverte. Ce coup de balai traînard, sur le pavé, avait aussi l'air de dormir, ou du moins d'en avoir diablement envie ! La façade de l'hôtel était noire comme les autres maisons de la rue où il n'y avait de lumière qu'à une seule fenêtre... cette fenêtre que précisément j'ai emportée dans ma mémoire et que j'ai là, toujours, sous le front !... La maison, dans laquelle on ne pouvait pas dire que cette lumière brillait, car elle était tamisée par un double rideau cramoisi dont elle traversait mystérieusement l'épaisseur, était une grande maison qui n'avait qu'un étage, — mais placé très haut...

— C'est singulier ! — fit le comte de Brassard, comme s'il se parlait à lui-même, — on dirait que c'est toujours le même rideau !

Je me retournai vers lui, comme si j'avais pu le voir dans notre obscur compartiment de voiture ; mais la lampe, placée sur le siège du cocher, et qui est destinée à éclairer les chevaux et la route, venait justement de s'éteindre... Je croyais qu'il dormait, et il ne dormait pas, et il était frappé comme moi de l'air qu'avait cette fenêtre ; mais, plus avancé que moi, il savait, lui, pourquoi il l'était !

Or, le ton qu'il mit à dire cela — une chose d'une telle simplicité ! — était si peu dans la voix de mondit vicomte de Brassard et m'étonna si fort que je voulus avoir le cœur net de la curiosité qui me prit tout à coup de voir son visage, et je fis partir une allumette comme si j'avais voulu allumer mon cigare. L'éclair bleuâtre de l'allumette coupa l'obscurité.

Il était pâle, non pas comme un mort... mais comme la Mort elle-même.

Pourquoi pâlissait-il ?... Cette fenêtre, d'un aspect si particulier, cette réflexion et cette pâleur d'un homme qui pâlissait très peu d'ordinaire, car il était sanguin, et l'émotion, lorsqu'il était ému, devait l'empourprer jusqu'au crâne, le frémissement que je sentis courir dans les muscles de son puissant biceps, touchant alors contre mon bras dans le rapprochement de la voiture, tout cela me produisit l'effet de cacher quelque chose... que moi, le chasseur aux histoires, je pourrais peut-être savoir en m'y prenant bien.

— Vous regardiez donc aussi cette fenêtre, capitaine, et même vous la reconnaissiez ? — lui dis-je de ce ton détaché qui semble ne pas tenir du tout à la réponse et qui est l'hypocrisie de la curiosité.

— Parbleu ! si je la reconnais ! — fit-il de sa voix ordinaire, richement timbrée et qui appuyait sur les mots.

Le calme était déjà revenu dans ce dandy, le plus carré et le plus majestueux des dandys, lesquels — vous le savez ! — méprisent toute émotion, comme inférieure, et ne croient pas, comme ce niais de Gœthe, que l'étonnement puisse jamais être une position honorable pour l'esprit humain.

— Je ne passe pas par ici souvent, — continua donc, très tranquillement, le vicomte de Brassard, — et même j'évite d'y passer. Mais il est des choses qu'on n'oublie point. Il n'y en a pas beaucoup, mais il y en a. J'en connais trois : le premier uniforme qu'on a mis, la première bataille où l'on a donné, et la première femme qu'on a eue.

Eh bien ! pour moi, cette fenêtre est la quatrième chose que je ne puisse pas oublier.

Il s'arrêta, baissa la glace qu'il avait devant lui... Était-ce pour mieux voir cette fenêtre dont il me parlait ?... Le conducteur était allé chercher le charron et ne revenait pas. Les chevaux de relais, en retard, n'étaient pas encore arrivés de la poste. Ceux qui nous avaient traînés, immobiles de fatigue, harassés, non dételés, la tête pendant dans leurs jambes, ne donnaient pas même sur le pavé silencieux le coup de pied de l'impatience, en rêvant de leur écurie. Notre diligence endormie ressemblait à une voiture enchantée, figée par la baguette des fées, à quelque carrefour de clairière, dans la forêt de la Belle-au-Bois dormant.

— Le fait est — dis-je — que pour un homme d'imagination, cette fenêtre a de la physionomie.

— Je ne sais pas ce qu'elle a pour vous, — reprit le vicomte de Brassard, — mais je sais ce qu'elle a pour moi. C'est la fenêtre de la chambre qui a été ma première chambre de garnison. J'ai habité là... Diable ! il y a tout à l'heure trente-cinq ans ! derrière ce rideau... qui semble n'avoir pas été changé depuis tant d'années, et que je trouve éclairé, absolument éclairé, comme il l'était quand...

Il s'arrêta encore, réprimant sa pensée ; mais je tenais à la faire sortir.

— Quand vous étudiiez votre tactique, capitaine, dans vos premières veilles de sous-lieutenant ?

— Vous me faites beaucoup trop d'honneur, répondit-il. J'étais, il est vrai, sous-lieutenant dans ce moment-là, mais les nuits que je passais alors, je ne les passais pas sur ma tactique, et si j'avais ma lampe allumée à ces heures indues, comme disent les gens rangés, ce n'était pas pour lire le maréchal de Saxe.

— Mais, — fis-je, preste comme un coup de raquette, — c'était, peut-être, tout de même, pour l'imiter ?

Il me renvoya mon volant.

— Oh ! — dit-il, — ce n'était pas alors que j'imitais le maréchal de Saxe, comme vous l'entendez... Ça n'a été que bien plus tard. Alors, je n'étais qu'un bambin de sous-lieutenant, fort épinglé dans ses uniformes, mais très gauche et très timide avec les femmes, quoiqu'elles n'aient jamais voulu le croire, probablement à cause de ma diable de figure... Je n'ai jamais eu avec elles les profits de ma timidité. D'ailleurs, je n'avais que dix-sept ans dans ce beau temps-là. Je sortais de l'École militaire. On en sortait à l'heure où vous y entrez à présent, car si l'Empereur, ce terrible consommateur d'hommes, avait duré, il aurait fini par avoir des soldats de douze ans, comme les sultans d'Asie ont des odalisques de neuf.

— S'il se met à parler de l'Empereur et des odalisques, pensé-je, — je ne saurai rien.

— Et pourtant, vicomte, repartis-je, — je parierais bien que vous n'avez gardé si présent le souvenir de cette fenêtre, qui luit là-haut, que parce qu'il y a eu pour vous une femme derrière son rideau !

— Et vous gagneriez votre pari, monsieur, — fit-il gravement.

— Ah ! parbleu ! — repris-je, j'en étais bien sûr ! Pour un homme comme vous, dans une petite ville de province où vous n'avez peut-être pas passé dix fois depuis votre première garnison, il n'y a qu'un siège que vous y auriez soutenu ou quelque femme que vous y auriez prise, par escalade, qui puisse vous consacrer si vivement la fenêtre d'une maison que vous retrouvez aujourd'hui éclairée d'une certaine manière, dans l'obscurité !

— Je n'y ai cependant pas soutenu de siège... du moins militairement, — répondit-il, toujours grave ; mais être grave, c'était souvent sa manière de plaisanter, — et, d'un autre côté, quand on se rend si vite, la chose peut-elle s'appeler un siège ?... Mais quant à prendre une femme avec ou sans escalade, je vous l'ai dit, en ce temps-là, j'en étais parfaitement incapable... Aussi ne fut-ce pas une femme qui fut prise ici : ce fut moi !

Je le saluai ; — le vit-il dans ce coupé sombre ?

— On a pris Berg-op-Zoom, lui dis-je.

— Et les sous-lieutenants de dix-sept ans, — ajouta-t-il, — ne sont ordinairement pas des Berg-op-Zoom de sagesse et de continence imprenables !

— Ainsi, fis-je gaîment, — encore une madame ou une mademoiselle Putiphar...

— C'était une demoiselle, — interrompit-il avec une bonhomie assez comique.

— A mettre à la pile de toutes les autres, capitaine ! Seulement, ici, le Joseph était militaire... un Joseph qui n'aurait pas fui...

— Qui a parfaitement fui, au contraire, repartit-il, du plus grand sang-froid, — quoique trop tard, et avec une peur ! ! ! Avec une peur à me faire comprendre la phrase du maréchal Ney que j'ai entendue de mes deux oreilles et qui, venant d'un pareil homme, m'a, je l'avoue, un peu soulagé : « Je voudrais bien savoir quel est le Jean-f...

(il lâcha le mot tout au long) qui dit n'avoir jamais eu peur !... »

— Une histoire dans laquelle vous avez eu cette sensation-là doit être fameusement intéressante, capitaine !

— Pardieu ! — fit-il brusquement, — je puis bien, si vous en êtes curieux, vous la raconter, cette histoire, qui a été un événement, mordant sur ma vie comme un acide sur de l'acier, et qui a marqué à jamais d'une tache noire tous mes plaisirs de mauvais sujet... Ah ! ce n'est pas toujours profit que d'être un mauvais sujet ! — ajouta-t-il, avec une mélancolie qui me frappa dans ce luron formidable que je croyais doublé de cuivre comme un brick grec.

Et il releva la glace qu'il avait baissée, soit qu'il craignît que les sons de sa voix ne s'en allassent par là, et qu'on n'entendît, du dehors, ce qu'il allait raconter, quoiqu'il n'y eût personne autour de cette voiture, immobile et comme abandonnée ; soit que ce régulier coup de balai, qui allait et revenait, et qui raclait avec tant d'appesantissement le pavé de la grande cour de l'hôtel, lui semblât un accompagnement importun de son histoire ; et je l'écoutai, — attentif à sa voix seule, — aux moindres nuances de sa voix, — puisque je ne pouvais voir son visage, dans ce noir compartiment fermé, — et les yeux fixés plus que jamais sur cette fenêtre, au rideau cramoisi, qui brillait toujours de la même fascinante lumière, et dont il allait me parler :

« J'avais donc dix-sept ans, et je sortais de l'École militaire, — reprit-il. — Nommé sous-lieutenant dans un simple régiment d'infanterie de ligne, qui attendait, avec l'impatience qu'on avait dans ce temps-là, l'ordre de partir pour l'Allemagne, où l'Empereur faisait cette campagne que l'histoire a nommée la campagne de 1813, je n'avais pris que le temps d'embrasser mon vieux père au fond de sa province, avant de rejoindre dans la ville où nous voici, ce soir, le bataillon dont je faisais partie ; car cette mince ville, de quelques milliers d'habitants tout au plus, n'avait en garnison que nos deux premiers bataillons... Les deux autres avaient été répartis dans les bourgades voisines. Vous qui probablement n'avez fait que passer dans cette ville-ci, quand vous retournez dans votre Ouest, vous ne pouvez pas vous douter de ce qu'elle est — ou du moins de ce qu'elle était il y a trente ans — pour qui est obligé, comme je l'étais alors, d'y demeurer. C'était certainement la pire garnison où le hasard — que je crois le diable toujours, à ce moment-là ministre de la guerre — pût m'envoyer pour mon début. Tonnerre de Dieu ! quelle platitude ! Je ne me souviens pas d'avoir fait nulle part, depuis, de plus maussade et de plus ennuyeux séjour. Seulement, avec l'âge que j'avais, et avec la première ivresse de l'uniforme, — une sensation que vous ne connaissez pas, mais que connaissent tous ceux qui l'ont porté, — je ne souffrais guère de ce qui, plus tard, m'aurait paru insupportable. Au fond, que me faisait cette morne ville de province ?... Je l'habitais, après tout, beaucoup moins que mon uniforme, — un chef-d'œuvre de Thomassin et Pied, qui me ravissait ! Cet uniforme, dont j'étais fou, me voilait et m'embellissait toutes choses ; et c'était — cela va vous sembler fort, mais c'est la vérité ! — cet uniforme qui était, à la lettre, ma véritable garnison ! Quand je m'ennuyais par trop dans cette ville sans mouvement, sans intérêt et sans vie, je me mettais en grande tenue, — toutes aiguillettes dehors, — et l'ennui fuyait devant mon hausse-col ! J'étais comme ces femmes qui n'en font pas moins leur toilette quand elles sont seules et qu'elles n'attendent personne. Je m'habillais... pour moi. Je jouissais solitairement de mes épaulettes et de la dragonne de mon sabre, brillant au soleil, dans quelque coin de Cours désert où, vers quatre heures, j'avais l'habitude de me promener, sans chercher personne pour être heureux, et j'avais là des gonflements dans la poitrine, tout autant que, plus tard, au boulevard de Gand, lorsque j'entendais dire derrière moi, en donnant le bras à quelque femme : « Il faut convenir que voilà une fière tournure d'officier ! » Il n'existait, d'ailleurs, dans cette petite ville très peu riche, et qui n'avait de commerce et d'activité d'aucune sorte, que d'anciennes familles à peu près ruinées, qui boudaient l'Empereur, parce qu'il n'avait pas, comme elles disaient, fait rendre gorge aux voleurs de la Révolution, et qui, pour cette raison, ne fêtaient guère ses officiers. Donc, ni réunions, ni bals, ni soirées, ni redoutes. Tout au plus, le dimanche, un pauvre petit bout de Cours où, après la messe de midi, quand il faisait beau temps, les mères allaient promener et exhiber leurs filles jusqu'à deux heures, — l'heure des Vêpres, qui, dès qu'elle sonnait son premier coup, râflait toutes les jupes et vidait ce malheureux Cours. Cette messe de midi où nous n'allions jamais, du reste, je l'ai vue devenir, sous la Restauration, une messe militaire à laquelle l'état-major des régiments était obligé d'assister, et c'était au moins un événement vivant dans ce néant de garnisons mortes! Pour des gaillards qui étaient, comme nous, à l'âge de la vie où l'amour, la passion des femmes, tient une si grande place, cette messe militaire était une ressource. Excepté ceux d'entre nous qui faisaient partie du détachement de service sous les armes, tout le corps d'officiers s'éparpillait et se plaçait à l'église, comme il lui plaisait, dans la nef. Presque toujours, nous nous campions derrière les plus jolies femmes qui venaient à cette messe, où elles étaient sûres d'être regardées, et nous leur donnions le plus de distractions possibles en parlant, entre nous, à mi-voix, de manière à pouvoir être entendus d'elles, de ce qu'elles avaient de plus charmant dans le visage ou dans la tournure. Ah! la messe militaire! J'y ai vu commencer bien des romans. J'y ai vu fourrer dans les manchons que les jeunes filles laissaient sur leurs chaises, quand elles s'agenouillaient près de leurs mères, bien des billets doux, dont elles nous rapportaient la réponse dans les mêmes manchons, le dimanche suivant! Mais, sous l'Empereur, il n'y avait point de messe militaire. Aucun moyen par conséquent d'approcher des filles *comme il faut* de cette petite ville où elles n'étaient pour nous que des rêves cachés, plus ou moins, sous des voiles, de loin aperçus! Des dédommagements à cette perte sèche de la population la plus intéressante de la ville de***, il n'y en avait pas... Les caravansérails que vous savez, et dont on ne parle point en bonne compagnie, étaient des horreurs. Les cafés où l'on noie tant de nostalgies, en ces oisivetés terribles des garnisons, étaient tels, qu'il était impossible d'y mettre le pied, pour peu qu'on respectât ses épaulettes... Il n'y avait pas non plus, dans cette petite ville où le luxe s'est accru maintenant comme partout, un seul hôtel où nous pussions avoir une table passable d'officiers, sans être volés comme dans un bois, si bien que beaucoup d'entre nous avaient renoncé à la vie collective et s'étaient dispersés dans des pensions particulières, chez des bourgeois peu riches, qui leur louaient des appartements le plus cher possible, et ajoutaient ainsi quelque chose à la maigreur ordinaire de leurs tables et à la médiocrité de leurs revenus.

Je m'habillais... pour moi.

« J'étais de ceux-là. Un de mes camarades qui demeurait ici, à la *Poste aux chevaux*, où il avait une chambre, car la *Poste aux chevaux* était dans cette rue en ce temps-là — tenez! à quelques portes derrière nous, et peut-être, s'il faisait jour, verriez-vous encore sur la façade de cette *Poste aux chevaux* le vieux soleil d'or à moitié sorti de son fond de céruse, et qui faisait cadran avec son inscription : « AU SOLEIL LEVANT! » Un de mes camarades m'avait découvert un appartement dans son voisinage, — à cette fenêtre qui est perchée si haut, et qui me fait l'effet, ce soir, d'être la mienne toujours, comme si c'était hier! Je m'étais laissé loger par lui. Il était plus âgé que moi, depuis plus longtemps au régiment, et il aimait à piloter dans ces premiers moments et ces premiers détails de ma vie d'officier, mon inexpérience, qui était aussi de l'insouciance! Je vous l'ai dit, excepté la sensation de l'uniforme sur laquelle j'appuie, parce que c'est encore là une sensation dont votre génération à congrès de la paix et à pantalonnades philosophiques et humanitaires n'aura bientôt plus la moindre idée, et l'espoir d'entendre ronfler le canon dans la première bataille où je devais perdre (passez-moi cette expression soldatesque!) mon pucelage militaire, tout m'était égal! Je ne vivais que dans ces deux idées, — dans la seconde surtout, parce qu'elle était une espérance, et qu'on vit plus dans la vie qu'on n'a pas que dans la vie qu'on a. Je m'aimais pour demain, comme l'avare, et je comprenais très bien les dévots qui s'arrangent sur cette terre comme on s'arrange dans un coupe-gorge où l'on n'a qu'à passer une nuit. Rien ne ressemble plus à un moine qu'un soldat, et j'étais soldat! C'est ainsi que je m'arrangeais de ma garnison. Hors les heures des repas que je prenais avec les personnes qui me louaient mon appartement et dont je vous parlerai tout à l'heure, et celles du service et des manœuvres de chaque jour, je vivais la plus grande partie de mon temps chez moi, couché sur un grand diable de canapé de maroquin bleu sombre, dont la fraîcheur me faisait l'effet d'un bain froid après l'exercice, et je ne m'en relevais que pour aller faire des armes et quelques parties d'impériale chez mon ami d'en face : Louis de Meung, lequel était moins oisif que moi, car il avait ramassé parmi les grisettes de la ville une assez jolie petite fille, qu'il avait prise pour maîtresse et qui lui servait, disait-il, à tuer le temps... Mais ce que je connaissais de la femme ne me poussait pas beaucoup à imiter mon ami Louis. Ce que j'en savais, je l'avais vulgairement appris, là où les élèves de Saint-Cyr l'apprennent les jours de sortie... Et puis, il y a des tempéraments qui s'éveillent tard... Est-ce que vous n'avez nourrice, il n'avait pourtant jamais bu que du lait et de l'eau.

— Il a joliment rattrapé le temps perdu ! — fis-je.

— « Oui, — dit le vicomte, — et moi aussi ! Mais j'ai eu moins de peine à le rattraper ! Ma première période de sagesse, à moi, ne dépassa guère le temps que je passai dans cette ville de *** ; et quoique je n'y eusse pas la virginité absolue dont parle Saint-Rémy, j'y vivais cependant, ma foi ! comme un vrai chevalier de Malte, que j'étais, attendu que je le suis *de berceau*... Saviez-vous cela ? J'aurais même suc-

RIEN NE TRANSPIRAIT DE LEUR PASSÉ DANS LEURS CONVERSATIONS.

pas connu Saint-Rémy, le plus mauvais sujet de toute une ville, célèbre par ses mauvais sujets, que nous appelions « le Minotaure, » non pas au point de vue des cornes, quoiqu'il en portât, puisqu'il avait tué l'amant de sa femme, mais au point de vue de la consommation ?... »

— Oui, je l'ai connu, — répondis-je, — mais vieux, incorrigible, se débauchant de plus en plus à chaque année qui lui tombait sur la tête. Pardieu ! si je l'ai connu, ce grand *rompu de* Saint-Rémy, comme on dit dans Brantôme !

— C'était en effet un homme de Brantôme, — reprit le vicomte.

— Eh bien ! Saint-Rémy, à vingt-sept ans sonnés, n'avait encore touché ni à un verre ni à une jupe. Il vous le dira, si vous voulez ! A vingt-sept ans, il était, en fait de femme, aussi innocent que l'enfant qui vient de naître, et quoiqu'il ne tétât plus sa cédé à un de mes oncles dans sa commanderie, sans la Révolution qui abolit l'Ordre, dont, tout aboli qu'il fût, je me suis quelquefois permis de porter le ruban. Une fatuité !

« Quant aux hôtes que je m'étais donnés, en louant leur appartement, — continua le vicomte de Brassard, — c'était bien tout ce que vous pouvez imaginer de plus bourgeois. Ils n'étaient que deux, le mari et la femme, tous deux âgés, n'ayant pas mauvais ton, au contraire. Dans leurs relations avec moi, ils avaient même cette politesse qu'on ne trouve plus, surtout dans leur classe, et qui est comme le parfum d'un temps évanoui. Je n'étais pas dans l'âge où l'on observe pour observer, et ils m'intéressaient trop peu pour que je pensasse à pénétrer dans le passé de ces deux vieilles gens, à la vie desquels je me mêlais de la façon la plus superficielle deux heures par jour, — le midi et le soir, — pour dîner et souper avec eux. Rien ne transpirait de ce passé dans leurs conversations devant moi, lesquelles conversations trottaient d'ordinaire sur les choses et les personnes de la ville, qu'elles m'apprenaient à connaître et dont ils parlaient, le mari avec une pointe de médisance gaie, et la femme, très pieuse, avec plus de réserve, mais certainement non moins de plaisir. Je crois cependant avoir entendu dire au mari qu'il avait voyagé dans sa jeunesse pour le compte de je ne sais qui et de je ne sais quoi, et qu'il était revenu tard épouser sa femme... qui l'avait attendu. C'étaient, au demeurant, de très braves gens, aux mœurs très douces, et de très calmes destinées. La femme passait sa vie à tricoter des bas à côtes pour son mari, et le mari, timbré de musique à racler sur son violon de l'ancienne musique de Viotti, dans une chambre à galetas au-dessus de la mienne... Plus riches, peut-être l'avaient-ils été. Peut-être quelque perte de fortune qu'ils voulaient cacher les avait-elle forcés à prendre chez eux un pensionnaire ; mais autrement que par le pensionnaire, on ne s'en apercevait pas. Tout dans leur logis respirait l'aisance de ces maisons de l'ancien temps, abondantes en linge qui sent bon, en argenterie bien pesante, et dont les meubles semblent des immeubles, tant on se met peu en peine de les renouveler ! Je m'y trouvais bien. La table était bonne, et je jouissais largement de la permission de la quitter dès que j'avais, comme disait la vieille Olive qui nous servait, « *les barbes torchées,* » ce qui faisait bien de l'honneur de les appeler « *des barbes* » aux trois poils de chat de la moustache d'un gamin de sous-lieutenant, qui n'avait pas encore fini de grandir !

« J'étais donc là environ depuis un semestre, tout aussi tranquille que mes hôtes, auxquels je n'avais jamais entendu dire un seul mot ayant trait à l'existence de la personne que j'allais rencontrer chez eux, quand un jour, en descendant pour dîner à l'heure accoutumée, j'aperçus dans un coin de la salle à manger une grande personne qui, debout et sur la pointe des pieds, suspendait par les rubans son chapeau à une patère, comme une femme parfaitement chez elle et qui vient de rentrer. Cambrée à outrance, comme elle l'était, pour accrocher son chapeau à cette patère placée très haut, elle déployait la taille superbe d'une danseuse qui se renverse, et cette taille était prise (c'est le mot, tant elle était lacée !) dans le corselet luisant d'un spencer de soie verte à franges qui retombaient sur sa robe blanche, une de ces robes du temps d'alors, qui serraient aux hanches et qui n'avaient pas peur de les montrer, quand on en avait... Les bras encore en l'air, elle se retourna en m'entendant entrer, et elle imprima à sa nuque une torsion qui me fit voir son visage ; mais elle acheva son mouvement comme si je n'eusse pas été là, regarda si les rubans de son chapeau n'avaient pas été froissés par elle en le suspendant, et cela accompli lentement, attentivement et presque impertinemment, car, après tout, j'étais là, debout, attendant, pour la saluer, qu'elle prît garde à moi, elle me fit enfin l'honneur de me regarder avec deux yeux noirs, très froids, auxquels ses cheveux, coupés à la Titus et ramassés en boucles sur le front, donnaient l'espèce de profondeur que cette coiffure donne au regard... Je ne savais qui ce pouvait être, à cette heure et à cette place. Il n'y avait jamais personne à dîner chez mes hôtes.... Cependant elle venait probablement pour dîner. La table était mise, et il y avait quatre couverts... Mais mon étonnement de la voir là fut de beaucoup dépassé par l'étonnement de savoir qui elle était, quand je le sus... quand mes deux hôtes, entrant dans la salle, me la présentèrent comme leur fille qui sortait de pension et qui allait désormais vivre avec eux.

« Leur fille ! Il était impossible d'être moins la fille de gens comme eux que cette fille-là ! Non pas que les plus belles filles du monde ne puissent naître de toute espèce de gens. J'en ai connu... et vous aussi, n'est-ce pas ? Physiologiquement, l'être le plus laid peut produire l'être le plus beau. Mais elle ! entre elle et eux, il y avait l'abîme d'une race... D'ailleurs, physiologiquement, puisque je me permets ce grand mot pédant, qui est de votre temps, non du mien, on ne pouvait la remarquer que pour l'air qu'elle avait, et qui était singulier, dans une jeune fille aussi jeune qu'elle, car c'était une espèce d'air impassible, très difficile à caractériser. Elle ne l'aurait pas eu qu'on aurait dit : « Voilà une belle fille ! » et on n'y aurait pas plus pensé qu'à toutes les belles filles qu'on rencontre par hasard, et dont on dit cela, pour n'y plus penser jamais après. Mais cet air... qui la séparait, non pas seulement de ses parents, mais de tous les autres, dont elle semblait n'avoir ni les passions, ni les sentiments, vous clouait... de surprise, sur place... *L'Infante à l'épagneul,* de Velasquez, pourrait, si vous la connaissez, vous donner une idée de cet air-là, qui n'était ni fier, ni méprisant, ni dédaigneux, non ! mais tout simplement impassible, car l'air fier, méprisant, dédaigneux, dit aux gens qu'ils existent, puisqu'on prend la peine de les dédaigner ou de les mépriser, tandis que cet air-ci, dit tranquillement : « Pour moi, vous n'existez même pas. » J'avoue que cette physionomie me fit faire, ce premier jour et bien d'autres, la question qui pour moi est encore aujourd'hui insoluble : comment cette grande fille-là était-elle sortie de ce gros bonhomme en redingote jaune vert et à gilet blanc, qui avait une figure couleur des confitures de sa femme, une loupe sur la nuque, laquelle débordait sa cravate de mousseline brodée, et qui bredouillait?... Et si le mari n'embarrassait pas, car le mari n'embarrasse jamais dans ces sortes de questions, la mère me paraissait tout aussi impossible à expliquer. Mademoiselle Albertine (c'était le nom de cette archiduchesse d'altitude, tombée du ciel chez ces bourgeois comme si le ciel avait voulu se moquer d'eux), mademoiselle Albertine, que ses parents appelaient Alberte pour s'épargner la longueur du nom, mais ce qui allait parfaitement mieux à sa figure et à toute sa personne, ne semblait pas plus la fille de l'un que de l'autre... A ce premier dîner, comme à ceux qui suivirent, elle me parut une jeune fille bien élevée, sans affectation, habituellement silencieuse qui, quand elle parlait, disait en bons termes ce qu'elle avait à dire, mais qui n'outrepassait jamais cette ligne-là... Au reste, elle aurait eu tout l'esprit que j'ignorais qu'elle eût, qu'elle n'aurait guère trouvé l'occasion de le montrer dans les dîners que nous faisions. La présence de leur fille avait nécessairement modifié les commérages des deux vieilles gens. Ils avaient supprimé les petits scandales de la ville. Littéralement, on ne parlait plus à cette table que de choses aussi intéressantes que la pluie et le beau temps. Aussi mademoiselle Albertine ou Alberte, qui m'avait tant frappé d'abord par son air impassible, n'ayant absolument que cela à m'offrir, me blasa bientôt sur cet air-là... Si je l'avais rencontrée dans le monde pour lequel j'étais fait, et que j'aurais dû voir, cette impassibilité m'aurait très certainement piqué au vif... Mais, pour moi, elle n'était pas une fille à qui je puisse faire la cour... même des yeux. Ma position vis-à-vis d'elle, à moi en pension chez ses parents, était délicate, et un rien pouvait la fausser... Elle n'était pas assez près ou assez loin de moi dans la vie pour qu'elle pût m'être quelque chose... et j'eus bientôt répondu naturellement, et sans intention d'aucune sorte, par la plus complète indifférence, à son impassibilité.

« Et cela ne se démentit jamais, ni de son côté ni du mien. Il n'y eut entre nous que la politesse la plus froide, la plus sobre de paroles. Elle n'était pour moi qu'une image qu'à peine je voyais ; et moi, pour elle, qu'est-ce que j'étais?... A table, — nous ne nous rencontrions jamais que là, — elle regardait plus le bouchon de la carafe

Elle imprima a sa nuque une torsion qui me fit voir son visage.

ou le sucrier que ma personne... Ce qu'elle y disait, très correct, toujours fort bien dit, mais insignifiant, ne me donnait aucune clé du caractère qu'elle pouvait avoir. Et puis, d'ailleurs, que m'importait?... J'aurais passé toute ma vie sans songer seulement à regarder dans cette calme et insolente fille, à l'air si déplacé d'infante... Pour cela, il fallait la circonstance que je m'en vais vous dire, et qui m'atteignit comme la foudre, comme la foudre qui tombe, sans qu'il ait tonné !

« Un soir, il y avait à peu près un mois que mademoiselle Alberte était revenue à la maison, et nous nous mettions à table pour souper. Je l'avais à côté de moi, et je

…NDANT, NOUS NE POUVIONS PAS RESTER AINSI.

faisais si peu d'attention à elle que je n'avais pas encore pris garde à ce détail de tous les jours qui aurait dû me frapper : qu'elle fût à table auprès de moi au lieu d'être entre sa mère et son père, quand, au moment où je dépliais ma serviette sur mes genoux... non, jamais je ne pourrai vous donner l'idée de cette sensation et de cet étonnement! je sentis une main qui prenait hardiment la mienne par-dessous la table. Je crus rêver... ou plutôt je ne crus rien du tout... Je n'eus que l'incroyable sensation de cette main audacieuse, qui venait chercher la mienne jusque sous ma serviette! Et ce fut inouï autant qu'inattendu! Tout mon sang, allumé sous cette prise, se précipita de mon cœur dans cette main, comme soutiré par elle, puis remonta furieusement, comme chassé par une pompe, dans mon cœur! Je vis bleu... mes oreilles tintèrent. Je dus devenir d'une pâleur affreuse. Je crus que j'allais m'évanouir... que j'allais me dissoudre dans l'indicible volupté causée par la chair tassée de cette main, un peu grande, et forte comme celle d'un jeune garçon, qui s'était fermée sur la mienne. — Et comme, vous le savez, dans ce premier âge de la vie, la volupté a son épouvante, je fis un mouvement pour retirer ma main de cette folle main qui l'avait saisie, mais qui, me la serrant alors avec l'ascendant du plaisir qu'elle avait conscience de me verser, la garda d'autorité, vaincue comme ma volonté, et dans l'enveloppement le plus chaud, délicieusement étouffée... Il y a trente-cinq ans de cela, et vous me ferez bien l'honneur de croire que ma main s'est un peu blasée sur l'étreinte de la main des femmes; mais j'ai encore là, quand j'y pense, l'impression de celle-ci étreignant la mienne avec un despotisme si insensément passionné! En proie aux mille frissonnements que cette enveloppante main dardait à mon corps tout entier, je craignis de trahir ce que j'éprouvais devant ce père et cette mère, dont la fille, sous leurs yeux, osait... Honteux pourtant d'être moins homme que cette fille hardie qui s'exposait à se perdre, et dont un incroyable sang-froid couvrait l'égarement, je mordis ma lèvre au sang dans un effort surhumain, pour arrêter le tremblement du désir, qui pouvait tout révéler à ces pauvres gens sans défiance, et c'est alors que mes yeux cherchèrent l'autre de ces deux mains que je n'avais jamais remarquées, et qui, dans ce périlleux moment, tournait froidement le bouton d'une lampe qu'on venait de mettre sur la table, car le jour commençait de tomber... Je la regardai... C'était donc là la sœur de cette main que je sentais pénétrant la mienne, comme un foyer d'où rayonnaient et s'étendaient le long de mes veines d'immenses lames de feu! Cette main, un peu épaisse, mais aux doigts longs et bien tournés, au bout desquels la lumière de la lampe, qui tombait d'aplomb sur elle, allumait des transparences roses, ne tremblait pas et faisait son petit travail d'arrangement de la lampe, pour la faire aller, avec une fermeté, une aisance et une gracieuse langueur de mouvement incomparables! Cependant nous ne pouvions pas rester ainsi... Nous avions besoin de nos mains pour dîner... Celle de mademoiselle Alberte quitta donc la mienne; mais au moment où elle la quitta, son pied, aussi expressif que sa main, s'appuya avec le même aplomb, la même passion, la même souveraineté, sur mon pied, et y resta tout le temps que dura ce dîner trop court, lequel me donna la sensation d'un de ces bains insupportablement brûlants d'abord, mais auxquels on s'accoutume, et dans lesquels on finit par se trouver si bien, qu'on croirait volontiers qu'un jour les damnés pourraient se trouver fraîchement et suavement dans les brasiers de leur enfer, comme les poissons dans leur eau!... Je vous laisse à penser si je dînai ce jour-là et si je me mêlai beaucoup aux menus propos de mes honnêtes hôtes, qui ne se doutaient pas, dans leur placidité, du drame mystérieux et terrible qui se jouait alors sous la table. Ils ne s'aperçurent de rien; mais ils pouvaient s'apercevoir de quelque chose, et positivement je m'inquiétais pour eux... pour eux, bien plus que pour moi et pour elle. J'avais l'honnêteté et la commisération de mes dix-sept ans... Je me disais : « Est-elle effrontée? Est-elle folle? » Et je la regardais du coin de l'œil, cette folle qui ne perdit pas une seule fois, durant le dîner, son air de Princesse en cérémonie, et dont le visage resta aussi calme que si son pied n'avait pas dit et fait toutes les folies que peut dire et faire un pied. — sur le mien! J'avoue que j'étais encore plus surpris de son aplomb que de sa folie. J'avais beaucoup lu de ces livres légers où la femme n'est pas ménagée. J'avais reçu une éducation d'école militaire. Utopiquement du moins, j'étais le Lovelace de fatuité que sont plus ou moins tous les très jeunes gens qui se croient de jolis garçons, et qui ont pâturé des bottes de baisers derrière les portes et dans les escaliers, sur les lèvres des femmes de chambre de leurs mères. Mais ceci déconcertait mon petit aplomb de Lovelace de dix-sept ans. Ceci me paraissait plus fort que ce que j'avais lu, que tout ce que j'avais entendu dire sur le naturel dans le mensonge attribué aux femmes, — sur la force de masque qu'elles peuvent mettre à leurs plus violentes ou leurs plus profondes émotions. Songez donc! elle avait dix-huit ans! Les avait-elle même?... Elle sortait d'une pension que je n'avais aucune raison pour suspecter, avec la moralité et la piété de la mère qui l'avait choisie pour son enfant. Cette absence de tout embarras, disons le mot, ce manque absolu de pudeur, cette domination aisée sur soi-même en faisant les choses les plus imprudentes, les plus dangereuses pour une jeune fille, chez laquelle pas un geste, pas un regard n'avait prévenu l'homme auquel elle se livrait par une si monstrueuse avance, tout cela me montait au cerveau et apparaissait nettement à mon esprit, malgré le bouleversement de mes sensations... Mais ni dans ce moment! ni plus tard, je ne m'arrêtai à philosopher là-dessus. Je ne me donnai pas d'horreur factice pour la conduite de cette fille d'une si effrayante précocité dans le mal. D'ailleurs, ce n'est pas à l'âge que j'avais, ni même beaucoup plus tard, qu'on croyait dépravée la femme qui — au premier coup d'œil — se jette à vous! On est presque disposé à trouver cela tout simple, au contraire, et si on dit : « La pauvre femme! » c'est déjà beaucoup de modestie que cette pitié! Enfin, si j'étais timide, je ne voulais pas être un niais! La grande raison française peut faire sans remords tout ce qu'il y a de pis. Je savais, certes, à n'en pas douter, que ce que cette fille éprouvait pour moi n'était pas de l'amour. L'amour ne procède pas avec cette impudeur et cette impudence, et je savais parfaitement aussi que ce qu'elle me faisait éprouver n'en était pas non plus... Mais, amour ou non... ce que c'était, je le voulais!... Quand je me levai de table, j'étais résolu... La main de cette Alberte, à laquelle je ne pensais pas une minute avant qu'elle eût saisi la mienne, m'avait laissé, jusqu'au fond de mon être, le désir de m'enlacer tout entier à elle tout entière, comme sa main s'était enlacée à ma main!

« Je montai chez moi comme un fou, et quand je me fus un peu froidi par la réflexion, je me demandai ce que j'allais faire pour *nouer* bel et bien une *intrigue*, comme on dit en province, avec une fille si diaboliquement provocante. Je savais à peu près — comme un homme qui n'a pas cherché à le savoir mieux — qu'elle ne quittait jamais sa mère ; — qu'elle travaillait habituellement près d'elle, à la même chiffonnière, dans l'embrasure de cette salle à manger, qui leur servait de salon ; — qu'elle n'avait pas d'amie en ville qui vînt la voir, et qu'elle ne sortait guère que pour aller le dimanche à la messe et aux vêpres avec ses parents. Hein? ce n'était pas encourageant, tout cela!... Je commençais à me repentir de n'avoir pas un peu plus vécu avec ces deux bonnes gens que j'avais traités sans hauteur, mais avec la politesse détachée et parfois distraite qu'on a pour ceux qui ne sont que d'un intérêt très secondaire dans la vie ; mais je me dis que je ne pouvais modifier mes relations avec eux, sans m'exposer à leur révéler ou à leur faire soupçonner ce que je voulais leur cacher... Je n'avais, pour parler secrètement à mademoiselle Alberte, que les rencontres sur l'escalier quand je montais à ma chambre ou que j'en descendais ; mais, sur l'escalier, on pouvait nous voir et nous entendre... La seule ressource à ma portée, dans cette maison si bien réglée et si étroite, où tout le monde se touchait du coude, était d'écrire ; et puisque la main de cette fille hardie savait si bien chercher la mienne par-dessous la table, cette main ne ferait sans doute pas beaucoup de cérémonies pour prendre le billet que je lui donnerais, et je l'écrivis. Ce fut le billet de la circonstance, le billet suppliant, impérieux et enivré, d'un homme qui a déjà bu une première gorgée de bonheur et qui en demande une seconde... Seulement, pour le remettre, il fallait attendre le dîner du lendemain, et cela me parut long ; mais enfin il arriva ce dîner! L'attisante main, dont je sentais le contact sur ma main depuis vingt-quatre heures, ne manqua pas de revenir chercher la mienne, comme la veille, par-dessous la table. Mademoiselle Alberte sentit mon billet et le prit très bien, comme je l'avais prévu. Mais ce que je n'avais pas prévu, c'est qu'avec cet air d'Infante qui défiait tout par sa hauteur d'indifférence, elle le plongea dans le cœur de son corsage, où elle releva une dentelle repliée, d'un petit mouvement sec, et tout cela avec un naturelle et une prestesse, que sa mère qui, les yeux baissés sur ce qu'elle faisait, servait le potage, ne s'aperçut de rien, et que son imbécile de père, qui *lurait* toujours quelque chose en pensant à son violon, quand il n'en jouait pas, n'y vit que du feu. »

— Nous n'y voyons jamais que cela, capitaine! — interrompis-je gaîment, car son histoire me faisait l'effet de tourner un peu vite à une leste aventure de garnison ; mais je ne me doutais pas de ce qui allait suivre.

— Tenez! pas plus tard que quelques jours,

il y avait à l'Opéra, dans une loge à côté de la mienne, une femme probablement dans le genre de votre demoiselle Alberte. Elle avait plus de dix-huit ans, par exemple ; mais je vous donne ma parole d'honneur que j'ai vu rarement de femme plus majestueuse de décence. Pendant qu'a duré toute la pièce, elle est restée assise et immobile comme sur une base de granit. Elle ne s'est retournée ni à droite, ni à gauche, une seule fois ; mais sans doute elle y voyait par les épaules, qu'elle avait très nues et très belles, car il y avait aussi, et dans ma loge à moi, par conséquent derrière nous deux, un jeune homme qui paraissait aussi indifférent qu'elle à tout ce qui n'était pas l'opéra qu'on jouait en ce moment. Je puis certifier que ce jeune homme n'a pas fait une seule des simagrées ordinaires que les hommes font aux femmes dans les endroits publics, et qu'on peut appeler des déclarations à distance. Seulement quand la pièce a été finie et que, dans l'espèce de tumulte général des loges qui se vident, la dame s'est levée, droite, dans sa loge, pour agrafer son burnous, je l'ai entendue dire à son mari, de la voix la plus conjugalement impérieuse et la plus claire : « Henri, ramassez mon capuchon ! » et alors, par-dessus le dos de Henri, qui s'est précipité la tête en bas, elle a étendu le bras et la main et pris un billet du jeune homme, aussi simplement qu'elle eût pris des mains de son mari son éventail ou son bouquet. Lui s'était relevé, le pauvre homme ! tenant le capuchon — un capuchon de satin ponceau, mais moins ponceau que son visage, et qu'il avait, au risque d'une apoplexie, repêché sous les petits bancs, comme il avait pu... Ma foi ! après avoir vu cela, je m'en suis allé, pensant qu'au lieu de le rendre à sa femme, il aurait pu tout aussi bien le garder pour lui, ce capuchon, afin de cacher sur sa tête ce qui, tout à coup, venait d'y pousser !

— « Votre histoire est bonne, — dit le vicomte de Brassard assez froidement ; — dans un autre moment, peut-être en aurait-il joui davantage ; — mais laissez-moi vous achever la mienne. J'avoue qu'avec une pareille fille, je ne fus pas inquiet deux minutes de la destinée de mon billet. Elle avait beau être pendue à la ceinture de sa mère, elle trouverait bien le moyen de me lire et de me répondre. Je comptais même, pour tout un avenir de conversation par écrit, sur cette petite poste de par dessous la table que nous venions d'inaugurer, lorsque le lendemain, quand j'entrai dans la salle à manger avec la certitude très caressée au fond de ma personne, d'avoir séance tenante une réponse très catégorique à mon billet de la veille, je crus avoir la berlue en voyant que le couvert avait été changé, et que mademoiselle Alberte était placée là où elle aurait dû toujours être, entre son père et sa mère... Et pourquoi ce changement ?... Que s'était-il donc passé que je ne savais pas ?... Le père où la mère s'étaient-ils doutés de quelque chose ? J'avais mademoiselle Alberte en face de moi, et je la regardais avec cette intention fixe qui veut être comprise. Il y avait vingt-cinq points d'interrogation dans mes yeux ; mais les siens étaient aussi calmes, aussi muets, aussi indifférents qu'à l'ordinaire. Ils me regardaient comme s'ils ne me voyaient pas. Je n'ai jamais vu regards plus impatientants que ces longs regards tranquilles qui tombaient sur vous comme sur une chose. Je bouillais de curiosité, de contrariété, d'inquiétude, d'un tas de sentiments agités et déçus... et je ne comprenais pas comment cette femme, si sûre d'elle-même qu'on pouvait croire qu'au lieu de nerfs elle eût sous sa peau fine presque autant de muscles que moi, semblât ne pas oser faire un signe d'intelligence qui m'avertît, — qui me fît penser, — qui me dît, si vite que ce pût être, que nous nous entendions, — que nous étions connivents et complices dans le même mystère, que ce fût de l'amour, que ce ne fût pas même de l'amour !... C'était à se demander si vraiment c'était bien la femme de la main et du pied sous la table, du billet pris et glissé la veille, si naturellement, dans son corsage, devant ses parents, comme si elle y eût glissé une fleur ! Elle en avait tant fait qu'elle ne devait pas être embarrassée de m'envoyer un regard. Mais non ! Je n'eus rien. Le dîner passa tout entier sans ce regard que je guettais, que j'attendais, que je voulais allumer au mien, et qui ne s'alluma pas ! « Elle aura trouvé quelque moyen de me répondre, » me disais-je en sortant de table et en remontant dans ma chambre, ne pensant pas qu'une telle personne pût reculer, après s'être si incroyablement avancée ; — n'admettant pas qu'elle pût rien craindre et rien ménager, quand il s'agissait de ses fantaisies, et parbleu ! franchement, ne pouvant pas croire qu'elle n'en eût au moins une pour moi !

« Si ses parents n'ont pas de soupçon — me disais-je encore, — si c'est le hasard qui a fait ce changement de couvert à table, demain je me retrouverai auprès d'elle... » Mais le lendemain, ni les autres jours, je ne fus placé auprès de mademoiselle Alberte, qui continua d'avoir la même incompréhensible physionomie, et le même incroyable ton dégagé pour dire les riens et les choses communes qu'on avait l'habitude de dire à cette table de petits bourgeois. Vous devinez bien que je l'observais comme un homme intéressé à la chose. Elle avait l'air aussi peu contrarié que possible, quand je l'étais horriblement, moi ! quand je l'étais jusqu'à la colère, — une colère à me fendre en deux et qu'il fallait cacher ! Et cet air, qu'elle ne perdait jamais, me mettait encore plus loin d'elle que ce tour de table interposé entre nous ! J'étais si violemment exaspéré, que je finissais par ne plus craindre de la compromettre en la regardant, en lui appuyant sur ses grands yeux impénétrables, et qui restaient glacés, la pesanteur menaçante et enflammée des miens ! Etait-ce un manège que sa conduite ? Etait-ce une coquetterie ? N'était-ce qu'un caprice après un autre caprice... ou simplement stupidité ? J'ai connu, depuis, de ces femmes tout d'abord soulèvement de sens, puis après, tout stupidité ! « Si on savait le moment ! » disait Ninon. Le moment de Ninon était-il déjà passé ? Cependant, j'attendais toujours... quoi ? un mot, un signe, un rien risqué, à voix basse, en se levant de table dans le bruit des chaises qu'on dérange, et comme cela ne venait pas, je me jetais aux idées folles, à tout ce qu'il y avait au monde de plus absurde. Je me fourrai dans la tête qu'avec toutes les impossibilités dont nous étions entourés au logis, elle m'écrirait par la poste ; — qu'elle serait assez fine, quand elle sortirait avec sa mère, pour glisser un billet dans la boîte aux lettres, et, sous l'empire de cette idée, je me mangeais le sang régulièrement deux fois par jour, une heure avant que le facteur passât par la maison. Dans cette heure-là, je disais dix fois à la vieille Olive, d'une voix étranglée : « Y a-t-il des lettres pour moi, Olive ? » laquelle me répondait imperturbablement toujours : « Non, monsieur, il n'y en a pas. » Ah ! l'agacement finit par être trop aigu ! Le désir trompé devint de la haine. Je me mis à haïr cette Alberte, et, par haine de désir trompé, à expliquer sa conduite avec moi par les motifs qui pouvaient le plus me la faire mépriser, car la haine a soif de mépris. Le mépris, c'est son nectar, à la haine ! « Coquine lâche, qui a peur d'une lettre ! » me disais-je. Vous le voyez, j'en venais aux gros mots. Je l'insultais dans ma pensée, ne croyant pas en l'insultant la calomnier. Je m'efforçai même de ne plus penser à elle que je criblais des épithètes les plus mili-

« Si ses parents n'ont pas de soupçons...

taires, quand j'en parlais à Louis de Meung, car je lui en parlais ! car l'outrance où elle m'avait jeté avait éteint en moi toute espèce de chevalerie, — et j'avais raconté toute mon aventure à mon brave Louis, qui s'était tirebouchonné sa longue moustache blonde en m'écoutant, et qui m'avait dit, sans se gêner, car nous n'étions pas des moralistes dans le 27e :

« — Fais comme moi ! Un clou chasse l'autre. Prends pour maîtresse une petite *cousette* de la ville, et ne pense plus à cette sacrée fille-là ! »

« Mais je ne suivis point le conseil de Louis. Pour cela, j'étais trop piqué au jeu.

Si elle avait su que je prenais une maîtresse, j'en aurais peut-être pris une pour lui fouetter le cœur ou la vanité par la jalousie. Mais elle ne le saurait pas. Comment pourrait-elle le savoir?... En amenant, si je l'avais fait, une maîtresse chez moi, comme Louis, à son *hôtel de la Poste*, c'était rompre avec les bonnes gens chez qui j'habitais, et qui m'auraient immédiatement prié d'aller chercher un autre logement que le leur; et je ne voulais pas renoncer, si je ne pouvais avoir que cela, à la possibilité de retrouver la main ou le pied de cette damnante Alberte qui, après ce qu'elle avait osé, restait toujours la grande Mademoiselle Impassible.

« Dis plutôt impossible! » — disait Louis, qui se moquait de moi.

« Un mois tout entier se passa, et malgré mes résolutions de me montrer aussi oublieux qu'Alberte et aussi indifférent qu'elle, d'opposer marbre à marbre et froideur à froideur, je ne vécus plus que la vie tendue de l'affût, — de l'affût que je déteste, même à la chasse! Oui, monsieur, ce ne fut plus qu'affût perpétuel dans mes journées! Affût quand je descendais à dîner, et que j'espérais la trouver seule dans la salle à manger comme la première fois! Affût au dîner, où mon regard ajustait de face ou de côté le sien qu'il rencontrait net et infernalement calme, et qui n'évitait pas plus le mien qu'il n'y répondait! Affût après le dîner, car je restais maintenant un peu après dîner voir ces dames reprendre leur ouvrage, dans leur embrasure de croisée, guettant si *elle* ne laisserait pas tomber quelque chose, son dé, ses ciseaux, un chiffon, que je pourrais ramasser, et en les lui rendant toucher sa main, — cette main que j'avais maintenant à travers la cervelle! Affût chez moi, quand j'étais remonté dans ma chambre, y croyant toujours entendre le long du corridor ce pied qui avait piétiné sur le mien, avec une volonté si absolue. Affût jusque dans l'escalier, où je croyais pouvoir la rencontrer, et où la vieille Olive me surprit un jour, à ma grande confusion, en sentinelle! Affût à ma fenêtre — cette fenêtre que vous voyez — où je me plantais quand elle devait sortir avec sa mère, et d'où je ne bougeais pas avant qu'elle fût rentrée, mais tout cela aussi vainement que le reste! Lorsqu'elle sortait, tortillée dans son châle de jeune fille, — un châle à raies rouges et blanches : je n'ai rien oublié! semé de fleurs noires et jaunes sur les deux raies, elle ne retournait pas son torse insolent une seule fois, et lorsqu'elle rentrait, toujours aux côtés de sa mère, elle ne levait ni la tête ni les yeux vers la fenêtre où je l'attendais! Tels étaient les misérables exercices auxquels elle m'avait condamné! Certes, je sais bien que les femmes nous font tous plus ou moins valeter, mais dans ces proportions-là! Le vieux fat qui devrait être mort en moi s'en révolte encore! Ah! je ne pensais plus au bonheur de mon uniforme! Quand j'avais fait le service de la journée, — après l'exercice ou la revue, — je rentrais vite, mais non plus pour lire des piles de mémoires ou de romans, mes seules lectures dans ce temps-là. Je n'allais plus chez Louis de Meung. Je ne touchais plus à mes fleurets. Je n'avais pas la ressource du tabac qui engourdit l'activité quand elle vous dévore, et que vous avez, vous autres jeunes gens qui m'avez suivi dans la vie! On ne fumait pas alors au 27ᵉ, si ce n'est entre soldats, au corps de garde, quand on jouait la partie de brisque sur le tambour... Je restais donc oisif de corps, à me ronger... je ne sais pas si c'était le cœur, sur ce canapé qui ne me faisait plus le bon froid que j'aimais dans ces six pieds carrés de chambre, où je m'agitais comme un lionceau dans sa cage, quand il sent la chair fraîche à côté.

« Et si c'était ainsi le jour, c'était aussi de même une grande partie de la nuit. Je me couchais tard. Je ne dormais plus. Elle me tenait éveillé, cette Alberte d'enfer, qui me l'avait allumé dans les veines, puis qui s'était éloignée comme l'incendiaire qui ne retourne pas même la tête pour voir son feu flamber derrière lui! Je baissais, comme le voilà, ce soir, » — ici le vicomte passa son gant sur la glace de la voiture placée devant lui, pour essuyer la vapeur qui commençait d'y perler, « — ce même rideau cramoisi, à cette même fenêtre, qui n'avait pas plus de persiennes qu'elle n'en a maintenant, afin que les voisins, plus curieux en province qu'ailleurs, ne dévisageassent pas le fond de ma chambre. C'était une chambre de ce temps-là, — une chambre de l'Empire, parquetée en point de Hongrie, sans tapis, où le bronze plaquait partout le merisier, d'abord en tête de sphinx aux quatre coins du lit et en pattes de lion sous ses quatre pieds, puis, sur tous les tiroirs de la commode et du secrétaire, en camées de faces de lion, avec des anneaux de cuivre pendant de leurs gueules verdâtres, et par lesquels on les tirait quand on voulait les ouvrir. Une table carrée, d'un merisier plus rosâtre que le reste de l'ameublement, à dessus de marbre gris, grillagée de cuivre, était en face du lit.

contre le mur, entre la fenêtre et la porte d'un grand cabinet de toilette ; et, vis-à-vis de la cheminée, le grand canapé de maroquin bleu dont je vous ai déjà tant parlé... A tous les angles de cette chambre d'une grande élévation et d'un large espace, il y avait des encoignures en faux laque de Chine, et sur l'une d'elles on voyait, mystérieux et blanc, dans le noir du coin, un vieux buste de Niobé d'après l'antique, qui étonnait là, chez ces bourgeois vulgaires. Mais est-ce que cette incompréhensible Alberte n'étonnait pas bien plus? Les murs lambrissés, et peints à l'huile, d'un blanc jaune, n'avaient ni tableaux, ni gravures. J'y avais seulement mis mes armes, couchées sur de longues pattes-fiches en cuivre doré. Quand j'avais loué cette grande calebasse d'appartement, — comme disait élégamment le lieutenant Louis de Meung, qui ne poétisait pas les choses, — j'avais fait placer au milieu une grande table ronde que je couvrais de cartes militaires, de livres et de papiers : c'était mon bureau. J'y écrivais quand j'avais à écrire... Eh bien! un soir, ou plutôt une nuit, j'avais roulé le canapé auprès de cette grande table, et j'y dessinais à la lampe, non pas pour me distraire de l'unique pensée qui me submergeait depuis un mois, mais pour m'y plonger davantage, car c'était la tête de cette énigmatique Alberte que je dessinais, c'était le visage de cette diablesse de femme dont j'étais possédé, comme les dévots disent qu'on l'est du diable. Il était tard. La rue, — où passaient chaque nuit deux diligences en sens inverse, — comme aujourd'hui, — l'une à minuit trois quarts et l'autre à deux heures et demie du matin, et qui toutes deux s'arrêtaient à l'*hôtel de la Poste* pour relayer, — la rue était silencieuse comme le fond d'un puits. J'aurais entendu voler une mouche; mais si, par hasard, il y en avait une dans ma chambre, elle devait dormir dans quelque coin de vitre ou dans un des plis cannelés de ce rideau, d'une forte étoffe de soie croisée, que j'avais ôté de sa patère et qui tombait devant la fenêtre, perpendiculaire et immobile. Le seul bruit qu'il y eût alors autour de moi, dans ce profond et complet silence, c'était moi qui le faisais avec mon crayon et mon estompe. Oui, c'était elle que je dessinais, et Dieu sait avec quelle caresse de main et quelle préoccupation enflammée! Tout à coup, sans aucun bruit de serrure qui m'aurait averti, ma porte s'entr'ouvrit en flûtant ce son des portes dont les gonds sont secs, et resta à moitié entrebâillée, comme si elle avait eu peur du son qu'elle avait jeté! Je relevai les yeux, croyant avoir mal fermé cette porte qui, d'elle-même, inopinément, s'ouvrait en filant ce son plaintif, capable de faire tressaillir dans la nuit ceux qui veillent et de réveiller ceux qui dorment. Je me levai de ma table pour aller la fermer ; mais la porte entr'ouverte s'ouvrit plus grande et très doucement toujours, mais en recommençant le son aigu qui traîna comme un gémissement dans la maison silencieuse, et je vis, quand elle se fut ouverte de toute sa grandeur, Alberte! — Alberte qui, malgré les précautions d'une peur qui devait être immense, n'avait pu empêcher cette porte maudite de crier!

AFFUT A MA FENÊTRE.

« Ah! tonnerre de Dieu! ils parlent de visions, ceux qui y croient ; mais la vision la plus surnaturelle ne m'aurait pas donné la surprise, l'espèce de coup au cœur que je ressentis et qui se répéta en palpitations insensées, quand je vis venir à moi, — de cette porte ouverte, Alberte, effrayée au bruit que cette porte venait de faire en s'ouvrant, et qui allait recommencer encore, si elle la fermait! Rappelez-vous toujours que je n'avais pas dix-huit ans! Elle vit peut-être ma terreur à la sienne : elle réprima, par un geste énergique, le cri de surprise qui pouvait m'échapper, — qui me serait certainement échappé sans ce geste, — et elle referma la porte, non plus lentement, puisque cette lenteur l'avait fait crier, mais rapidement, pour éviter ce cri des gonds, — qu'elle n'évita pas, et qui recommença plus net, plus franc, d'une seule venue et suraigu ; — et, la porte fermée et l'oreille contre, elle écouta si un autre bruit, qui aurait été plus inquiétant et plus terrible, ne répondait pas à celui-là... Je crus la voir chanceler... Je m'élançai, et je l'eus bientôt dans les bras. »

— Mais elle va bien, votre Alberte! — dis-je au capitaine.

— « Vous croyez peut-être — reprit-il, comme s'il n'avait pas entendu ma moqueuse observation — qu'elle y tomba, dans mes bras, d'effroi, de passion, de tête perdue, comme une fille poursuivie ou qu'on peut poursuivre, — qui ne sait plus ce qu'elle fait quand elle fait la dernière des folies, quand elle s'abandonne à ce démon que les femmes ont toutes — dit-on — quelque part et qui serait le maître toujours, s'il n'y en avait pas deux autres aussi en elles, — la Lâcheté et la Honte, — pour contrarier celui-là! Eh bien, non, ce n'était pas cela! Si vous le croyiez, vous vous tromperiez... Elle n'avait rien de ces peurs vulgaires et osées... Ce fut bien plus elle qui me prit dans ses bras que je ne la pris dans les miens... Son premier mouvement avait été de se jeter le front contre ma poitrine, mais elle le releva et me regarda, les yeux tout grands, — des yeux immenses! — comme pour voir si c'était bien moi qu'elle tenait ainsi dans ses bras! Elle était horriblement pâle, et comme je ne l'avais jamais vue pâle ; mais ses traits de princesse n'avaient pas bougé. Ils avaient toujours l'immobilité et la fermeté d'une médaille. Seulement, sur sa bouche aux lèvres légèrement bombées errait je ne sais quel égarement, qui n'était pas celui de la passion heureuse ou qui va l'être tout à l'heure! Et cet égarement avait quelque chose de si sombre dans un pareil moment, que, pour ne pas le voir, je plantai sur ces belles lèvres rouges et érectiles le robuste et foudroyant baiser du désir triomphant et roi! La bouche s'entr'ouvrit... mais les yeux noirs, à la noirceur profonde, et dont les longues paupières touchaient presque alors mes paupières, ne se fermèrent point, — ne palpitèrent même pas ; — mais tout au fond, comme sur sa bouche, je vis passer de la démence! Agrafée dans ce baiser de feu et comme enlevée par les lèvres qui pénétraient les siennes, aspirée par l'haleine qui la respirait, je la portai, toujours collée à moi, sur ce canapé de maroquin bleu, — mon gril de saint Laurent, depuis un mois que je m'y roulais en pensant à elle, — et dont le maroquin se mit à voluptueusement craquer sous son dos nu, car elle était à moitié nue. Elle sortait de son lit, et, pour venir, elle avait... le croirez-vous? été obligée de traverser la chambre où son père et sa mère dormaient! Elle l'avait traversée à tâtons, les mains en avant, pour ne pas se choquer à quelque meuble qui aurait retenti de son choc et qui eût pu les réveiller. »

— Ah! — fis-je, — on n'est pas plus brave à la tranchée. Elle était digne d'être la maîtresse d'un soldat!

— « Et elle le fut dès cette première nuit-là, — reprit le vicomte. — Elle le fut aussi violente que moi, et je vous jure que je l'étais! Mais c'est égal... voici la revanche! Elle ni moi ne pûmes oublier, dans les plus vifs de nos transports, l'épouvantable situation qu'elle nous faisait à tous les deux. Au sein de ce bonheur qu'elle venait chercher et m'offrir, elle était alors comme stupéfiée de l'acte qu'elle accomplissait d'une volonté pourtant si ferme, avec un acharnement si obstiné. Je ne m'en étonnai pas. Je l'étais bien, moi, stupéfié! J'avais bien, sans le lui dire et sans le lui montrer, la plus effroyable anxiété dans le cœur, pendant qu'elle me pressait à m'étouffer sur le sien. J'écoutais, à travers ses soupirs, à travers ses baisers, à travers le terrifiant silence qui pesait sur cette maison endormie et confiante, une chose horrible : c'était si sa mère ne s'éveillait pas, si son père ne se levait pas! Et jusque par-dessus son épaule, je regardais derrière elle si cette porte, dont elle n'avait pas ôté la clé, par peur du bruit qu'elle pouvait faire, n'allait pas s'ouvrir de nouveau et me montrer, pâles et indignées, ces deux têtes de Méduse, ces deux vieillards que nous trompions avec une lâcheté si hardie, surgir tout à coup dans la nuit, images de l'hospitalité violée et de la Justice! Jusqu'à ces voluptueux craquements du maroquin bleu, qui m'avaient sonné la diane de l'Amour, me faisaient tressaillir d'épouvante... Mon cœur battait contre le sien, qui semblait me répercuter ses battements... C'était enivrant et dégrisant tout à la fois, mais c'était terrible! Je me fis à tout cela plus tard. A force de renouveler impunément cette imprudence sans nom, je devins tranquille dans cette imprudence. A force de

ELLE VIT PEUT-ÊTRE MA TERREUR A LA SIENNE.

vivre dans ce danger d'être surpris, je me blasai. Je n'y pensai plus. Je ne pensai plus qu'à être heureux. Dès cette première nuit formidable, qui aurait dû l'épouvanter des autres, elle avait décidé qu'elle viendrait chez moi de deux nuits en deux nuits, puisque je ne pouvais aller chez elle, — sa chambre de jeune fille n'ayant d'autre issue que dans l'appartement de ses parents, — et elle y vint régulièrement toutes les deux nuits; mais jamais elle ne perdit la sensation, — la stupeur de la première fois! Le temps ne produisit

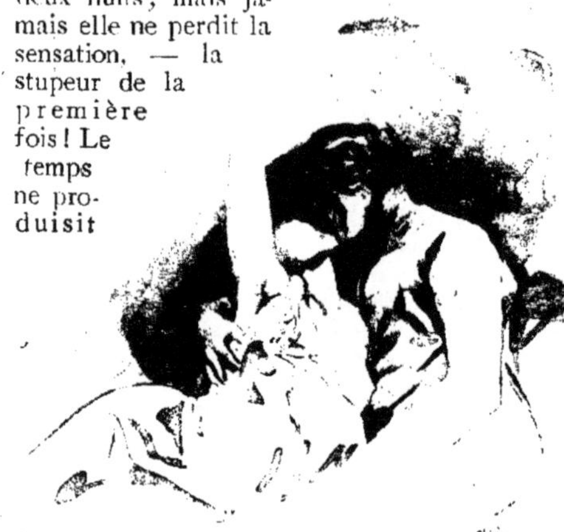

Elle ne me répondit jamais que par de longues étreintes.

pas sur elle l'effet qu'il produisit sur moi. Elle ne se bronza pas au danger, affronté chaque nuit. Toujours elle restait, et jusque sur mon cœur, silencieuse, me parlant à peine avec la voix, car, d'ailleurs, vous vous doutez bien qu'elle était éloquente; et lorsque plus tard le calme me prit, moi, à force de danger affronté et de réussite, et que je lui parlai, comme on parle à sa maîtresse, de ce qu'il y avait déjà de passé entre nous, — de cette froideur inexplicable et démentie, puisque je la tenais dans mes bras, et qui avait succédé à ses premières audaces; quand je lui adressai enfin tous ces pourquoi insatiables de l'amour, qui n'est peut-être au fond qu'une curiosité, elle ne me répondit jamais que par de longues étreintes. Sa bouche triste demeurait muette de tout... excepté de baisers! Il y a des femmes qui vous disent : « Je me perds pour vous ; » il y en a d'autres qui vous disent : « Tu vas bien me mépriser ; » et ce sont là des manières différentes d'exprimer la fatalité de l'amour. Mais elle, non! Elle ne disait mot... Chose étrange! Plus étrange personne! Elle me produisait l'effet d'un épais et dur couvercle de marbre qui brûlait, chauffé par en dessous... Je croyais qu'il arriverait un moment où le marbre se fendrait enfin sous la chaleur brûlante, mais le marbre ne perdit jamais sa rigide densité. Les nuits qu'elle venait, elle n'avait ni plus d'abandon, ni plus de paroles, et, je me permettrai ce mot ecclésiastique, elle fut toujours aussi *difficile à confesser* que la première nuit qu'elle était venue. Je n'en tirai pas davantage... Tout au plus un monosyllabe arraché, d'obsession, à ces belles lèvres dont je raffolais d'autant plus que je les avais vues plus froides et plus indifférentes pendant la journée, et, encore, un monosyllabe qui ne faisait pas grande lumière sur la nature de cette fille, qui me paraissait plus sphinx, à elle seule, que tous les Sphinx dont l'image se multipliait autour de moi, dans cet appartement Empire. »

— Mais, capitaine, interrompis-je encore, — il y eut pourtant une fin à tout cela? Vous êtes un homme fort et tous les Sphinx sont des animaux fabuleux. Il n'y en a point dans la vie, et vous finîtes bien par trouver, que diable! ce qu'elle avait dans son giron, cette commère-là!

— « Une fin! Oui, il y eut une fin, — fit le vicomte de Brassard en baissant brusquement la vitre du coupé, comme si la respiration avait manqué à sa monumentale poitrine et qu'il eût besoin d'air pour achever ce qu'il avait à raconter. — Mais le giron, comme vous dites, de cette singulière fille n'en fut pas plus ouvert pour cela. Notre amour, notre relation, notre intrigue, — appelez cela comme vous voudrez, — nous donna, ou plutôt *me* donna, à *moi*, des sensations que je ne crois pas avoir éprouvées jamais depuis avec des femmes plus aimées que cette Alberte, qui ne m'aimait peut-être pas, que je n'aimais peut-être pas!! Je n'ai jamais bien compris ce que j'avais pour elle et ce qu'elle avait pour moi, et cela dura plus de six mois! Pendant ces six mois, tout ce que je compris, ce fut un genre de bonheur dont on n'a pas l'idée dans la jeunesse. Je compris le bonheur de ceux qui se cachent. Je compris la jouissance du mystère dans la complicité, qui, même sans l'espérance de réussir, ferait encore des conspirateurs incorrigibles. Alberte, à la table de ses parents comme partout, était toujours la Madame Infante qui m'avait tant frappé le premier jour que je l'avais vue. Son front néronien, sous ses cheveux bleus à force d'être noirs, qui bouclaient durement et touchaient ses sourcils, ne laissaient rien passer de la nuit coupable, qui n'y étendait aucune rougeur. Et moi qui essayais d'être aussi impénétrable qu'elle, mais qui, j'en suis sûr, aurais dû me trahir dix fois si j'avais eu affaire à des observateurs, je me rassasiais orgueilleusement et presque sensuellement, dans le plus profond de mon être, de l'idée que toute cette superbe indifférence était bien à moi et qu'elle avait pour moi toutes les bassesses de la passion, si la passion pouvait jamais être basse! Nul que nous sur la terre ne savait cela... et c'était délicieux, cette pensée! Personne, pas même mon ami, Louis de Meung, avec lequel j'étais discret depuis que j'étais heureux! Il avait tout deviné, sans doute, puisqu'il était aussi discret que moi. Il ne m'interrogeait pas. J'avais repris avec lui, sans effort, mes habitudes d'intimité, les promenades sur le Cours, en grande ou en petite tenue, l'impériale, l'escrime et le punch! Pardieu! quand on sait que le bonheur viendra, sous la forme d'une belle jeune fille qui a comme une *rage de dents* dans le cœur, vous visiter régulièrement d'une nuit l'autre, à la même heure, cela simplifie joliment les jours! »

— Mais ils dormaient donc comme les Sept Dormants, les parents de cette Alberte? — fis-je railleusement, en coupant net les réflexions de l'ancien dandy par une plaisanterie, et pour ne pas paraître trop pris par son histoire, qui me prenait, car, avec les dandys, on n'a guère que la plaisanterie pour se faire un peu respecter.

— « Vous croyez donc que je cherche des effets de conteur hors de la réalité? — dit le vicomte. — Mais je ne suis pas romancier, moi! Quelquefois Alberte ne venait pas. La porte, dont les gonds huilés étaient moelleux comme de la ouate maintenant, ne s'ouvrait pas de toute une nuit, et c'est qu'alors sa mère l'avait entendue et s'était écriée, ou c'est que son père l'avait aperçue, filant ou tâtonnant à travers la chambre. Seulement Alberte, avec sa tête d'acier, trouvait à chaque fois un prétexte. Elle était souffrante... Elle cherchait le sucrier sans flambeau, de peur de réveiller personne... »

— Ces têtes d'acier-là ne sont pas si rares que vous avez l'air de le croire, capitaine! — interrompis-je encore. J'étais contrariant. — Votre Alberte, après tout, n'était pas plus forte que la jeune fille qui recevait toutes les nuits, dans la chambre de sa grand'mère, endormie derrière ses rideaux, un amant entré par la fenêtre, et qui, n'ayant pas de canapé de maroquin bleu, s'établissait, à la bonne franquette, sur le tapis... Vous savez comme moi l'histoire. Un soir, apparemment poussé par la jeune fille trop heureuse, un soupir plus fort que les autres réveilla la grand'mère qui cria de dessous ses rideaux un : « Qu'as-tu donc, petite? » à la faire évanouir contre le cœur de son amant ; mais elle n'en répondit pas moins de sa place : « C'est mon busc qui me gêne, grand'maman, pour chercher mon aiguille tombée sur le tapis, et que je ne puis pas retrouver! »

« Oui, je connais l'histoire, — reprit le vicomte de Brassard, que j'avais cru humilier par une comparaison, dans la personne de son Alberte. — C'était, si je m'en souviens bien, une de Guise que la jeune fille dont vous me parlez. Elle s'en tira comme une fille de son nom ; mais vous ne dites pas qu'à partir de cette nuit-là, elle ne rouvrit plus la fenêtre à son amant, qui était, je crois, M. de Noirmoutier, tandis qu'Alberte revenait le lendemain de ces accrocs terribles, et s'exposait de plus belle au danger bravé, comme si de rien n'était. Alors, je n'étais, moi, qu'un sous-lieutenant assez médiocre en mathématiques, et qui m'en occupais fort peu ; mais il était évident, pour qui sait faire le moindre calcul des probabilités, qu'un jour... une nuit... il y aurait un dénouement... »

— Ah, oui! — fis-je, me rappelant ses paroles d'avant son histoire, — le dénouement qui devait vous faire connaître la sensation de la peur, capitaine.

« Précisément, — répondit-il d'un ton plus grave et qui tranchait sur le ton léger que j'affectais. — Vous l'avez vu, n'est-ce pas? depuis ma main prise sous la table jusqu'au moment où elle surgit la nuit, comme une apparition dans le cadre de ma porte ouverte, Alberte ne m'avait pas marchandé l'émotion. Elle m'avait fait passer dans l'âme plus d'un genre de frisson, plus d'un genre de terreur ; mais ce n'avait été encore que l'impression des balles qui sifflent autour de vous et des boulets dont on sent le vent ; on frissonne, mais on va toujours. Eh bien! ce ne fut plus cela. Ce fut de la peur, de la peur complète, de la vraie peur, et non plus pour Alberte, mais pour moi, et pour moi tout seul! Ce que j'éprouvai, ce fut positivement cette sensation qui doit rendre le cœur aussi pâle que la face ; ce fut cette panique qui fait prendre la fuite à des régiments tout entiers. Moi qui vous parle, j'ai vu fuir tout Chamboran, emportant dans son flot épouvanté, son colonel et ses officiers! Mais à cette époque je n'avais encore rien vu, et j'appris... ce que je croyais impossible.

« Ecoutez donc... C'était une nuit. Avec

la vie que nous menions, ce ne pouvait être qu'une nuit... une longue nuit d'hiver. Je ne dirai pas une de nos plus tranquilles. Elles étaient toutes tranquilles, nos nuits. Elles l'étaient devenues à force d'être heureuses. Nous dormions sur ce canon chargé. Nous n'avions pas la moindre inquiétude en faisant l'amour sur cette lame de sabre posée en travers d'un abîme, comme le pont de l'enfer des Turcs! Alberte était venue plus tôt qu'à l'ordinaire, pour être plus longtemps. Quand elle venait ainsi, ma première caresse, mon premier mouvement d'amour était pour ses pieds, ses pieds qui n'avaient plus alors ses brodequins verts ou hortensia, ces deux coquetteries et mes deux délices, et qui, nus pour ne pas faire de bruit, m'arrivaient transis du froid des briques sur lesquelles elle avait marché, le long du corridor qui menait de la chambre de ses parents à ma chambre, placée à l'autre bout de la maison. Je les réchauffais, ces pieds glacés pour moi, qui peut-être ramassaient, pour moi, en sortant d'un lit chaud, quelque horrible maladie de poitrine... Je savais le moyen de les tiédir et d'y mettre du rose ou du vermillon, à ces pieds pâles et froids; mais cette nuit-là mon moyen manqua... Ma bouche fut impuissante à attirer sur ce cou-de-pied cambré et charmant la plaque de sang que j'aimais souvent à y mettre, comme une rosette ponceau... Alberte, cette nuit-là, était plus silencieusement amoureuse que jamais. Ses étreintes avaient cette langueur et cette force qui étaient pour moi un langage, et un langage si expressif que, si je lui parlais toujours, moi, si je lui disais toutes mes démences et toutes mes ivresses, je ne lui demandais plus de me répondre et de me parler. A ces étreintes, je l'entendais. Tout à coup, je ne l'entendis plus. Ses bras cessèrent de me presser sur son cœur, et je crus à une de ces pâmoisons comme elle en avait souvent, quoique ordinairement elle gardât, en ses pâmoisons, la force crispée de l'étreinte... Nous ne sommes pas des bégueules entre nous. Nous sommes deux hommes et nous pouvons parler comme deux hommes... J'avais l'expérience des spasmes voluptueux d'Alberte, et quand ils la prenaient, ils n'interrompaient pas mes caresses. Je restais comme j'étais, sur son cœur, attendant qu'elle revînt à la vie consciente, dans l'orgueilleuse certitude qu'elle reprendrait ses sens sous les miens, et que la foudre qui l'avait frappée la ressusciterait en la refrappant... Mais mon expérience fut trompée. Je la regardai comme elle était, liée à moi, sur le canapé bleu, épiant le moment où ses yeux, disparus sous ses larges paupières, me remontreraient leurs beaux orbes de velours noir et de feu; où ses dents, qui se serraient et grinçaient à briser leur émail au moindre baiser appliqué brusquement sur son cou et traîné longuement sur ses épaules, laisseraient, en s'entr'ouvrant, passer son souffle. Mais ni les yeux ne revinrent, ni les dents ne se desserrèrent... Le froid des pieds d'Alberte était monté jusque dans ses lèvres et sous les miennes... Quand je sentis cet horrible froid, je me dressai à mi-corps pour mieux la regarder; je m'arrachai en sursaut de ses bras, dont l'un tomba sur elle et l'autre pendit à terre, du canapé sur lequel elle était couchée. Effaré, mais lucide encore, je lui mis la main sur le cœur... Il n'y avait rien! rien au pouls, rien aux tempes, rien aux artères carotides, rien nulle part... que la mort qui était partout, et déjà avec son épouvantable rigidité!

« J'étais sûr de la mort... et je ne voulais pas y croire! La tête humaine a de ces volontés stupides contre la clarté même de l'évidence et du destin. Alberte était morte. De quoi?... Je ne savais. Je n'étais pas médecin. Mais elle était morte; et quoique je visse avec la clarté du jour de midi que ce que je pourrais faire était inutile, je fis pourtant tout ce qui me semblait si désespérément inutile. Dans mon néant absolu de tout, de connaissances, d'instruments, de ressources, je lui vidai sur le front tous les flacons de ma toilette. Je lui frappai résolument dans les mains, au risque d'éveiller le bruit, dans cette maison où le moindre bruit nous faisait trembler. J'avais ouï dire à un de mes oncles, chef d'escadron au 4e dragons, qu'il avait un jour sauvé un de ses amis d'une apoplexie en le saignant vite avec une de ces *flammes* dont on se sert saigner les chevaux. J'avais des armes plein ma chambre. Je pris un poignard et j'en labourai le bras d'Alberte à la saignée. Je massacrai ce bras splendide d'où le sang ne coula même pas. Quelques gouttes se coagulèrent. Il était figé. Ni baisers, ni succions, ni morsures ne purent galvaniser ce cadavre raidi, devenu cadavre sous mes lèvres. Ne sachant plus ce que je faisais, je finis par m'étendre dessus, le moyen qu'emploient (disent les vieilles histoires) les Thaumaturges ressusciteurs, n'espérant pas y réchauffer la vie, mais agissant comme si je l'espérais! Et ce fut sur ce corps glacé qu'une idée, qui ne s'était pas dégagée du chaos dans lequel la bouleversante mort subite d'Alberte m'avait jeté, m'apparut nettement, et que j'eus peur!

Alberte était morte chez moi, et sa mort disait tout.

« Oh!... mais une peur... une peur immense! Alberte était morte chez moi, et sa mort disait tout. Qu'allais-je devenir? Que fallait-il faire?... A cette pensée, je sentis la main, la main physique de cette peur hideuse, dans mes cheveux qui devinrent des aiguilles! Ma colonne vertébrale se fondit en une fange glacée, et je voulus lutter — mais en vain — contre cette déshonorante sensation... Je me dis qu'il fallait avoir du sang-froid... que j'étais un homme après tout... que j'étais militaire. Je me mis la tête dans mes mains, et quand le cerveau me tournait dans le crâne, je m'efforçai de raisonner la situation horrible dans laquelle j'étais pris... et d'arrêter, pour les fixer et les examiner, toutes les idées qui me fouettaient le cerveau comme une toupie cruelle, et qui toutes allaient, à chaque tour, se heurter à ce cadavre qui était chez moi, à ce corps inanimé d'Alberte qui ne pouvait plus regagner sa chambre, et que sa mère devait retrouver le lendemain dans la *chambre de l'officier*, morte et déshonorée? L'idée de cette mère, à laquelle j'avais peut-être tué sa fille en la déshonorant, me pesait plus sur le cœur que le cadavre même d'Alberte... On ne pouvait pas cacher la mort; mais le déshonneur, prouvé par le cadavre chez moi, n'y avait-il pas moyen de le cacher?... C'était la question que je me faisais, le point fixe que je regardais dans ma tête. Difficulté grandissant à mesure que je la regardais, et qui prenait les proportions d'une impossibilité absolue. Hallucination effroyable! par moments le cadavre d'Alberte me semblait emplir toute ma chambre et ne pouvoir plus en sortir. Ah! si la sienne n'avait pas été placée derrière l'appartement de ses parents, je l'aurais, à tout risque, reporté dans son lit! Mais pouvais-je faire, moi, avec son corps mort dans mes bras, ce qu'elle faisait, elle, déjà si imprudemment, vivante, et m'aventurer ainsi à traverser une chambre que je ne connaissais pas, où je n'étais jamais entré, et où reposaient endormis du sommeil léger des vieillards le père et la mère de la malheureuse?... Et cependant, l'état de ma tête était tel, la peur du lendemain et de ce cadavre chez moi me galopaient avec tant de furie, que ce fut cette idée, cette témérité, cette folie de reporter Alberte chez elle qui s'empara de moi comme l'unique moyen de sauver l'honneur de la pauvre fille et de m'épargner la honte des reproches du père et de la mère, de me tirer enfin de cette ignominie. Le croirez-vous? J'ai peine à le croire moi-même, quand j'y pense. J'eus la force de prendre le cadavre d'Alberte et, le soulevant par les bras, de le charger sur mes épaules. Horrible chappe, plus lourde, allez! que celle des damnés dans l'enfer du Dante! Il faut l'avoir portée, comme moi, cette chappe d'une chair qui me faisait bouillonner le sang de désir il n'y avait qu'une heure, et qui maintenant me transissait!... Il faut l'avoir portée pour bien savoir ce que c'était! J'ouvris ma porte ainsi chargé et, pieds nus comme elle, pour faire moins de bruit, je m'enfonçai dans le corridor qui conduisait à la chambre de ses parents, et dont la porte était au fond, m'arrêtant à chaque pas sur mes jambes défaillantes pour écouter le silence de la maison dans la nuit, que je n'entendais plus, à cause des battements de mon cœur! Ce fut long. Rien ne bougeait... Un pas suivait un pas... Seulement, quand j'arrivai tout contre la terrible porte de la chambre de ses parents, — qu'il me fallait franchir et qu'elle n'avait pas, en venant, entièrement fermée pour la retrouver entr'ouverte au retour, et que j'entendis les deux respirations longues et tranquilles de ces deux pauvres vieux qui dormaient dans toute la confiance de la vie, je n'osai plus!... Je n'osai plus passer ce seuil noir et béant dans les ténèbres... Je reculai; je m'enfuis presque avec mon fardeau! Je rentrai chez moi de plus en plus épouvanté. Je replaçai le corps d'Alberte sur le canapé et je recommençai, accroupi sur les genoux auprès d'elle, les suppliantes questions : « Que faire? que devenir?... » Dans l'écroulement qui se faisait en moi, l'idée insensée et atroce de jeter le corps de cette belle fille, ma maîtresse de six mois! par la fenêtre, me sillonna l'esprit. Méprisez-moi! J'ouvris la fenêtre... j'écartai le rideau que vous voyez là... et je regardai dans le trou d'ombre au fond duquel était la rue, car il faisait très sombre cette nuit-là. On ne voyait point le pavé. « On croira à un suicide », pensai-je, — et je repris Alberte, et je la soulevai... Mais voilà qu'un éclair de bon sens croisa la folie! « D'où se sera-t-elle tuée? D'où sera-t-elle tombée, si on la trouve sous ma fenêtre demain?... » me demandai-je. L'impossibilité de ce que je voulais faire me souffleta! J'allai refermer la fenêtre, qui grinça dans son espagnolette. Je retirai le rideau de la fenêtre, plus mort que vif de tous les bruits que je faisais. D'ailleurs, par la fenêtre, — sur l'escalier, — dans le corridor, — partout où je pouvais laisser ou jeter le cadavre, éternellement accusateur, la profanation était inutile. L'examen du cadavre révélerait tout, et l'œil d'une mère, si cruellement avertie, verrait tout ce que le médecin ou le juge voudrait lui cacher... Ce que j'éprouvais était insupportable, et l'idée d'en finir d'un coup de pistolet, en l'état lâche de mon âme *démoralisée* (un mot de l'Empereur que plus tard j'ai compris !), me traversa en regardant luire mes armes contre le mur de ma chambre. Mais que voulez-vous ?... Je serai franc : j'avais dix-sept ans, et j'aimais... mon épée. C'est par goût et sentiment de race que j'étais soldat. Je n'avais jamais vu le feu, et je voulais le voir. J'avais l'ambition militaire. Au régiment nous plaisantions de Werther, un héros du temps, qui nous faisait pitié, à nous autres officiers ! La pensée qui m'empêcha de me soustraire, en me tuant, à l'ignoble peur qui me tenait toujours, me conduisit à une autre qui me parut le salut même dans l'impasse où je me tordais ! « Si j'allais trouver le colonel ? » me dis-je. Le colonel, c'est la paternité militaire, — et je m'habillai comme on s'habille quand bat la générale, dans une surprise... Je pris mes pistolets par une précaution de soldat. Qui savait ce qui pourrait arriver ?... J'embrassai une dernière fois, avec le sentiment qu'on a à dix-sept ans, — et on est toujours sentimental à dix-sept ans, — la bouche muette, et qui l'avait été toujours, de cette belle Alberte trépassée, et qui me comblait depuis six mois de ses plus enivrantes faveurs... Je descendis sur la pointe des pieds l'escalier de cette maison où je laissais la mort... Haletant comme un homme qui se sauve, je mis une heure (il me sembla que j'y mettais une heure !) à déverrouiller la porte de la rue et à tourner la grosse clé dans son énorme serrure, et après l'avoir refermée avec les précautions d'un voleur, je m'encourus, comme un fuyard, chez mon colonel.

« J'y sonnai comme au feu. J'y retentis comme une trompette, comme si l'ennemi avait été en train d'enlever le drapeau du régiment ! Je renversai tout, jusqu'à l'ordonnance qui voulut s'opposer à ce que j'entrasse à pareille heure dans la chambre de son maître, et une fois le colonel réveillé par la tempête du bruit que je faisais, je lui dis tout. Je me confessai d'un trait et à fond, rapidement et crânement, car les moments pressaient, le suppliant de me sauver...

« C'était un homme que le colonel ! Il vit d'un coup d'œil l'horrible gouffre dans lequel je me débattais... Il eut pitié du plus jeune de *ses enfants*, comme il m'appela, et je crois que j'étais alors assez dans un état à faire pitié ! Il me dit, avec le juron le plus français, qu'il fallait commencer par décamper immédiatement de la ville, et qu'il se chargerait de tout... qu'il verrait les parents dès que je serais parti, mais qu'il fallait partir, prendre la diligence qui allait relayer dans dix minutes à l'*hôtel de la Poste*, gagner une ville qu'il me désigna et où il m'écrirait... Il me donna de l'argent, car j'avais oublié d'en prendre, m'appliqua cordialement sur les joues ses vieilles moustaches grises, et dix minutes après cette entrevue, je grimpais (il n'y avait plus que cette place) sur l'impériale de la diligence, qui faisait le même service que celle où nous sommes actuellement, et je passais au galop sous la fenêtre (je vous demande quels regards j'y jetai) de la funèbre chambre où j'avais laissé Alberte morte, et qui était éclairée comme elle l'est ce soir. »

Le vicomte de Brassard s'arrêta, sa forte voix un peu brisée. Je ne songeais plus à plaisanter. Le silence ne fut pas long entre nous.

— Et après ? — lui dis-je.

— « Eh bien ! voilà ! — répondit-il, — il n'y a pas d'après ! C'est cela qui a bien

JE M'ENCOURUS COMME UN FUYARD CHEZ MON COLONEL.

longtemps tourmenté ma curiosité exaspérée. Je suivis aveuglément les instructions du colonel. J'attendis avec impatience une lettre qui m'apprendrait ce qu'il avait fait et ce qui était arrivé après mon départ. J'attendis environ un mois ; mais, au bout de ce mois, ce ne fut pas une lettre que je reçus du colonel, qui n'écrivait guère qu'avec son sabre sur la figure de l'ennemi ; ce fut l'ordre d'un changement de corps. Il m'était ordonné de rejoindre le 35ᵉ, qui allait entrer en campagne. et il fallait que sous vingt-quatre heures je fusse arrivé au nouveau corps auquel j'appartenais. Les immenses distractions d'une campagne, et de la première ! les batailles auxquelles j'assistai, les fatigues et aussi les aventures de femmes que je mis par-dessus celle-ci, me firent négliger d'écrire au colonel, et me détournèrent du souvenir cruel de l'histoire d'Alberte, sans pouvoir pourtant l'effacer. Je l'ai gardé comme une balle qu'on ne peut extraire... Je me disais qu'un jour ou l'autre, je rencontrerais le colonel qui me mettrait enfin au courant de ce que je désirais savoir, mais le colonel se fit tuer à la tête de son régiment, à Leipsick... Louis de Meung s'était aussi fait tuer un mois auparavant... C'est assez méprisable cela, — ajouta le capitaine, — mais tout s'assoupit dans l'âme la plus robuste... La curiosité dévorante de savoir ce qui s'était passé après mon départ finit par me laisser tranquille. J'aurais pu depuis bien des années, et changé comme j'étais, revenir sans être reconnu dans cette petite ville-ci et m'informer du moins de ce qu'on savait, de ce qui y avait filtré de ma tragique aventure. Mais quelque chose qui n'est pas, certes, le respect de l'opinion, dont je me suis moqué toute ma vie, quelque chose qui ressemblait à cette peur que je ne voulais pas sentir une seconde fois, m'en a toujours empêché. »

Il se tut encore, ce dandy qui m'avait raconté, sans le moindre dandysme, une histoire d'une si triste réalité. Je rêvais sous l'impression de cette histoire, et je comprenais que ce brillant vicomte de Brassard, la fleur non *des pois*, mais des plus fiers pavots rouges du dandysme, le buveur grandiose de *claret*, à la manière anglaise, fût comme un autre, un homme plus profond qu'il ne paraissait. Le mot me revenait qu'il m'avait dit, en commençant, sur la *tache noire* qui, pendant toute sa vie, avait meurtri ses plaisirs de mauvais sujet... quand, tout à coup, pour m'étonner davantage encore, il me saisit le bras brusquement :

— Tenez ! — me dit-il, — voyez au rideau !

L'ombre svelte d'une taille de femme venait d'y passer en s'y dessinant !

— L'ombre d'Alberte ! — fit le capitaine. — Le hasard est par trop moqueur ce soir, — ajouta-t-il avec amertume.

Le rideau avait déjà repris son carré vide, rouge et lumineux. Mais le charron, qui, pendant que le vicomte parlait, avait travaillé à son écrou, venait de terminer sa besogne. Les chevaux de relais étaient prêts et piaffaient, se sabotant de feu. Le conducteur de la voiture, bonnet d'astrakan aux oreilles, registre aux dents, prit les longes et s'enleva, et une fois hissé sur sa banquette d'impériale, cria, de sa voix claire, le mot du commandement dans la nuit :

« Roulez ! »

Et nous roulâmes, et nous eûmes bientôt dépassé la mystérieuse fenêtre, que je vois toujours dans mes rêves, avec son rideau cramoisi.

Il eut, ce soir-là, la volupté repue, souveraine, nonchalante.

Le plus bel amour de Don Juan

Le meilleur régal du diable, c'est une innocence. (A.)

I

— Il vit donc toujours, ce vieux mauvais sujet?

— Par Dieu! s'il vit! — et par l'ordre de Dieu, madame, — fis-je en me reprenant, car je me souvins qu'elle était dévote, — et de la paroisse de Sainte-Clotilde encore, la paroisse des ducs! — Le roi est mort! Vive le roi! disait-on sous l'ancienne monarchie avant qu'elle fût cassée, cette vieille porcelaine de Sèvres. Don Juan, lui, malgré toutes les démocraties, est un monarque qu'on ne cassera pas.

— Au fait, le diable est immortel! dit-elle comme une raison qu'elle se serait donnée.

— Il a même...

— Qui?... le diable?...

— Non, Don Juan... soupé, il y a trois jours, en goguette... Devinez où?...

— A votre affreuse Maison-d'Or, sans doute...

— Fi donc, madame! Don Juan n'y va plus... il n'y a rien là à fricasser pour sa grandesse. Le seigneur Don Juan a toujours été un peu comme ce fameux moine d'Arnaud de Brescia qui, racontent les Chroniques, ne vivait que du sang des âmes. C'est avec cela qu'il aime à roser son vin de Champagne, et cela ne se trouve plus depuis longtemps dans le cabaret des cocottes!

— Vous verrez — reprit-elle avec ironie — qu'il aura soupé au couvent des Bénédictins, avec ces dames.

— De l'Adoration perpétuelle, oui, madame! Car l'adoration qu'il a inspirée une fois, ce diable d'homme! me fait l'effet de durer toujours.

— Pour un catholique, je vous trouve profanant, — dit-elle lentement, mais un peu crispée, — et je vous prie de m'épargner le détail des soupers de vos coquines, si c'est une manière inventée par vous de m'en donner des nouvelles que de me parler, ce soir, de Don Juan.

— Je n'invente rien, madame. Les coquines du souper en question, si ce sont des coquines, ne sont pas les miennes... malheureusement...

— Assez, monsieur!

— Permettez-moi d'être modeste. C'étaient...

— Les *mille è trè?...* — fit-elle, curieuse, se ravisant, presque revenue à l'amabilité.

— Oh! pas toutes, madame... Une douzaine seulement. C'est déjà, comme cela, bien assez honnête...

— Et déshonnête aussi, — ajouta-t-elle.

— D'ailleurs, vous savez aussi bien que moi qu'il ne peut pas tenir beaucoup de monde dans le boudoir de la comtesse de Chiffrevas. On a pu y faire des choses grandes; mais il est fort petit, ce boudoir...

— Comment? — se récria-t-elle, étonnée. — C'est donc dans le boudoir qu'on aura soupé?...

— Oui, madame, c'est dans le boudoir. Et pourquoi pas? On dîne bien sur un champ de bataille. On voulait donner un souper extraordinaire au seigneur Don Juan, et c'était plus digne de le lui donner sur le théâtre de sa gloire, là où les souvenirs fleurissent à la place des orangers. Jolie idée, tendre et mélancolique! Ce n'était pas le *bal des victimes;* c'en était le souper.

— Et Don Juan? — dit-elle, comme Orgon dit : « Et Tartufe? » dans la pièce.

— Don Juan a fort bien pris la chose et très bien soupé,

... Lui, tout seul, devant elles!

dans la personne de quelqu'un que vous connaissez... et qui n'est pas moins que le comte Jules-Amédée-Hector de Ravila de Ravilès.

— Lui! C'est bien en effet, Don Juan, — dit-elle.

Et, quoiqu'elle eût passé l'âge de la rêverie, cette dévote à bec et à ongles, elle se mit à rêver au comte Jules-Amédée-Hector, — à cet homme de race Juan, — de cette antique race Juan éternelle, à qui Dieu n'a pas donné le monde, mais a permis au diable de le lui donner.

II

Ce que je venais de dire à la vieille marquise Guy de Ruy était l'exacte vérité. Il y avait trois jours à peine qu'une douzaine de femmes du vertueux faubourg Saint-Germain (qu'elles soient bien tranquilles, je ne les nommerai pas!) lesquelles, toutes les douze, selon les douairières du commérage, avaient été du *dernier bien* (vieille expression charmante) avec le comte Ravila de Ravilès, s'étaient prises de l'idée singulière de lui offrir à souper, — *à lui seul d'homme* — pour fêter... quoi? elles ne le disaient pas. C'était hardi, qu'un tel souper; mais les femmes, lâches individuellement, en troupe sont audacieuses. Pas une peut-être de ce souper féminin n'aurait osé l'offrir chez elle, en tête à tête, au comte Jules-Amédée-Hector; mais ensemble, et s'épaulant toutes, les unes par les autres, elles n'avaient pas craint de faire la chaîne du baquet de Mesmer autour de cet homme magnétique et compromettant, le comte de Ravila de Ravilès...

— Quel nom!

— Un homme providentiel, madame... Le comte de Ravila de Ravilès, qui, par parenthèse, avait toujours obéi à la consigne de ce nom impérieux, était bien l'incarnation de tous les séducteurs dont il est parlé dans les romans et dans l'histoire, et la marquise Guy de Ruy — une vieille mécontente, aux yeux bleus, froids et affilés, mais moins froids que son cœur et moins affilés que son esprit, — convenait elle-même que, dans ce temps, où la question des femmes perd chaque jour de son importance, s'il y avait quelqu'un qui pût rappeler Don Juan, à coup sûr ce devait être lui! Malheureusement, c'était Don Juan au cinquième acte. Le prince de Ligne ne pouvait faire entrer dans sa spirituelle tête qu'Alcibiade eût jamais eu cinquante ans. Or, par ce côté-là encore, le comte de Ravila allait continuer toujours Alcibiade. Comme d'Orsay, ce dandy taillé dans le bronze de Michel-Ange, qui fut beau jusqu'à sa dernière heure, Ravila avait eu cette beauté particulière à la race Juan, — à cette mystérieuse race qui ne procède pas de père en fils, comme les autres, mais qui apparaît çà et là, à de certaines distances, dans les familles de l'humanité.

C'était la vraie beauté, la beauté insolente, joyeuse, impériale, *juanesque* enfin; le mot dit tout et dispense de la description; et — avait-il fait un pacte avec le diable? — il l'avait toujours... Seulement, Dieu retrouvait son compte; les griffes de tigre de la vie commençaient à lui rayer ce front divin, couronné des roses de tant de lèvres, et sur ses larges tempes impies apparaissaient les premiers cheveux blancs qui annoncent l'invasion prochaine des Barbares et la fin de l'Empire... Il les portait, du reste, avec l'impassibilité de l'orgueil surexcité par la puissance; mais les femmes qui l'avaient aimé les regardaient parfois avec mélancolie. Qui sait? elles regardaient peut-être l'heure qu'il était pour elles à ce front? Hélas! pour elles comme pour lui, c'était l'heure du terrible souper avec le froid Commandeur de marbre blanc, avec lequel il n'y a plus que l'enfer, — l'enfer de la vieillesse, en attendant l'autre! Et voilà pourquoi peut-être, avant de partager avec lui ce souper amer et suprême, elles pensèrent à lui offrir le leur et qu'elles en firent un chef-d'œuvre.

Oui, un chef-d'œuvre de goût, de délicatesse, de luxe patricien, de recherche, de jolies idées; le plus charmant, le plus délicieux, le plus friant, le plus capiteux, et surtout le plus original des soupers. Original! pensez donc! C'est ordinairement la joie, la soif de s'amuser qui donne à souper; mais ici, c'était le souvenir, c'était le regret, c'était presque le désespoir, mais le désespoir en toilette, caché sous des sourires ou sous des rires, et qui voulait encore cette fête ou cette folie dernière, encore cette escapade vers la jeunesse revenue pour une heure, encore cette griserie, pour qu'il en fût fait à jamais!...

Les Amphitryonnes de cet incroyable souper, si peu dans les mœurs trembleuses de la société à laquelle elles appartenaient, durent y éprouver quelque chose de ce que Sardanapale ressentit sur son bûcher, quand il y entassa, pour périr avec lui, ses femmes, ses esclaves, ses chevaux, ses bijoux, toutes les opulences de sa vie. Elles, aussi, entassèrent à ce souper brûlant toutes les opulences de la leur. Elles y apportèrent tout ce qu'elles avaient de beauté, d'esprit, de ressources, de parure, de puissance, pour les verser, en une seule fois, en ce suprême flamboiement.

L'homme devant lequel elles s'enveloppèrent et se drapèrent dans cette dernière flamme, était plus à leurs yeux qu'aux yeux de Sardanapale toute l'Asie. Elles furent coquettes pour lui comme jamais femmes ne le furent pour aucun homme, comme jamais femmes ne le furent pour un salon plein ; et cette coquetterie, elles l'embrasèrent de cette jalousie qu'on cache dans le monde et qu'elles n'avaient point besoin de cacher, car elles savaient toutes que cet homme avait été à chacune d'elles, et la honte partagée n'en est plus... C'était, parmi elles toutes, à qui graverait le plus avant son épitaphe dans son cœur.

Lui, il eut, ce soir-là, la volupté repue, souveraine, nonchalante, dégustatrice du confesseur de nonnes et du sultan. Assis comme un roi -- comme le maître — au milieu de la table, en face de la comtesse de Chiffrevas, dans ce boudoir fleur de pêcher ou de... péché (on n'a jamais bien su l'orthographe de la couleur de ce boudoir), le comte de Ravila embrassait de ses yeux, bleu d'enfer, que tant de pauvres créatures avaient pris pour le bleu du ciel, ce cercle rayonnant de douze femmes, mises avec génie, et qui, à cette table, chargée de cristaux, de bougies allumées et de fleurs, étalaient, depuis le vermillon de la rose ouverte jusqu'à l'or adouci de la grappe ambrée, toutes les nuances de la maturité.

Il n'y avait pas là de ces jeunesses vert tendre, de ces petites demoiselles qu'exécrait Byron, qui sentent la tartelette et qui, par la tournure, ne sont encore que des épluchettes, mais tous étés splendides et savoureux, plantureux automnes, épanouissements et plénitudes, seins éblouissants battant leur plein majestueux au bord découvert des corsages, et, sous les camées de l'épaule nue, des bras de tout galbe, mais surtout de ces bras puissants, de ces biceps de Sabines qui ont lutté avec les Romains et qui seraient capables de s'entrelacer, pour l'arrêter, dans les rayons de la roue du char de la vie.

J'ai parlé d'idées. Une des plus charmantes de ce souper avait été de le faire servir par des femmes de chambre, pour qu'il ne fût pas dit que rien eût dérangé l'harmonie d'une fête dont les femmes étaient les seules reines, puisqu'elles en faisaient les honneurs... Le seigneur Don Juan — branche de Ravila — put donc baigner ses fauves regards dans une mer de chairs lumineuses et vivantes comme Rubens en met dans ses grasses et robustes peintures, mais il put plonger aussi son orgueil dans l'éther plus ou moins limpide, plus ou moins troublé de tous ces cœurs. C'est qu'au fond, et malgré tout ce qui pourrait empêcher de le croire, c'est un rude spiritualiste que Don Juan ! Il l'est comme le démon lui-même, qui aime les âmes plus que les corps, et qui fait même cette traite-là de préférence à l'autre, le négrier infernal !

Spirituelles, nobles, du ton le plus faubourg Saint-Germain, mais ce soir-là hardies comme des pages de la maison du Roi quand il y avait une maison du Roi et des pages, elles furent d'un étincellement d'esprit, d'un mouvement, d'une verve et d'un *brio* incomparables. Elles s'y sentirent supérieures à tout ce qu'elles avaient été dans leurs plus beaux soirs. Elles y jouirent d'une puissance inconnue qui se dégageait du fond d'elles-mêmes, et dont jusque-là elles ne s'étaient jamais doutées.

Le bonheur de cette découverte, la sensation des forces triplées de la vie ; de plus, les influences physiques, si décisives, sur les êtres nerveux, l'éclat des lumières, l'odeur pénétrante de toutes ces fleurs qui se pâmaient dans l'atmosphère chauffée par ces beaux corps aux effluves trop forts pour elles, l'aiguillon des vins provocants, l'idée de ce souper qui avait justement le mérite piquant du péché que la Napolitaine demandait à son sorbet pour le trouver exquis, la pensée enivrante de la complicité dans ce petit crime d'un souper risqué, oui ! mais qui ne versa pas vulgairement dans le souper régence ; qui resta un souper faubourg Saint-Germain et XIXe siècle, et où de tous ces adorables corsages, doublés de cœurs qui avaient vu le feu et qui aimaient à l'agacer encore, pas une épingle ne tomba ; — toutes ces choses enfin, agissant à la fois, tendirent la harpe mystérieuse que toutes ces merveilleuses organisations portaient en elles, aussi fort qu'elle pouvait être tendue sans se briser, et elles arrivèrent à des octaves sublimes, à d'inexprimables diapasons... Ce dut être curieux, n'est-ce pas ? Cette page inouïe de ses Mémoires, Ravila l'écrira-t-il un jour ?... C'est une question, mais lui seul peut l'écrire... Comme je dis à la marquise Guy de Ruy, je n'étais pas à ce souper, et si j'en vais rapporter quelques détails de l'histoire par laquelle il finit, c'est que je les tiens de Ravila lui-même, qui, fidèle à l'indiscrétion traditionnelle et caractéristique de la race Juan, prit la peine un soir de me les raconter.

III

Il était donc tard, — c'est-à-dire tôt ! Le matin venait. Contre le plafond et à une certaine place des rideaux de soie rose du boudoir, hermétiquement fermés, on voyait poindre et rondir une goutte d'opale, comme un œil grandissant, l'œil du jour curieux qui aurait regardé par là ce qu'on faisait dans ce boudoir enflammé. L'alanguissement commençait à prendre les chevalières de cette Table-Ronde, ces soupeuses, si animées il n'y avait qu'un moment. On connaît ce moment-là de tous les soupers où la fatigue de l'émotion et de la nuit passée semble se projeter sur tout, sur les coiffures qui s'affaissent, les joues vermillonnées ou pâlies qui brûlent, les regards lassés dans les yeux cernés qui s'alourdissent, et même jusque sur les lumières élargies et rampantes des mille bougies des candélabres, ces bouquets de feu aux tiges sculptées de bronze et d'or.

La conversation générale, longtemps faite d'entrain, partie de volant où chacun avait allongé son coup de raquette, s'était fragmentée, émiettée, et rien de distinct ne s'entendait plus dans le bruit harmonieux de toutes ces voix, aux timbres aristocratiques, qui se mêlaient et babillaient comme les oiseaux, à l'aube, sur la lisière d'un bois... quand l'une d'elles, — une voix de tête, celle-là ! — impérieuse et presque impertinente, comme doit l'être une voix de duchesse, dit tout à coup, par-dessus toutes autres, au comte de Ravila, ces paroles qui étaient sans doute la suite et la conclusion d'une conversation, à voix basse, entre eux deux, que personne de ces femmes, qui causaient, chacune avec sa voisine, n'avait entendue :

— Vous qui passez pour le Don Juan de ces temps-ci, vous devriez nous raconter l'histoire de la conquête qui a le plus flatté votre orgueil d'homme aimé et que vous jugez, à cette lueur du moment présent, le plus bel amour de votre vie ?...

Et la question, autant que la voix qui parlait, coupa nettement dans le bruit toutes ces conversations éparpillées et fit subitement le silence.

C'est la voix de la duchesse de ***. — Je ne lèverai pas son masque d'astériques ; mais peut-être la reconnaîtrez-vous, quand je vous aurai dit que c'est la blonde la plus pâle de teint et de cheveux et les yeux les plus noirs sous ses longs sourcils d'ambre, de tout le faubourg Saint-Germain. — Elle était assise, comme un juste à la droite de Dieu, à la droite du comte de Ravila, le dieu de cette fête, qui ne réduisait pas alors ses ennemis à lui servir de marchepied ; mince et idéale comme une arabesque et comme une fée, dans sa robe de velours vert aux reflets d'argent, dont la longue traîne se tordait autour de sa chaise, et figurait assez bien la queue de serpent par laquelle se terminait la croupe charmante de Mélusine.

— C'est là une idée ! — fit la comtesse de Chiffrevas, comme pour appuyer, en sa qualité de maîtresse de maison, le désir et la motion de la duchesse, — oui, l'amour de tous les amours, inspirés ou sentis, que vous voudriez le plus recommencer, si c'était possible.

— Oh ! je voudrais les recommencer tous ! — fit Ravila avec cet inassouvissement d'Empereur romain qu'ont parfois ces blasés immenses. Et il leva son verre de champagne, qui n'était pas la coupe bête et païenne par laquelle on l'a remplacé, mais le verre élancé et svelte de nos ancêtres, qui est le vrai verre de champagne, — celui-là qu'on appelle une *flûte*, peut-être à cause des célestes mélodies qu'il nous verse souvent au cœur ! — Puis il étreignit d'un regard circulaire toutes ces femmes qui formaient autour de la table une si magnifique ceinture. — Et cependant, — ajouta-t-il, en replaçant son verre devant lui avec une mélancolie étonnante pour un tel Nabuchodonosor qui n'avait encore mangé d'herbe que les salades à l'estragon du café Anglais, — et cependant c'est la vérité, qu'il y en a *un* entre tous les sentiments de la vie, qui rayonne toujours dans le souvenir plus fort que les autres, à mesure que la vie s'avance et pour lequel on les donnerait tous !

— Le diamant de l'écrin, — dit la comtesse de Chiffrevas songeuse, qui regardait peut-être dans les facettes du sien.

— ... Et de la légende de mon pays, — reprit à son tour la princesse Jable... qui est du pied des monts Ourals, — ce fameux et fabuleux diamant, rose d'abord, qui devient noir ensuite, mais qui reste diamant, plus brillant encore noir que rose... — Elle dit cela avec le charme étrange qui est en elle, cette Bohémienne ! car c'est une Bohémienne, épousée par amour par le plus beau prince de l'émigration polonaise, et qui a l'air aussi princesse que si elle était née sous les courtines des Jagellons.

Alors, ce fut une explosion! « Oui, firent-elles toutes. — Dites-nous cela, comte! » ajoutèrent-elles passionnément, suppliantes déjà, avec les frémissements de la curiosité jusque dans les frisons de leurs cous, par derrière; se tassant, épaule contre épaule; les unes la joue dans la main, le coude sur la table; les autres, renversées au dossier des chaises, l'éventail déplié sur la bouche; le fusillant toutes de leurs yeux émerillonnés et inquisiteurs.

— Si vous le voulez absolument... — dit le comte, avec la nonchalance d'un homme qui sait que l'attente exaspère le désir.

— Absolument! — dit la duchesse en regardant — comme un despote turc aurait regardé le fil de son sabre — le fil d'or de son couteau de dessert.

— Ecoutez donc, — acheva-t-il, toujours nonchalant.

Elles se fondaient d'attention, en le regardant. Elles le buvaient et le mangeaient des yeux. Toute histoire d'amour intéresse les femmes; mais qui sait? peut-être le charme de celle-ci était-il, pour chacune d'elles, la pensée que l'histoire qu'il allait raconter pouvait être la sienne... Elles le savaient trop gentilhomme et de trop grand monde pour n'être pas sûres qu'il sauverait les noms et qu'il épaissirait, quand il le faudrait, les détails par trop transparents; et cette idée, cette certitude leur faisait d'autant plus désirer l'histoire. Elles en avaient mieux que le désir : elles en avaient l'espérance.

Leur vanité se trouvait des *rivales* dans ce souvenir évoqué comme le plus beau souvenir de la vie d'un homme, qui devait en avoir de si beaux et de si nombreux! Le vieux sultan allait jeter une fois de plus le mouchoir... que nulle main ne ramasserait, mais que celle à qui il serait jeté sentirait tomber silencieusement dans son cœur...

Or, voici, avec ce qu'elles croyaient, le petit tonnerre inattendu qu'il fit passer sur tous ces fronts écoutants :

IV

« J'ai ouï dire souvent à des moralistes, grands expérimentateurs de la vie, — dit le comte de Ravila, — que le plus fort de tous nos amours n'est ni le premier, ni le dernier, comme beaucoup le croient; c'est le second. Mais en fait d'amour, tout est vrai et tout est faux, et, du reste, cela n'aura pas été pour moi... Ce que vous me demandez, mesdames, et ce que j'ai, ce soir, à vous raconter, remonte au plus bel instant de ma jeunesse. Je n'étais plus précisément ce qu'on appelle un jeune homme, mais j'étais un homme jeune, et, comme disait un vieil oncle à moi, chevalier de Malte, pour désigner cette époque de la vie, « j'avais fini mes caravanes ». En pleine force donc, je me trouvais en pleine *relation* aussi, comme on dit si joliment en Italie, avec une femme que vous connaissez toutes et que vous avez toutes admirée... »

Ici le regard que se jetèrent en même temps, chacune à toutes les autres, ce groupe de femmes qui aspiraient les paroles de ce vieux serpent, fut quelque chose qu'il faut avoir vu, car c'est inexprimable.

« Cette femme était bien, — continua Ravila, — tout ce que vous pouvez imaginer de plus distingué, dans tous les sens que l'on peut donner à ce mot. Elle était jeune, riche, d'un nom superbe, belle, spirituelle, d'une large intelligence d'artiste, et naturelle avec cela, comme on l'est dans votre monde, quand on l'est... D'ailleurs, n'ayant, dans ce monde-là, d'autre prétention que celle de me plaire et de se dévouer; que de me paraître la plus tendre des maîtresses et la meilleure des amies.

« Je n'étais pas, je crois, le premier homme qu'elle eût aimé... Elle avait déjà aimé une fois, et ce n'était pas son mari; mais ç'avait été vertueusement, platoniquement, utopiquement, de cet amour qui exerce le cœur plus qu'il ne le remplit; qui en prépare les forces pour un autre amour qui doit toujours bientôt le suivre; de cet amour d'essai, enfin, qui ressemble à la messe blanche que disent les jeunes prêtres pour s'exercer à dire, sans se tromper, la vraie messe, la messe consacrée... Lorsque j'arrivai dans sa vie, elle n'en était encore qu'à la messe blanche. C'est moi qui fus la véritable messe, et elle la dit alors avec toutes les cérémonies de la chose et somptueusement, comme un cardinal. »

A ce mot-là, le plus joli rond de sourires tourna sur ces douze délicieuses bouches attentives, comme une ondulation circulaire sur la surface limpide d'un lac... Ce fut rapide, mais ravissant!

« C'était vraiment un être à part! — reprit le comte. — J'ai vu rarement plus de bonté vraie, plus de pitié, plus de sentiments excellents, jusque dans la passion qui, comme vous le savez, n'est pas toujours bonne... Je n'ai jamais vu moins de manège, moins de pruderie et de coquetterie, ces deux choses si souvent emmêlées dans les femmes, comme un écheveau dans lequel la griffe du chat aurait passé... Il n'y avait point de chat en celle-ci... Elle était ce que ces diables de faiseurs de livres, qui nous empoisonnent de leurs manières de parler, appelleraient une nature primitive, parée par la civilisation; mais elle n'en avait que les luxes charmants, et pas une seule de ces petites corruptions qui nous paraissent encore plus charmantes que ces luxes... »

— Était-elle brune? — interrompit tout à coup et à brûle-pourpoint la duchesse, impatientée de toute cette métaphysique.

— « Ah! vous n'y voyez pas assez clair! — dit Ravila finement. — Oui, elle était brune, brune de cheveux jusqu'au noir le plus jais, le plus miroir d'ébène que j'aie jamais vu reluire sur la voluptueuse convexité lustrée d'une tête de femme, mais elle était blonde de teint, — et c'est au teint et non aux cheveux qu'il faut juger si on est brune ou blonde, — ajouta le grand observateur, qui n'avait pas étudié les femmes seulement pour en faire des portraits. — C'était une blonde aux cheveux noirs... »

Toutes les têtes blondes de cette table qui ne l'étaient, elles, que de cheveux, firent un mouvement imperceptible. Il était évident que pour elles l'intérêt de l'histoire diminuait déjà.

« Elle avait les cheveux de la Nuit, — reprit Ravila, — mais sur le visage de l'Aurore, car son visage resplendissait de cette fraîcheur incarnadine, éblouissante et rare, qui avait résisté à tout dans cette vie nocturne de Paris dont elle vivait depuis des années, et qui brûle tant de roses à la flamme de ses candélabres. Il semblait que les siennes s'y fussent seulement embrasées, tant sur ses joues et sur ses lèvres le carmin en était presque lumineux! Leur double éclat s'accordait bien, du reste, avec le rubis qu'elle portait habituellement sur le front, car, dans ce temps-là, on se coiffait en *ferronnière*, ce qui faisait dans son visage, avec ses deux yeux incendiaires dont la flamme empêchait de voir la couleur, comme un triangle de trois rubis! Élancée, mais robuste, majestueuse même, taillée pour être la femme d'un colonel de cuirassiers, — son mari n'était alors chef d'escadron que dans la cavalerie légère, — elle avait, toute grande dame qu'elle fût, la santé d'une paysanne qui boit du soleil par la peau, et elle avait aussi l'ardeur de ce soleil bu, autant dans l'âme que dans les veines, — oui, présente et toujours prête... Mais voici où l'étrange commençait! Cet être puissant et ingénu, cette nature purpurine et pure comme le sang qui arrosait ses belles joues et rosait ses bras, était... le croirez-vous? maladroite aux caresses... »

Ici quelques yeux se baissèrent, mais se relevèrent, malicieux...

« Maladroite aux caresses comme elle était imprudente dans la vie, — continua Ravila, qui ne pesa pas plus que cela sur le renseignement. — Il fallait que l'homme qu'elle aimait lui enseignât incessamment deux choses qu'elle n'a jamais apprises, du reste... à ne pas se perdre vis-à-vis d'un monde toujours armé et toujours implacable, et à pratiquer dans l'intimité le grand art de l'amour, qui empêche l'amour de mourir. Elle avait cependant l'amour; mais l'art de l'amour lui manquait... C'était le contraire de tant de femmes, qui n'en ont que l'art! Or, pour comprendre et appliquer la politique du *Prince*, il faut être déjà Borgia. Borgia précède Machiavel. L'un est le poète; l'autre, le critique. Elle n'était nullement Borgia. C'était une honnête femme amoureuse, naïve, malgré sa colossale beauté, comme la petite fille du dessus de porte, qui, ayant soif, veut prendre dans sa main de l'eau de la fontaine, et qui, haletante, laisse tout tomber à travers ses doigts, et reste confuse...

« C'était presque joli, du reste, que le contraste de cette confusion et de cette gaucherie avec cette grande femme passionnée, qui, à la voir dans le monde, eût trompé tant d'observateurs, — qui avait tout de l'amour, même le bonheur, mais qui n'avait pas la puissance de le rendre comme on le lui donnait. Seulement je n'étais pas alors assez contemplateur pour me contenter de ce *joli d'artiste*, et c'est même la raison qui, à certains jours, la rendait inquiète, jalouse et violente, — tout ce qu'on est quand on aime, et elle aimait! — Mais, jalousie, inquiétude, violence, tout cela mourait dans l'inépuisable bonté de son cœur, au premier mal qu'elle voulait ou qu'elle croyait faire, maladroite à la blessure comme à la caresse! Lionne, d'une espèce inconnue, qui s'imaginait avoir des griffes, et qui, quand elle voulait les allonger, n'en trouvait jamais dans ses magnifiques pattes de velours. C'est avec du velours qu'elle égratignait! »

— Où va-t-il en venir? — dit la comtesse de Chiffrevas à sa voisine, — car, vraiment, ce ne peut pas être là le plus bel amour de Don Juan!

Toutes ces compliquées ne pouvaient croire à cette simplicité!

— Voilà plus de cinquante ans que je suis dans le saint ministère.

« Nous vivions donc, — dit Ravila, — dans une intimité qui avait parfois des orages, mais qui n'avait pas de déchirements, et cette intimité n'était dans cette ville de province qu'on appelle Paris, un mystère pour personne... La marquise... elle était marquise... »

Il y en avait trois à cette table, et brunes de cheveux aussi. Mais elles ne cillèrent pas. Elles savaient trop que ce n'était pas d'elles qu'il parlait... Le seul velours qu'elles eussent, à toutes les trois, était sur la lèvre supérieure de l'une d'elles, — lèvre voluptueusement estompée, qui, pour le moment, je vous jure, exprimait pas mal de dédain.

« ... Et marquise trois fois, comme les pachas peuvent être pachas à trois queues! — continua Ravila, à qui la verve venait. — La marquise était de ces femmes qui ne savent rien cacher et qui, quand elles le voudraient, ne le pourraient pas. Sa fille même, une enfant de treize ans, malgré son innocence, ne s'apercevait que trop du sentiment que sa mère avait pour moi. Je ne sais quel poète a demandé ce que pensent de nous les filles dont nous avons aimé les mères. Question profonde! que je me suis souvent faite quand je surprenais le regard d'espion, noir et menaçant, embusqué sur moi, du fond des grands yeux sombres de cette fillette. Cette enfant, d'une réserve farouche, qui le plus souvent quittait le salon quand je venais et qui se mettait le plus loin possible de moi quand elle était obligée d'y rester, avait pour ma personne une horreur presque convulsive... qu'elle cherchait à cacher en elle, mais qui, plus forte qu'elle, la trahissait... Cela se révélait dans d'imperceptibles détails, mais dont pas un ne m'échappait. La marquise, qui n'était pourtant pas une observatrice, me disait sans cesse : « Il faut prendre garde, mon ami. Je crois ma fille jalouse de vous... »

« J'y prenais garde beaucoup plus qu'elle.

« Cette petite, aurait-elle été le diable en personne, je l'aurais bien défiée de lire dans mon jeu... Mais le jeu de sa mère était transparent. Tout se voyait dans le miroir pourpre de ce visage, si souvent troublé! A l'espèce de haine de la fille, je ne pouvais m'empêcher de penser qu'elle avait surpris le secret de sa mère à quelque émotion exprimée, dans quelque regard trop noyé, involontairement, de tendresse. C'était, si vous voulez le savoir, une enfant chétive, parfaitement indigne du moule splendide d'où elle était sortie, laide, même de l'aveu de sa mère, qui ne l'en aimait que davantage; une petite topaze brûlée... que vous dirai-je? une espèce de maquette en bronze, mais avec des yeux noirs... Une magie! Et qui, depuis... »

Il s'arrêta après cet éclair... comme s'il avait voulu l'éteindre et qu'il en eût trop dit... L'intérêt était revenu général, perceptible, tendu, à toutes les physionomies, et la comtesse avait dit même entre ses belles dents le mot de l'impatience éclairée : « Enfin! »

V

« Dans les commencements de ma liaison avec sa mère, — reprit le comte de Ravila, — j'avais eu avec cette petite fille toutes les familiarités caressantes qu'on a avec tous les enfants... Je lui apportais des sacs de dragées. Je l'appelais « petite masque, » et très souvent, en causant avec sa mère, je m'amusais à lui lisser son bandeau sur la tempe, — un bandeau de cheveux malades, noirs, avec des reflets d'amadou, — mais « la petite masque, » dont la grande bouche avait un joli sourire pour tout le monde, recueillait, repliait son sourire pour moi, fronçait âprement ses sourcils, et, à force de se crisper, devenait d'une « petite masque » un vrai masque ridé de cariatide humiliée, qui semblait, quand ma main passait sur son front, porter le poids d'un entablement sous ma main.

« Aussi bien, en voyant cette maussaderie toujours retrouvée à la même place et qui semblait une hostilité, j'avais fini par laisser là cette sensitive, couleur de souci, qui se contractait si violemment au contact de la moindre caresse... et je ne lui parlais même plus! « Elle sent bien que vous la volez, — me disait la marquise. — Son instinct lui dit que vous lui prenez une portion de l'amour de sa mère. » Et quelquefois, elle ajoutait dans sa droiture : C'est ma conscience que cette enfant, et mon remords, sa jalousie. »

« Un jour, ayant voulu l'interroger sur cet éloignement profond qu'elle avait pour moi, la marquise n'en avait obtenu que ces réponses brisées, têtues, stupides, qu'il faut tirer, avec un tire-bouchon d'interrogations répétées, de tous les enfants qui ne veulent rien dire... « Je n'ai rien... je ne sais pas. » et voyant la dureté de ce petit bronze, elle avait cessé de lui faire des questions, et, de lassitude, elle s'était détournée...

« J'ai oublié de vous dire que cette enfant bizarre était très dévote, d'une dévotion sombre, espagnole, moyen âge, superstitieuse. Elle tordait autour de son maigre corps toutes sortes de scapulaires et se plaquait sur sa poitrine, unie comme le dos de la main, et autour de son cou bistré, des tas de croix, de bonnes Vierges et de Saint-Esprits ! « Vous êtes malheureusement un impie, — me disait la marquise. — Un jour, en causant, vous l'aurez peut-être scandalisée. Faites attention à tout ce que vous dites devant elle, je vous en supplie. N'aggravez pas mes torts aux yeux de cette enfant envers qui je me sens déjà si coupable ! » Puis, comme la conduite de cette petite ne changeait point, ne se modifiait point : « Vous finirez par la haïr, — ajoutait la marquise inquiète, — et je ne pourrai pas vous en vouloir. » Mais elle se trompait : je n'étais qu'indifférent pour cette maussade fillette, quand elle ne m'impatientait pas.

« J'avais mis entre nous la politesse qu'on a entre grandes personnes, et entre grandes personnes qui ne s'aiment point. Je la traitais avec cérémonie, l'appelant gros comme le bras : « Mademoiselle, » et elle me renvoyait un « Monsieur » glacial. Elle ne voulait rien faire devant moi qui pût la mettre, je ne dis pas en valeur, mais seulement en dehors d'elle-même... Jamais sa mère ne put la décider à me montrer un de ses dessins, ni à jouer devant moi un air de piano. Quand je l'y surprenais, étudiant avec beaucoup d'ardeur et d'attention, elle s'arrêtait court, se levait du tabouret et ne jouait plus...

« Une seule fois, sa mère l'exigeant (il y avait du monde), elle se plaça devant l'instrument ouvert avec un de ces airs *victime* qui, je vous assure, n'avait rien de doux, et elle commença je ne sais quelle partition avec des doigts abominablement contrariés. J'étais debout à la cheminée, et je la regardais obliquement. Elle avait le dos tourné de mon côté, et il n'y avait pas de glace devant elle dans laquelle elle pût voir que je la regardais... Tout à coup son dos (elle se tenait habituellement mal, et sa mère lui disait souvent : « Si tu te tiens toujours ainsi, tu finiras par te donner une maladie de poitrine »), tout à coup son dos se redressa, comme si je lui avais cassé l'épine dorsale avec mon regard comme avec une balle ; et abattant violemment le couvercle du piano, qui fit un bruit effroyable en tombant, elle se sauva du salon... On alla la chercher ; mais ce soir-là, on ne put jamais l'y faire revenir.

« Eh bien, il paraît que les hommes les plus fats ne le sont jamais assez, car la conduite de cette ténébreuse enfant, qui m'intéressait si peu, ne me donna rien à penser sur le sentiment qu'elle avait pour moi. Sa mère, non plus. Sa mère, qui était jalouse de toutes les femmes de son salon, ne fut pas plus jalouse que je n'étais fat avec cette petite fille, qui finit par se révéler dans un de ces faits que la marquise, l'expansion même dans l'intimité, pâle encore de la terreur qu'elle avait ressentie, et riant aux éclats de l'avoir éprouvée, eut l'imprudence de me raconter. »

Il avait souligné, par inflexion, le mot *d'imprudence* comme eût fait le plus habile acteur et en homme qui savait que tout l'intérêt de son histoire ne tenait plus qu'au fil de ce mot-là !

Mais cela suffisait apparemment, car ces douze beaux visages de femmes s'étaient renflammés d'un sentiment aussi intense que les visages des Chérubins devant le trône de Dieu. Est-ce que le sentiment de la curiosité chez les femmes n'est pas aussi intense que le sentiment de l'adoration chez les Anges ?... Lui, les regarda tous, ces visages de Chérubins qui ne finissaient pas aux épaules, et les trouvant à point, sans doute, pour ce qu'il avait à leur dire, il reprit vite et ne s'arrêta plus :

« Oui, elle riait aux éclats, la marquise, rien que d'y penser ! — me dit-elle à quelque temps de là, lorsqu'elle me rapporta la chose ; mais elle n'avait pas toujours ri ! — « Figurez-vous, — me conta-t-elle (je tâcherai de me rappeler ses propres paroles), — que j'étais assise là où nous sommes maintenant. »

« (C'était sur une de ces causeuses qu'on appelait des *dos-à-dos*, le meuble le mieux inventé pour se bouder et se raccommoder sans changer de place.)

« Mais vous n'étiez pas où vous voilà, heureusement ! quand on m'annonça... devinez qui ?... vous ne le devineriez jamais... M. le curé de Saint-Germain-des-Prés. Le connaissez-vous ?... Non ! Vous n'allez jamais à la messe, ce qui est très mal... Comment pourriez-vous donc connaître ce pauvre vieux curé qui est un saint, et qui ne met le pied chez aucune femme de sa paroisse, sinon quand il s'agit d'une quête pour ses pauvres ou pour son église ? Je crus tout d'abord que c'était pour cela qu'il venait.

« Il avait dans le temps fait faire sa première communion à ma fille, et elle, qui communiait souvent, l'avait gardé pour confesseur. Pour cette raison, bien des fois, depuis ce temps-là, je l'avais invité à dîner, mais en vain. Quand il entra, il était extrêmement troublé, et je vis sur ses traits, d'ordinaire si placides, un embarras si peu dissimulé et si grand, qu'il me fut impossible de le mettre sur le compte de la timidité toute seule, et que je ne pus m'empêcher de lui dire pour la première parole : Eh! mon Dieu! qu'y a-t-il, monsieur le curé?

« — Il y a, — me dit-il, — madame, que vous voyez l'homme le plus embarrassé qu'il y ait au monde. Voilà plus de cinquante ans que je suis dans le saint ministère, et je n'ai jamais été chargé d'une commission plus délicate et que je comprisse moins que celle que j'ai à vous faire... »

« Et il s'assit, me demanda de faire fermer ma porte tout le temps de notre entretien. Vous sentez bien que toutes ces solennités m'effrayaient un peu... Il s'en aperçut.

« Ne vous effrayez pas à ce point, madame, — reprit-il ; — vous avez besoin de tout votre sang-froid pour m'écouter et pour me faire comprendre, à moi, la chose inouïe dont il s'agit, et qu'en vérité, je ne puis admettre... Mademoiselle votre fille, de la part de qui je viens, est, vous le savez comme moi, un ange de pureté et de piété. Je connais son âme. Je la tiens dans mes mains depuis son âge de sept ans, et je suis persuadé qu'elle se trompe... à force d'innocence peut-être... Mais, ce matin, elle est venue me déclarer en confession qu'elle était, vous ne le croirez pas, madame, ni moi non plus, mais il faut bien dire le mot... enceinte! »

« Je poussai un cri...

« — J'en ai poussé un comme vous dans mon confessionnal, ce matin, reprit le curé, à cette déclaration faite par elle avec toutes les marques du désespoir le plus sincère et le plus affreux! Je sais à fond cette enfant. Elle ignore tout de la vie et du péché... C'est certainement de toutes les jeunes filles que je confesse celle dont je répondrais le plus devant Dieu. Voilà tout ce que je puis vous dire! Nous sommes, nous autres prêtres, les chirurgiens des âmes, et il nous faut les accoucher des hontes qu'elles dissimulent, avec des mains qui ne les blessent ni ne les tachent. Je l'ai donc, avec toutes les précautions possibles, interrogée, questionnée, pressée de questions, cette enfant au désespoir, mais qui, une fois la chose dite, la faute avouée, qu'elle appelle un crime et sa damnation éternelle, car elle se croit damnée, la pauvre fille! ne m'a plus répondu et s'est obstinément renfermée dans un silence qu'elle n'a rompu que pour me supplier de venir vous trouver, madame, et de vous apprendre son crime, — car il faut bien que maman le sache, — a-t-elle dit, — et jamais je n'aurai la force de le lui avouer! »

« J'écoutais le curé de Saint-Germain-des-Prés. Vous vous doutez bien avec quel mélange de stupéfaction et d'anxiété! Comme lui et encore plus que lui, je croyais être sûre de l'innocence de ma fille; mais les innocents tombent souvent, même par innocence... Et ce qu'elle avait dit à son confesseur n'était pas impossible... Je n'y croyais pas... Je ne voulais pas y croire; mais cependant ce n'était pas impossible!... Elle n'avait que treize ans, mais elle était une femme, et cette précocité même m'avait effrayée... Une fièvre, un transport de curiosité me saisit.

« — Je veux et je vais tout savoir! — dis-je à ce bonhomme de prêtre, ahuri devant moi et qui, en m'écoutant, débordait d'embarras son chapeau. — Laissez-moi, monsieur le curé. Elle ne parlerait pas devant vous. Mais je suis sûre qu'elle me dira tout... que je lui arracherai tout, et que nous comprendrons alors ce qui est maintenant incompréhensible! »

« Et le prêtre s'en alla là-dessus, — et dès qu'il fut parti, je montai chez ma fille, n'ayant pas la patience de la faire demander et de l'attendre.

« Je la trouvai devant le crucifix de son lit, pas agenouillée, mais prosternée, pâle comme une morte, les yeux secs, mais très rouges, comme des yeux qui ont beaucoup pleuré. Je la pris dans mes bras, l'assis près de moi, puis sur mes genoux, et je lui dis que je ne pouvais pas croire ce que venait de m'apprendre son confesseur.

« Mais elle m'interrompit pour m'assurer avec des navrements de voix et de physionomie que c'était vrai, ce qu'il avait dit, et c'est alors que, de plus en plus inquiète et étonnée, je lui demandai le nom de celui qui...

« Je n'achevai pas... Ah! ce fut le moment terrible! Elle se cacha la tête et le visage sur mon épaule... mais je voyais le ton de feu de son cou, par derrière, et je la sentais frissonner. Le silence qu'elle avait opposé à son confesseur, elle me l'opposa. C'était un mur.

« — Il faut que ce soit quelqu'un bien au-dessous de toi puisque tu as tant de honte?... » — lui dis-je, pour la faire parler en la révoltant, car je la savais orgueilleuse.

« Mais c'était toujours le même silence, le même engloutissement de sa tête sur mon épaule. Cela dura un temps qui me parut infini, quand tout à coup elle me dit sans se soulever : « Jure-moi que tu me pardonneras, maman. »

« Je lui jurai tout ce qu'elle voulut, au risque d'être cent fois parjure; je m'en souciais bien ! Je m'impatientais. Je bouillais... Il me semblait que mon front allait éclater et laisser échapper ma cervelle...

« — Eh bien ! c'est M. de Ravila, » fit-elle d'une voix basse ; et elle resta comme elle était dans mes bras.

« Ah ! l'effet de ce nom, Amédée ! Je recevais d'un seul coup, en plein cœur, la punition de la grande faute de ma vie ! Vous êtes, en fait de femmes, un homme si terrible, vous m'avez fait craindre de telles rivalités, que l'horrible « pourquoi pas ? » dit à propos de l'homme qu'on aime et dont on doute, se leva en moi... Ce que j'éprouvais, j'eus la force de le cacher à cette cruelle enfant, qui avait peut-être deviné l'amour de sa mère.

« — M. de Ravila ! — fis-je, avec une voix qui me semblait dire tout, mais tu ne lui parles jamais ? » Tu le fuis, j'allais ajouter, car la colère commençait ; je la sentais venir... Vous êtes donc bien faux tous les deux ? — Mais je réprimai cela... Ne fallait-il pas que je susse les détails, un par un, de cette horrible séduction ?... Et je les lui demandai avec une douceur dont je crus mourir, quand elle m'ôta de cet étau, de ce supplice, en me disant naïvement :

« — Mère, c'était un soir. Il était dans le grand fauteuil qui est au coin de la cheminée, en face de la causeuse. Il y resta longtemps, puis il se leva, et moi, j'eus le malheur d'aller m'asseoir après lui dans ce fauteuil qu'il avait quitté. Oh ! maman !... c'est comme si j'étais tombée dans du feu. Je voulais me lever, je ne pus pas... le cœur me manqua ! et je sentis... tiens ! là, maman... que ce que j'avais... c'était un enfant !... »

La marquise avait ri, dit Ravila, quand elle lui avait raconté cette histoire ; mais aucune des douze femmes qui étaient autour de cette table ne songea à rire, — ni Ravila non plus.

— Et voilà, mesdames, croyez-le, si vous voulez, — ajouta-t-il en forme de conclusion, — le plus bel amour que j'aie inspiré de ma vie !

Et il se tut, elles aussi. Elles étaient pensives... L'avaient-elles compris ?

Lorsque Joseph était esclave chez Mme Putiphar, il était si beau, dit le Koran, que, de rêverie, les femmes qu'il servait à table se coupaient les doigts avec leurs couteaux, en le regardant. Mais nous ne sommes plus au temps de Joseph, et les préoccupations qu'on a au dessert sont moins fortes.

— Quelle grande bête, avec tout son esprit, que votre marquise, pour vous avoir dit pareille chose ! — fit la duchesse, qui se permit d'être cynique, mais qui ne se coupa rien du tout avec le couteau d'or qu'elle tenait toujours à la main.

La comtesse de Chiffrevas regardait attentivement dans le fond d'un verre de vin du Rhin, en cristal émeraude, mystérieux comme sa pensée.

— Et la petite masque ? — demanda-t-elle.

— Oh ! elle était morte, bien jeune et mariée en province, quand sa mère me raconta cette histoire, répondit Ravila.

— Sans cela !... — fit la duchesse songeuse.

Ils étaient superbes en s'éloignant ainsi, sous les rayons du soleil de midi.

IL NE RESSEMBLAIT NI DE TENUE, NI D'ALLURE, A MESSIEURS LES MÉDECINS DE PARIS.

Le Bonheur dans le Crime

Dans ce temps délicieux, quand on raconte une histoire vraie, c'est à croire que le Diable a dicté...

J'étais un des matins de l'automne dernier à me promener au Jardin des Plantes, en compagnie du docteur Torty, certainement une de mes plus vieilles connaissances. Lorsque je n'étais qu'un enfant, le docteur Torty exerçait la médecine dans la ville de V... ; mais après environ trente ans de cet agréable exercice, et *ses* malades étant morts, — ses *fermiers* comme il les appelait, lesquels lui avaient rapporté plus que bien des fermiers ne rapportent à leurs maîtres, sur les meilleures terres de Normandie, — il n'en avait pas repris d'autres ; et déjà sur l'âge et fou d'indépendance, comme un animal qui a toujours marché sur son bridon et qui finit par le casser, il était venu s'engloutir dans Paris, — là même, dans le voisinage du Jardin des Plantes, rue Cuvier, je crois, — ne faisant plus la médecine que pour son plaisir personnel, qui, d'ailleurs, était grand à en faire, car il était médecin dans le sang et jusqu'aux ongles, et fort médecin, et grand observateur, en plus, de bien d'autres cas que de cas simplement physiologiques et pathologiques...

L'avez-vous quelquefois rencontré, le docteur Torty ? C'était un de ces esprits hardis et vigoureux qui ne chaussent point de mitaines, par la très bonne et proverbiale raison que : « chat ganté ne prend pas de souris, » et qu'il en avait immensément pris, et qu'il en voulait toujours prendre, ce matois de fine et forte race ; espèce d'homme qui me plaisait beaucoup à moi, et je crois bien (je me connais !) par les côtés surtout qui déplaisaient le plus aux autres. En effet, il déplaisait assez généralement quand on se portait bien, ce brusque original de docteur Torty ; mais ceux à qui il déplaisait le plus, une fois malades, lui faisaient des salamalecs, comme les sauvages en faisaient au fusil de Robinson qui pouvait les tuer, non pour les mêmes raisons que les sauvages, mais spécialement pour les raisons contraires : il pouvait les sauver ! Sans cette considération prépondérante, le docteur n'aurait jamais gagné vingt mille livres de rente dans une petite ville aristocratique, dévote et bégueule, qui l'aurait parfaitement mis à la porte cochère de ses hôtels, si elle n'avait écouté que ses opinions et ses antipathies. Il s'en rendait compte, du reste, avec beaucoup de sang-froid, et il en plaisantait. « Il fallait, — disait-il railleusement pendant le bail de trente ans qu'il avait fait à V..., — qu'ils choisissent entre moi et l'Extrême-Onction, et, tout dévots qu'ils étaient, ils me prenaient encore de préférence aux Saintes Huiles. » Comme vous voyez, il ne se gênait pas, le docteur. Il avait la plaisanterie légèrement sacrilège. Franc disciple de Cabanis en philosophie médicale, il était, comme son vieux camarade Chaussier, de l'école de ces médecins terribles par un matérialisme absolu, et comme Dubois — le premier des Dubois — par un cynisme qui descend toutes choses et tutoierait des duchesses et des dames d'honneur d'impératrice et les appellerait « mes petites mères. » ni plus ni moins que des marchandes de poisson. Pour vous donner une simple idée du cynisme du docteur Torty, c'est lui qui me disait un soir, au cercle des Ganaches, en embrassant somptueusement d'un regard de propriétaire le quadrilatère éblouissant de la table ornée de ses cent vingt convives : « C'est moi qui les fais tous !... » Moïse n'eût pas été plus fier, en montrant la baguette avec laquelle il changeait ces rochers en fontaines. Que voulez-vous, madame? Il n'avait pas la bosse du respect, et même il prétendait que là où elle est sur le crâne des autres hommes, il y avait un trou sur le sien. Vieux, ayant passé la soixante-dizaine, mais carré, robuste et noueux comme son nom, d'un visage sardonique et, sous sa perruque châtain clair, très lisse, très lustrée et à cheveux très courts, d'un œil pénétrant, vierge de lunettes, vêtu presque toujours en habit gris ou de ce brun qu'on appela longtemps *fumée de Moscou*, il ne ressemblait ni de tenue ni d'allure à messieurs les médecins de Paris, corrects, cravatés de blanc, comme du suaire de leurs morts! C'était un autre homme. Il avait, avec ses gants de daim, ses bottes à forte semelle et à gros talons qu'il faisait retentir sous son pas très ferme, quelque chose d'alerte et de cavalier, et cavalier est bien le mot, car il était resté (combien d'années sur trente!), le *charivari* boutonné sur la cuisse, et à cheval, dans des chemins à casser en deux des Centaures, — et on devinait bien tout cela à la manière dont il cambrait encore son large buste, vissé sur des reins qui n'avaient pas bougé, et qui se balançait sur de fortes jambes sans rhumatismes, arquées comme celles d'un ancien postillon. Le docteur Torty avait été une espèce de Bas-de-Cuir équestre, qui avait vécu dans les fondrières du Cotentin, comme le Bas-de-Cuir de Cooper dans les forêts de l'Amérique. Naturaliste qui se moquait, comme le héros de Cooper, des lois sociales, mais qui, comme l'homme de Fenimore, ne les avait pas remplacées par l'idée de Dieu, il était devenu un de ces impitoyables observateurs qui ne peuvent pas ne point être des misanthropes. C'est fatal. Aussi l'était-il. Seulement il avait eu le temps, pendant qu'il faisait boire la boue des mauvais chemins au ventre sanglé de son cheval, de se blaser sur les autres fanges de la vie. Ce n'était nullement un misanthrope à l'Alceste. Il ne s'indignait pas vertueusement. Il ne s'encolérait pas. Non! il méprisait l'homme aussi tranquillement qu'il prenait sa prise de tabac, et même il avait autant de plaisir à le mépriser qu'à la prendre.

Tel exactement il était, ce docteur Torty, avec lequel je me promenais.

Il faisait, ce jour-là, un de ces temps d'automne, gais et clairs, à arrêter les hirondelles qui vont partir. Midi sonnait à Notre-Dame, et son grave bourdon semblait verser, par-dessus la rivière verte et moirée aux piles des ponts, et jusque par-dessus nos têtes, tant l'air ébranlé était pur! de longs frémissements lumineux. Le feuillage roux des arbres du jardin s'était, par degrés, essuyé du brouillard bleu qui les noie en ces vaporeuses matinées d'octobre, et un joli soleil d'arrière-saison nous chauffait agréablement le dos, dans sa ouate d'or, au docteur et à moi, pendant que nous étions arrêtés à regarder la fameuse panthère noire, qui est morte, l'hiver d'après, comme une jeune fille, de la poitrine. Il y avait çà et là, autour de nous, le public ordinaire du Jardin des Plantes, ce public spécial de gens du peuple, de soldats et de bonnes d'enfants, qui aiment à badauder devant la grille des cages et qui s'amusent beaucoup à jeter des coquilles de noix et des pelures de marrons aux bêtes engourdies ou dormant derrière leurs barreaux. La panthère devant laquelle nous étions, en rôdant, arrivés, était, si vous vous en souvenez, de cette espèce particulière à l'île de Java, le pays du monde où la nature est le plus intense et semble elle-même quelque grande tigresse, inapprivoisable à l'homme, qui le fascine et qui le mord dans toutes les productions de son sol terrible et splendide. A Java, les fleurs ont plus d'éclat et plus de parfum, les fruits plus de goût, les animaux plus de beauté et plus de force que dans aucun autre pays de la terre, et rien ne peut donner une idée de cette violence de vie à qui n'a pas reçu les poignantes et mortelles sensations d'une contrée tout à la fois enchantante et empoisonnante, tout ensemble Armide et Locuste! Etalée nonchalamment sur ses élégantes pattes allongées devant elle, la tête droite, ses yeux d'émeraude immobiles, la panthère était un magnifique échantillon des redoutables productions de son pays. Nulle tache fauve n'étoilait sa fourrure de velours noir, d'un noir si profond et si mat que la lumière, en y glissant, ne la lustrait même pas, mais s'y absorbait, comme l'eau s'absorbe dans l'éponge qui la boit... Quand on se retournait de cette forme idéale de beauté souple, de force terrible au repos, de dédain impassible et royal, vers les créatures humaines qui la regardaient timidement, qui la contemplaient, yeux ronds et bouche béante, ce n'était pas l'humanité qui avait le beau rôle, c'était la bête. Et elle était si supérieure, que c'en était presque humiliant ! J'en faisais la réflexion tout bas au docteur, quand deux personnes scindèrent tout à coup le groupe amoncelé devant la panthère et se plantèrent justement en face d'elle : « Oui, — me répondit le docteur ; mais voyez maintenant ! Voici l'équilibre rétabli entre les espèces ! »

C'était un homme et une femme, tous deux de haute taille, et qui, dès le premier regard que je leur jetai, me firent l'effet d'appartenir aux rangs élevés du monde parisien. Ils n'étaient jeunes ni l'un ni l'autre, mais néanmoins parfaitement beaux. L'homme devait s'en aller vers quarante-sept ans et davantage, et la femme vers quarante et plus... Ils avaient donc, comme disent les marins revenus de la Terre de Feu, *passé la ligne*, la ligne fatale, plus formidable que celle de l'équateur, qu'une fois passée on ne repasse plus sur les mers de la vie ! Mais ils paraissaient peu se soucier de cette circonstance. Ils n'avaient au front, ni nulle part, de mélancolie... L'homme, élancé et aussi praticien dans sa redingote noire strictement boutonnée comme celle d'un officier de cavalerie, que s'il avait porté un de ces costumes que le Titien donne à ses portraits, ressemblait par sa tournure busquée, son air efféminé et hautain, ses moustaches aiguës comme celles d'un chat et qui à la pointe commençaient à blanchir, à un mignon du temps de Henri III ; et pour que la ressemblance fût plus complète, il portait des cheveux courts, qui n'empêchaient nullement de voir briller à ses oreilles des saphirs d'un bleu sombre, qui me rappelèrent les deux émeraudes que Sbogar portait à la même place... Excepté ce détail *ridicule* (comme aurait dit le monde) et qui montrait assez de dédain pour les goûts et les idées du jour, tout était simple et *dandy* comme l'entendait Brummell, c'est-à-dire *irrémarquable*, dans la tenue de cet homme qui n'attirait l'attention que par lui-même, et qui l'aurait confisquée tout entière, s'il n'avait pas eu au bras la femme, qu'en ce moment, il y avait... Cette femme, en effet, prenait encore plus le regard que l'homme qui l'accompagnait, et elle le captivait plus longtemps. Elle était grande comme lui. Sa tête atteignait presque à la sienne. Et, comme elle était aussi tout en noir, elle faisait penser à la grande Isis noire du Musée Egyptien, par l'ampleur de ses formes, la fierté mystérieuse et la force. Chose étrange ! dans le rapprochement de ce beau couple, c'est la femme qui avait les muscles, et l'homme qui avait les nerfs... Je ne la voyais alors que de profil ; mais le profil, c'est l'écueil de la beauté ou son attestation la plus éclatante. Jamais, je crois, je n'en avais vu de plus pur et de plus altier. Quant à ses yeux, je n'en pouvais juger, fixés qu'ils étaient sur la panthère, laquelle, sans doute, en recevait une impression magnétique et désagréable, car, immobile déjà, elle sembla s'enfoncer de plus en plus dans cette immobilité rigide, à mesure que la femme, venue pour la voir, la regardait ; et — comme les chats à la lumière qui les éblouit — sans que sa tête bougeât d'une ligne, sans que la fine extrémité de sa moustache, seulement, frémît, la panthère, après avoir clignoté quelque temps, et comme n'en pouvant pas supporter davantage, rentra lentement, sous les coulisses tirées de ses paupières, les deux étoiles vertes de ses regards. Elle se claquemurait...

— Eh ! eh ! panthère contre panthère ! fit le docteur à mon oreille ; — mais le satin est plus fort que le velours.

Le satin, c'est la femme, qui avait une robe de cette étoffe miroitante — une robe à longue traîne. Et il avait vu juste, le docteur ! Noire, souple, d'articulation aussi puissante, aussi royale d'attitude, — dans son espèce, d'une beauté égale, et d'un charme encore plus inquiétant, — la femme, l'inconnue, était comme une panthère humaine, dressée devant la panthère animale qu'elle éclipsait ; et la bête venait de le sentir, sans doute, quand elle avait fermé les yeux. Mais la femme — si c'en était une — ne se contenta pas de ce triomphe. Elle manqua de générosité. Elle voulut que sa rivale vît qui l'humiliait, et rouvrît les yeux pour la voir. Aussi, défaisant sans mot dire les douze boutons du gant violet qui moulait son magnifique avant-bras, elle ôta ce gant, et, poussant audacieusement sa main entre les barreaux de la cage, elle en fouetta le museau de la panthère, qui ne fit qu'un mouvement... mais quel mouvement !... et d'un coup de dent, rapide comme l'éclair !... Un cri partit du groupe où nous étions. Nous avions cru le poignet emporté. Ce n'était que le gant. La panthère l'avait englouti. La formidable bête outragée avait rouvert des yeux affreusement dilatés, et ses naseaux froncés vibraient encore...

— Folle ! — dit l'homme, en saisissant ce beau poignet, qui venait d'échapper à la plus coupante des morsures.

Vous savez comme parfois on dit :

« Folle !... » Il le dit ainsi ; et il le baisa, ce poignet, avec emportement.

Et, comme il était de notre côté, elle se retourna de trois quarts pour le regarder baisant son poignet nu, et je vis ses yeux, à elle... ces yeux qui fascinaient des tigres, et qui étaient à présent fascinés par un homme ; ses yeux, deux larges diamants noirs, taillés pour toutes les fiertés de la vie, et qui n'exprimaient plus en le regardant que toutes les adorations de l'amour !

Ces yeux-là étaient et disaient tout un poème. L'homme n'avait pas lâché le bras, qui avait dû sentir l'haleine fiévreuse de la panthère, et, le tenant replié sur son cœur, il entraîna la femme dans la grande allée du jardin, indifférent aux murmures et aux exclamations du groupe populaire, — encore ému du danger que l'imprudente venait de courir, — et qu'il retraversa tranquillement. Ils passèrent auprès de nous, le docteur et moi, mais leurs visages tournés l'un vers l'autre, se serrant flanc contre flanc, comme s'ils avaient voulu se pénétrer, entrer, lui dans elle, elle dans lui, et ne faire qu'un seul corps en eux deux, en ne regardant rien qu'eux-mêmes. C'étaient, aurait-on cru à les voir ainsi passer, des créatures supérieures, qui n'apercevaient pas même à leurs orteils la terre sur laquelle ils marchaient, et qui traversaient le monde dans leur nuage, comme, dans Homère, les Immortels !

De telles choses sont rares à Paris, et, pour cette raison, nous restâmes à le voir filer, ce maître-couple, — la femme étalant sa traîne noire dans la poussière du jardin, comme un paon, dédaigneux jusque de son plumage.

Ils étaient superbes, en s'éloignant ainsi, sous les rayons du soleil de midi, dans la majesté de leur entrelacement, ces deux êtres... Et voilà comme ils regagnèrent l'entrée de la grille du Jardin et remontèrent dans un coupé, étincelant de cuivres et d'attelage, qui les attendait.

— Ils oublient l'univers ! — fis-je au docteur, qui comprit ma pensée.

— Ah ! ils s'en soucient bien de l'univers ! — répondit-il, de sa voix mordante. — Ils ne voient rien du tout dans la création, et, ce qui est bien plus fort, ils passent auprès de leur médecin sans le voir.

— Quoi, c'est vous, docteur ! — m'écriai-je, — mais alors vous allez me dire ce qu'ils sont, mon cher docteur

Le docteur fit ce qu'on appelle un temps, voulant faire un effet, car en tout il était rusé, le compère !

— Eh bien, c'est Philémon et Baucis, — me dit-il simplement. Voilà !

— Peste ! — fis-je — un Philémon et une Baucis d'une fière tournure et ressemblant peu à l'antique. Mais, docteur, ce n'est pas leur nom... Comment les appelez-vous ?

— Comment ! — répondit le docteur, — dans votre monde, où je ne vais point, vous n'avez jamais entendu parler du comte et de la comtesse Serlon de Savigny comme d'un modèle fabuleux d'amour conjugal ?

— Ma foi non, — dis-je ; — on parle peu d'amour conjugal dans le monde où je vais, docteur.

— Hum ! hum ! c'est bien possible, — fit le docteur, répondant bien plus à sa pensée qu'à la mienne. — Dans ce monde-là, qui est aussi le leur, on se passe beaucoup de choses plus ou moins correctes. Mais, outre qu'ils ont une raison pour ne pas y aller, et qu'ils habitent presque toute l'année leur vieux château de Savigny, dans le Cotentin, il a couru autrefois de tels bruits sur eux, qu'au faubourg Saint-Germain, où l'on a encore un reste de solidarité nobiliaire, on aime mieux se taire que d'en parler.

— Et quels étaient ces bruits !... Ah ! voilà que vous m'intéressez, docteur ! Vous devez en savoir quelque chose. Le château de Savigny n'est pas très loin de la ville de V..., où vous avez été médecin.

— Eh ! ces bruits... — dit le docteur (il prit pensivement une prise de tabac). — — Enfin, on les a crus faux ! Tout ça est passé... Mais, malgré tout, quoique les mariages d'inclination et les bonheurs qu'ils donnent soient en province l'idéal de toutes les mères de famille, romanesques et vertueuses, elles n'ont pas pu beaucoup, — celles que j'ai connues, — parler à mesdemoiselles leurs filles de celui-là !

— Et, cependant, Philémon et Baucis, disiez-vous, docteur ?...

— Baucis ! Baucis ! Hum ! monsieur... — interrompit le docteur Torty, en passant brusquement son index en crochet sur toute la longueur de son nez de perroquet (un de ses gestes), — ne trouvez-vous pas, voyons, qu'elle a moins l'air d'une Baucis que d'une lady Macbeth, cette gaillarde-là ?...

— Docteur, mon cher et adorable docteur, — repris-je, avec toutes sortes de câlineries dans la voix, — vous allez me dire tout ce que vous savez du comte et de la comtesse de Savigny ?...

— Le médecin est le confesseur des temps modernes, — fit le docteur, avec un ton solennellement goguenard. — Il a remplacé le prêtre, monsieur, et il est obligé au secret de la confession comme le prêtre...

Il me regarda malicieusement, car il connaissait mon respect et mon amour pour les choses du catholicisme, dont il était l'ennemi. Il cligna l'œil. Il me crut attrapé.

— Et il va le tenir... comme le prêtre ! — ajouta-t-il, avec éclat, et en riant de son rire le plus cynique. — Venez par ici. Nous allons causer.

Et il m'emmena dans la grande allée d'arbres qui borde, par ce côté, le Jardin des Plantes et le boulevard de l'Hôpital... Là, nous nous assîmes sur un banc à dossier vert, et il commença :

« Mon cher, c'est là une histoire qu'il faut aller chercher loin, comme une balle perdue sous des chairs revenues ; car l'oubli, c'est comme une chair de choses vivantes qui se reforme par-dessus les événements et qui empêche d'en voir rien, d'en soupçonner rien au bout d'un certain temps, même la place. C'était dans les premières années qui suivirent la Restauration. Un régiment de la Garde passa par la ville de V... ; et, ayant été obligé d'y rester deux jours pour je ne sais quelle raison militaire, les officiers de ce régiment s'avisèrent de donner un assaut d'armes, en l'honneur de la ville. La ville, en effet, avait bien tout ce qu'il fallait pour que ces officiers de la Garde lui fissent honneur et fête. Elle était, comme on disait alors, — plus royaliste que le Roi. — Proportion gardée avec sa dimension (ce n'est guère qu'une ville de cinq à six mille âmes), elle foisonnait de noblesse. Plus de trente jeunes gens de ses meilleures familles servaient alors, soit aux Gardes-du-Corps, soit à ceux de Monsieur, et les officiers du régiment en passage à V... les connaissaient presque tous. Mais la principale raison qui décida de cette martiale fête d'un assaut, fut la réputation d'une ville qui s'était appelée « *la bretteuse* » et qui était encore, dans ce moment-là, la ville la plus bretteuse de France. La Révolution de 1789 avait eu beau enlever aux nobles le droit de porter l'épée, à V... ils prouvaient que s'ils ne la portaient plus, ils pouvaient toujours s'en servir. L'assaut donné par les officiers fut très brillant. On y vit accourir toutes les fortes lames du pays, et même tous les amateurs, plus jeunes d'une génération, qui n'avaient pas cultivé, comme on le cultivait autrefois, un art aussi compliqué et aussi difficile que l'escrime ; et tous montrèrent un tel enthousiasme pour ce maniement de l'épée, la gloire de nos pères qu'un ancien prévôt du régiment, qui avait fait trois ou quatre fois son temps et dont le bras était couvert de chevrons, s'imagina que ce serait une bonne place pour y finir ses jours qu'une salle d'armes qu'on ouvrirait à V... ; et le colonel, à qui il communiqua et qui approuva son dessein, lui délivra son congé et l'y laissa. Ce prévôt, qui s'appelait Stassin en son nom de famille, et *La Pointe-au-corps* en son nom de guerre, avait eu là tout simplement une idée de génie. Depuis longtemps, il n'y avait plus à V... de salle d'armes correctement tenue ; et c'était même une de ces choses dont on ne parlait qu'avec mélancolie entre ces nobles, obligés de donner eux-mêmes des leçons à leurs fils ou de les leur faire donner par quelque compagnon revenu du service, qui savait à peine ou qui savait mal ce qu'il enseignait. Les habitants de V... se piquaient d'être difficiles. Ils avaient réellement le feu sacré. Il ne leur suffisait pas de tuer leur homme ; ils voulaient le tuer savamment et artistement, par principes. Il fallait, avant tout, pour eux, qu'un homme, comme ils disaient, fût beau sous les armes, et ils n'avaient qu'un profond mépris pour ces robustes maladroits, qui peuvent être très dangereux sur le terrain, mais qui ne sont pas, au strict et vrai mot, ce qu'on appelle « des tireurs ». *La Pointe-au-corps*, qui avait été un très bel homme dans sa jeunesse, et qui l'était encore, — qui, au camp de Hollande, et bien jeune alors, avait battu à plate couture tous les autres prévôts et remporté un prix de deux fleurets et de deux masques montés en argent, — était, lui, justement un de ces tireurs comme les écoles n'en peuvent produire, si la nature ne leur a préparé d'exceptionnelles organisations. Naturellement, il fut l'admiration de V..., et bientôt mieux. Rien n'égalise comme l'épée. Sous l'ancienne monarchie, les rois anoblissaient les hommes qui leur apprenaient à la tenir. Louis XV, si je m'en souviens bien, n'avait-il pas donné à Danet, son maître, qui nous a laissé un livre

« La Pointe-au-corps. »

sur l'escrime, quatre de ses fleurs de lys, entre deux épées croisées, pour mettre dans son écusson?... Ces gentilshommes de province, qui sentaient encore à plein nez leur monarchie, furent en peu de temps de pair à compagnon avec le vieux prévôt, comme s'il eût été un des leurs.

« Jusque-là, c'est bien, et il n'y avait qu'à féliciter Stassin, dit *Pointe-au-corps*, de sa bonne fortune ; mais, malheureusement, ce vieux prévôt n'avait pas qu'un cœur de maroquin rouge sur le plastron capitonné de peau blanche dont il couvrait sa poitrine quand il donnait magistralement sa leçon... Il se trouva qu'il en avait un autre par dessous, lequel se mit à faire des siennes dans cette ville de V..., où il était venu chercher le havre de grâce de sa vie. Il paraît que le cœur d'un soldat est toujours fait avec de la poudre. Or, quand le temps a séché la poudre, elle n'en prend que mieux. A V.... les femmes sont si généralement jolies, que l'étincelle était partout pour la poudre séchée de mon vieux prévôt. Aussi, son histoire se termina-t-elle comme celle d'un grand nombre de vieux soldats. Après avoir roulé dans toutes les contrées de l'Europe, et pris le menton et la taille de toutes les filles que le Diable avait mises sur son chemin, l'ancien soldat du premier Empire consomma sa dernière fredaine en épousant, à cinquante ans passés, avec toutes les formalités et les sacrements de la chose, — à la municipalité et à l'église, — une grisette de V... ; laquelle, bien entendu, — je connais les grisettes de ce pays-là ; j'en ai assez accouché pour les connaître ! — lui campa un enfant, bel et bien au bout de ses neuf mois, jour pour jour ; et cet enfant, qui était une fille, n'est rien moins, mon cher, que la femme à l'air de déesse qui vient de passer, en nous frisant insolemment du vent de sa robe, et sans prendre plus garde à nous que si nous n'avions pas été là ! »

— La comtesse de Savigny ! — m'écriai-je

— La comtesse de Savigny ! m'écriai-je.

« Oui, la comtesse de Savigny, tout au long, elle-même ! Ah ! il ne faut pas regarder aux origines, pas plus pour les femmes que pour les nations ; il ne faut regarder au berceau de personne. Je me rappelle avoir vu à Stockholm celui de Charles XII, qui ressemblait à une mangeoire de cheval grossièrement coloriée en rouge, et qui n'était pas même d'aplomb sur ses quatre piquets. C'est de là qu'il était sorti, cette tempête ! Au fond tous les berceaux sont des cloaques dont on est obligé de changer le linge plusieurs fois par jour ; et cela n'est jamais poétique, pour

IL SE PROMENAIT SOUVENT A CHEVAL, AVEC HAUTECLAIRE.

ceux qui croient à la poésie, que lorsque l'enfant n'y est plus. »

Et pour appuyer son axiome, le docteur, à cette place de son récit, frappa sa cuisse d'un de ses gants de daim, qu'il tenait par le doigt du milieu ; et le daim claqua sur la cuisse, de manière à prouver à ceux qui comprennent la musique que le bonhomme était encore rudement musclé.

Il attendit. Je n'avais pas à le contrarier dans sa philosophie. Voyant que je ne disais rien, il continua :

« Comme tous les vieux soldats, du reste, qui aiment jusqu'aux enfants des autres, *La Pointe-au-corps* dut raffoler du sien. Rien d'étonnant à cela. Quand un homme déjà sur l'âge a un enfant, il l'aime mieux que s'il était jeune, car la vanité, qui double tout, double aussi le sentiment paternel. Tous les vieux roquentins que j'ai vus, dans ma vie, avoir tardivement un enfant, adoraient leur progéniture, et ils en étaient comiquement fiers comme d'une action d'éclat. Persuasion de jeunesse, que la nature, qui se moquait d'eux, leur coulait au cœur ! Je ne connais qu'un bonheur plus grisant et une fierté plus drôle : c'est quand, au lieu d'un enfant, un vieillard, d'un coup, en fait deux ! *La Pointe-au-corps* n'eut pas cet orgueil paternel de deux jumeaux ; mais il est vrai de dire qu'il y avait de quoi tailler deux enfants dans le sien. Sa fille — vous venez de la voir ; vous savez donc si elle a tenu ses promesses ! — était un merveilleux enfant pour la force et la beauté. Le premier soin du vieux prévôt fut de lui chercher un parrain parmi tous ces nobles, qui hantaient perpétuellement sa salle d'armes ; et il choisit, entre tous, le comte d'Avice, le doyen de tous ces batteurs de fer et de pavé, qui, pendant l'émigration, avait été lui-même prévôt à Londres, à plusieurs guinées la leçon. Le comte d'Avice de Sortoville-en-Beaumont, déjà chevalier de Saint-Louis et capitaine de dragons avant la Révolution, — pour le moins, alors, septuagénaire, — *boutonnait* encore les jeunes gens et leur donnait ce qu'on appelle, en termes de salle, « de superbes *capotes*. » C'était un vieux narquois, qui avait des railleries en action féroces. Ainsi, par exemple, il aimait à passer son carrelet à la flamme d'une bougie, et quand il en avait, de cette façon, durci la lame, il appelait ce dur fleuret, — qui ne pliait plus et vous cassait le sternum ou les côtes, lorsqu'il vous touchait, — du nom insolent de « chasse-coquin ». Il prisait beaucoup *La Pointe-au-corps* qu'il tutoyait. « La fille d'un homme comme toi — lui disait-il — ne doit se nommer que comme l'épée d'un preux. Appelons-la Haute-Claire ! » Et ce fut le nom qu'il lui donna. Le curé de V... fit bien un peu la grimace à ce nom inaccoutumé, que n'avaient jamais entendu les fonts de son église ; mais, comme le parrain était M. le comte d'Avice et qu'il y aura toujours, malgré les libéraux et leurs piailleries, des accointances indestructibles entre la noblesse et le clergé ; comme, d'un autre côté, on voit dans le calendrier romain une sainte nommée Claire, le nom de l'épée d'Olivier passa à l'enfant, sans que la ville de V... s'en émût beaucoup. Un tel nom semblait annoncer une destinée. L'ancien prévôt, qui aimait son métier presque autant que sa fille, résolut de lui apprendre et de lui laisser son talent pour dot. Triste dot ! maigre pitance ! avec les mœurs modernes, que le pauvre diable de maître d'armes ne prévoyait pas ! Dès que l'enfant put donc se tenir debout, il commença de la plier aux exercices de l'escrime ; et comme c'était un marmot solide que cette fillette, avec des attaches et des ariculations d'acier fin, il la développa d'une si étrange manière, qu'à dix ans elle semblait en avoir déjà quinze, et qu'elle faisait admirablement sa partie avec son père et les plus forts tireurs de la ville de V... On ne parlait partout que de la petite Hauteclaire Stassin, qui, plus tard, devait devenir *Mademoiselle Hauteclaire Stassin*. C'était surtout, comme vous vous en doutez, de la part des jeunes demoiselles de la ville, — dans la société de laquelle, tout bien qu'il fût avec les pères, la fille de Stassin, dit *La Pointe-au-corps*, ne pouvait décemment aller, — une incroyable, ou plutôt une très croyable curiosité, mêlée de dépit et d'envie. Leurs pères et leurs frères en parlaient avec étonnement et admiration devant elles, et elles auraient voulu voir de près cette Saint-Georges femelle, dont la beauté, disaient-ils, égalaient le talent d'escrime. Elles ne la voyaient que de loin et à distance. J'arrivais alors à V.... et j'ai été souvent le témoin de ces curiosités ardentes. *La Pointe-au-corps*, qui avait, sous l'Empire, servi dans les hussards, et qui, avec sa salle d'armes, gagnait gros d'argent, s'était permis d'acheter un cheval pour donner des leçons d'équitation à sa fille ; et comme il dressait aussi à l'année de jeunes chevaux pour les habitués de sa salle, il se promenait souvent à cheval, avec Hauteclaire, dans les routes qui rayonnent de la ville et qui l'environnent. Je les y ai rencontrés maintes fois, en revenant de mes visites de médecin, et c'est dans ces rencontres que je pus surtout juger de l'intérêt, prodigieusement enflammé, que cette grande jeune fille, si hâtivement développée, excitait dans les autres jeunes filles du pays. J'étais toujours par voies et chemins en ce temps-là, et je m'y croisais fréquemment avec les voitures de leurs parents, allant en visite, avec elles, à tous les châteaux d'alentour. Eh bien, vous ne pourrez jamais vous figurer avec quelle avidité, et même avec quelle imprudence, je les voyais se pencher et se précipiter aux portières dès que Mlle Hauteclaire Stassin apparaissait, trottant ou galopant dans la perspective d'une route, brodequin à botte, avec son père. Seulement, c'était à peu près inutile ; le lendemain, c'étaient presque toujours des déceptions et des regrets qu'elles m'exprimaient dans mes visites du matin à leurs mères, car elles n'avaient jamais bien vu que la tournure de cette fille, faite pour l'amazone, et qui la portait comme vous — qui venez de la voir — pouvez le supposer, mais dont le visage était toujours plus ou moins caché dans un voile gros bleu trop épais. Mlle Hauteclaire Stassin n'était guère connue que des hommes de la ville de V... Toute la journée le fleuret à la main, et la figure sous les mailles de son masque d'armes qu'elle n'ôtait pas beaucoup pour eux, elle ne sortait guère de la salle de son père, qui commençait à s'enrudir et qu'elle remplaçait souvent pour la leçon. Elle se montrait très rarement dans la rue, et les femmes comme il faut ne pouvaient la voir que là, ou encore le dimanche à la messe ; mais, le dimanche à la messe, comme dans la rue, elle était presque aussi masquée que dans la salle de son père, la dentelle de son voile noir étant encore plus sombre et plus serrée que les mailles de son masque de fer. Y avait-il de l'affectation dans cette manière de se montrer ou de se cacher, qui excitait les imaginations curieuses?... Cela était bien possible ; mais qui le savait? qui pouvait le dire? Et cette jeune fille, qui continuait le masque par le voile, n'était-elle pas encore plus impénétrable de caractère que de visage, comme la suite ne l'a que trop prouvé?

« Il est bien entendu, mon très cher, que je suis obligé de passer rapidement sur tous les détails de cette époque, pour arriver plus vite au moment où réellement cette histoire commence. Mlle Hauteclaire avait environ dix-sept ans. L'ancien beau, *La Pointe-au-corps*, devenu tout à fait un bonhomme, veuf de sa femme, et tué moralement par la Révolution de Juillet, laquelle fit partir les nobles en deuil pour leurs châteaux et vida sa salle, tracassait vainement ses gouttes qui n'avaient pas peur de ses *appels* du pied, et s'en allait au grand trot vers le cimetière. Pour un médecin qui avait le diagnostic, c'était sûr... Cela se voyait. Je ne lui en promettais pas pour longtemps, quand, un matin, fut amené à sa salle d'armes, — par le vicomte de Taillebois et le chevalier de Mesnilgrand, — un jeune homme du pays élevé au loin, et qui revenait habiter le château de son père, mort récemment. C'était le comte Serlon de Savigny, le *prétendu* (disait la ville de V... dans son langage de petite ville) de Mlle Delphine de Cantor. Le comte de Savigny était certainement un des plus brillants et des plus piaffants jeunes gens de cette époque de jeunes gens qui piaffaient tour, car il y avait (à V... comme ailleurs) de la vraie jeunesse, dans ce vieux monde. A présent, il n'y en a plus. On lui avait beaucoup parlé de la fameuse Hauteclaire Stassin, et il avait voulu voir ce miracle. Il la trouva ce qu'elle était, — une admirable jeune fille, piquante et provoquante en diable dans ses chausses de soie tricotées, qui mettaient en relief ses formes de Pallas de Velletri, et dans son corsage de maroquin noir, qui pinçait, en craquant, sa taille robuste et découplée, — une de ces tailles que les Circassiennes n'obtiennent qu'en emprisonnant leurs jeunes filles dans une ceinture de cuir, que le développement seul de leur corps doit briser. Hauteclaire Stassin était sérieuse comme une Clorinde. Il la regarda donner sa leçon, et il lui demanda de croiser le fer avec elle. Mais il ne fut point le Tancrède de la situation, le comte de Savigny! Mlle Hauteclaire Stassin plia à plusieurs reprises son épée en faucille sur le cœur du beau Serlon, et elle ne fut pas touchée une seule fois.

« — On ne peut pas vous toucher, mademoiselle, — lui dit-il avec beaucoup de grâce. — Serait-ce un augure?...

« L'amour-propre, dans ce jeune homme, était-il, dès ce soir-là, vaincu par l'amour?

« C'est à partir de ce soir-là, du reste, que le comte de Savigny vint, tous les jours, prendre une leçon d'armes à la salle de *La Pointe-au-corps*. Le château du comte n'était qu'à la distance de quelques lieues. Il les avait bientôt avalées, soit à cheval, soit en voiture, et personne ne le remarqua dans ce nid bavard d'une petite ville où l'on épinglait les plus petites choses du bout de la langue, mais où l'amour de l'escrime expliquait tout. Savigny ne fit de confidences à personne. Il évita même de venir prendre sa leçon aux mêmes heures que les autres jeunes gens de la ville. C'était un garçon qui ne manquait pas de profondeur, ce Savigny... Ce qui se passa entre lui et Hauteclaire, s'il se passa quelque chose. aucun, à cette époque, ne l'a su ou ne s'en douta. Son mariage avec Mlle Delphine de Cantor, arrêté par les parents des deux familles, il y avait des années, et trop avancé pour ne pas se conclure, s'accomplit trois mois après le retour du comte de Savigny ; et même ce fut là pour lui une occasion de vivre tout un mois à V... près de sa fiancée, chez laquelle il passait, en coupe réglée, toutes les journées, mais d'où le soir, il s'en allait très régulièrement prendre sa leçon...

Comme tout le monde, Mlle Hauteclaire entendit, à l'église paroissiale de V..., proclamer les bans du comte de Savigny et de Mlle de Cantor; mais, ni son attitude, ni sa physionomie, ne révélèrent qu'elle prît à ces déclarations publiques un intérêt quelconque. Il est vrai que nul des assistants ne se mit à l'affût pour l'observer. Les observateurs n'étaient pas nés encore sur cette question, qui sommeillait, d'une liaison possible entre Savigny et la belle Hauteclaire. Le mariage célébré, la comtesse alla s'établir à son château, fort tranquillement, avec son mari, lequel ne renonça pas pour cela

Elle avait des coups irrésistibles.

à ses habitudes citadines et vint à la ville tous les jours. Beaucoup de châtelains des environs faisaient comme lui, d'ailleurs. Le temps s'écoula. Le vieux *La Pointe-au-corps* mourut. Fermée quelques instants, sa salle se rouvrit. Mlle Hauteclaire Stassin annonça qu'elle continuerait les leçons de son père ; et, loin d'avoir moins d'élèves par le fait de cette mort, elle en eut davantage. Les hommes sont tous les mêmes. L'étrangeté leur déplaît, d'homme à homme, et les blesse; mais si l'étrangeté porte des jupes, ils en raffolent. Une femme qui fait ce que fait un homme, le ferait-elle beaucoup moins bien, aura toujours sur l'homme, en France, un avantage marqué. Or, Mlle Hauteclaire Stassin, pour ce qu'elle faisait, le faisait beaucoup mieux. Elle était devenue beaucoup plus forte que son père. Comme démonstratrice, à la leçon, elle était incomparable, et comme beauté de jeu, splendide. Elle avait des coups irrésistibles, — de ces coups qui ne s'apprennent pas plus que le coup d'archet ou le démanché du violon, et qu'on ne peut mettre par enseignement dans la main de personne. Je ferraillais un peu dans ce temps, comme tout ce monde dont j'étais entouré, et j'avoue qu'en ma qualité d'amateur, elle me charmait avec de certaines passes. Elle avait, entre autres, un dégagé de quarte en tierce qui ressemblait à de la magie. Ce n'était plus là une épée qui vous frappait, c'était une balle! L'homme le plus rapide à la parade ne fouettait que le vent, même quand elle l'avait prévenu qu'elle allait dégager, et la botte lui arrivait, inévitable, au défaut de l'épaule et de la poitrine. On n'avait pas rencontré de fer! J'ai vu des tireurs devenir fous de ce coup, qu'ils appelaient de l'escamotage, et ils en auraient avalé leur fleuret de fureur! Si elle n'avait pas été femme, on lui aurait diablement cherché querelle pour ce coup-là. A un homme, il aurait rapporté vingt duels.

« Du reste, même à part ce talent phénoménal si peu fait pour une femme, et dont elle vivait noblement, c'était vraiment un être très intéressant que cette jeune fille pauvre, sans autre ressource que son fleuret, et qui, par le fait de son état, se trouvait mêlée aux jeunes gens les plus riches de la ville, parmi lesquels il y en avait de très mauvais sujets et de très fats, sans que sa fleur de bonne renommée en souffrît. Pas plus à propos de Savigny qu'à propos de personne, la réputation de Mlle Hauteclaire Stassin ne fut effleurée... « Il paraît pourtant que c'est une honnête fille », disaient les femmes comme il faut, — comme elles l'auraient dit d'une actrice. Et moi-même, puisque j'ai commencé à vous parler de moi, moi-même, qui me piquais d'observation, j'étais, sur le chapitre de la vertu de Hauteclaire, de la même opinion que toute la ville. J'allais quelquefois à la salle d'armes, et avant et après le mariage de M. de Savigny, je n'y avais jamais vu qu'une jeune fille grave, qui faisait sa fonction avec simplicité. Elle était, je dois le dire, très imposante, et elle avait mis tout le monde sur le pied du respect avec elle, n'étant, elle, ni familière, ni abandonnée avec qui que ce fût. Sa physionomie, extrêmement fière, et qui n'avait pas alors cette expression passionnée dont vous venez d'être si frappé, ne trahissait ni chagrin, ni préoccupation, ni rien enfin de nature à faire prévoir, même de la manière la plus lointaine, la chose étonnante qui, dans l'atmosphère d'une petite ville tranquille et routinière, fit l'effet d'un coup de canon et cassa les vitres...

« — Mlle Hauteclaire Stassin a disparu !

« Elle avait disparu : pourquoi ?... comment ?... où était-elle allée ? On ne savait. Mais, ce qu'il y avait de certain, c'est qu'elle avait disparu. Ce ne fut d'abord qu'un cri, suivi d'un silence, mais le silence ne dura pas longtemps. Les langues partirent. Les langues, longtemps retenues, — comme l'eau dans une vanne et qui, l'écluse levée, se précipite, et va faire tourner la roue du moulin avec furie, — se mirent à écumer et à bavarder sur cette disparition inattendue, subite, incroyable, que rien n'expliquait, car Mlle Hauteclaire avait disparu sans dire un mot ou laisser un mot à personne. Elle avait disparu, comme on disparaît quand on veut réellement disparaître, — ce n'étant pas disparaître que de laisser derrière soi une chose quelconque, grosse comme rien, dont les autres peuvent s'emparer pour expliquer qu'on a disparu. — Elle avait disparu de la plus radicale manière. Elle avait fait, non pas ce qu'on appelle *un trou à la lune*, car elle n'avait pas laissé plus une dette qu'autre chose derrière elle ; mais elle avait fait ce qu'on peut très bien appeler un trou dans le vent. Le vent souffla, et ne la rendit pas. Le moulin des langues, pour tourner à vide, n'en tourna pas moins, et se mit à moudre cruellement cette réputation qui n'avait jamais donné barre sur elle. On la reprit alors, on l'éplucha, on la passa au crible, on la carda... Comment, et avec qui, cette fille si correcte et si fière s'en était-elle allée ?... Qui l'avait enlevée ? car, bien sûr, elle avait été enlevée... Nulle réponse à cela. C'était à rendre folle une petite ville de fureur, et, positivement, V... le devint. Que de motifs pour être en colère ! D'abord, ce qu'on ne savait pas, on le perdait. Puis, on perdait l'esprit sur le compte d'une jeune fille qu'on croyait connaître et qu'on ne connaissait pas, puisqu'on l'avait jugée incapable de disparaître *comme ça*... Puis, encore, on perdait une jeune fille qu'on avait cru voir vieillir ou se marier, comme les autres jeunes filles de la ville — internées dans cette case d'échiquier d'une ville de province, comme des chevaux dans l'entrepont d'un bâtiment. Enfin, on perdait, en perdant Mlle Stassin, qui n'était plus alors que *cette Stassin*, une salle d'armes célèbre à la ronde, qui était la distinction, l'ornement et l'honneur de la ville, sa cocarde sur l'oreille, son drapeau au clocher. Ah ! c'était dur, que toutes ces pertes ! Et que de raisons, en une seule, pour faire passer sur la mémoire de cette irréprochable Hauteclaire le torrent plus ou moins fangeux de toutes les suppositions ! Aussi y passèrent-elles... Excepté quelques vieux hobereaux à l'esprit grand seigneur, qui, comme son parrain, le comte d'Avice, l'avaient vue enfant, et qui, d'ailleurs, ne s'émouvant pas de grand'chose, regardaient comme tout simple qu'elle eût trouvé une chaussure meilleure à son pied que cette sandale de maître d'armes qu'elle y avait mise, Hauteclaire Stassin, en disparaissant, n'eut personne pour elle. Elle avait, en s'en allant, offensé l'amour-propre de tous ; et même ce furent les jeunes gens qui lui gardèrent le plus rancune et s'acharnèrent le plus contre elle, parce qu'elle n'avait disparu avec aucun d'eux.

« Et ce fut longtemps leur grand grief et leur grande anxiété. Avec qui était-elle partie !... Plusieurs de ces jeunes gens allaient tous les ans vivre un mois ou deux l'hiver à Paris, et deux ou trois d'entre eux prétendirent l'y avoir vue et reconnue, — au spectacle, — ou, aux Champs-Elysées, à cheval, — accompagnée ou seule, — mais ils n'en étaient pas bien sûrs. Ils ne pouvaient l'affirmer. C'était elle, et ce pouvait bien n'être pas elle ; mais la préoccupation y était... Tous, ils ne pouvaient s'empêcher de penser à cette fille, qu'ils avaient admirée et qui, en disparaissant, avait mis en deuil cette ville d'épée dont elle était la grande artiste, la *diva* spéciale, le rayon. Après que le rayon se fut éteint, c'est-à-dire, en d'autres termes, après la disparition de cette fameuse Hauteclaire, la ville de V... tomba dans la langueur de vie et la pâleur de toutes les petites villes qui n'ont pas un centre d'activité dans lequel les passions et les goûts convergent... L'amour des armes s'y affaiblit. Animée naguère par toute cette martiale jeunesse, la ville de V... devint triste. Les jeunes gens qui, quand ils habitaient leurs châteaux, venaient tous les jours ferrailler, échangèrent le fleuret pour le fusil. Ils se firent chasseurs et restèrent sur leurs terres ou dans leurs bois, le comte de Savigny comme tous les autres. Il vint de moins en moins à V.... et si je l'y rencontrai quelquefois, ce fut dans la famille de sa femme dont j'étais le médecin. Seulement, ne soupçonnant d'aucune façon, à cette époque, qu'il pût y avoir quelque chose entre lui et cette Hauteclaire qui avait si brusquement disparu, je n'avais nulle raison pour lui parler de cette disparition subite, sur laquelle le silence, fils des langues fatiguées, commençait de s'étendre ; — et lui non plus ne me parlait jamais de Hauteclaire et des temps où nous nous étions rencontrés chez elle, et ne se permettait de faire à ces temps-là, même de loin, la moindre allusion. »

— Je vous entends venir, avec vos *petits sabots de bois*, — fis-je au docteur, en me servant d'une expression du pays dont il me parlait, et qui est le mien. — C'était lui qui l'avait enlevée !

— Eh bien ! pas du tout, — dit le docteur ; — c'était mieux que cela ! Vous ne vous douteriez jamais de ce que c'était...

C'ÉTAIT A COUPER LA RESPIRATION QU'UNE TELLE VUE !

« Outre qu'en province, surtout, un enlèvement n'est pas chose facile au point de vue du secret, le comte de Savigny, depuis son mariage, n'avait pas bougé de son château de Savigny.

« Il y vivait, au su de tout le monde, dans l'intimité d'un mariage qui ressemblait à une lune de miel indéfiniment prolongée, — et comme tout se cite et se cote en province, on le citait et on le cotait, Savigny, comme un de ces maris qu'il faut brûler, tant ils sont rares (plaisanterie de province), pour en jeter la cendre sur les autres. Dieu sait combien de temps j'aurais été dupe, moi-même, de cette réputation, si, un jour, — plus d'un an après la disparition de Hauteclaire Stassin, — je n'avais été appelé, en termes pressants, au château de Savigny, dont la châtelaine était malade. Je partis immédiatement, et, dès mon arrivée, je fus introduit auprès de la comtesse, qui était effectivement très souffrante d'un mal vague et compliqué, plus dangereux qu'une maladie sévèrement caractérisée. C'était une de ces femmes de vieille race, épuisée, élégante, distinguée, hautaine, et qui, du fond de leur pâleur et de leur maigreur, semblent dire :

« Je suis vaincue du temps, comme ma race ; je me meurs, mais je vous méprise ! » et, le diable m'emporte, tout plébéien que je suis, et quoique ce soit peu philosophique, je ne puis m'empêcher de trouver cela beau. La comtesse était couchée sur un lit de repos, dans une espèce de parloir à poutrelles noires et à murs blancs, très vaste, très élevé, et orné de choses d'art ancien qui faisaient le plus grand honneur au goût des comtes de Savigny. Une seule lampe éclairait cette grande pièce, et sa lumière, rendue plus mystérieuse par l'abat-jour vert qui la voilait, tombait sur le visage de la comtesse, aux pommettes incendiées par la fièvre. Il y avait quelques jours déjà qu'elle était malade, et Savigny — pour la veiller mieux — avait fait dresser un petit lit dans le parloir, auprès du lit de sa bien-aimée moitié. C'est quand la fièvre, plus tenace que tous ses soins, avait montré un acharnement sur lequel il ne comptait pas, qu'il avait pris le parti de m'envoyer chercher. Il était là, le dos au feu, debout, l'air sombre et inquiet, à me faire croire qu'il aimait passionnément sa femme et qu'il la croyait en danger. Mais l'inquiétude dont son front était chargé n'était pas pour elle, mais pour une autre, que je ne soupçonnais pas au château de Savigny, et dont la vue m'étonna jusqu'à l'éblouissement. C'était Hauteclaire ! »

— Diable ! voilà qui est osé ! — dis-je au docteur.

« Si osé, — reprit-il, — que je crus rêver en la voyant ! La comtesse avait prié son mari de sonner sa femme de chambre, à qui elle avait demandé avant mon arrivée une potion que je venais précisément de lui conseiller ; — et, quelques secondes après, la porte s'était ouverte :

« — Eulalie, et ma potion ? — dit, d'un ton bref, la comtesse impatiente.

— La voici, madame ! — fit une voix que je crus reconnaître, et qui n'eut pas plutôt frappé mon oreille que je vis émerger de l'ombre qui noyait le pourtour profond du parloir, et s'avancer au bord du cercle lumineux tracé par la lampe autour du lit, Hauteclaire Stassin ; — oui, Hauteclaire elle-même ! — tenant, dans ses belles mains, un plateau d'argent sur lequel fumait le bol demandé par la comtesse. C'était à couper la respiration qu'une telle vue ! Eulalie !... Heureusement, ce nom d'Eulalie prononcé si naturellement me dit tout, et fut comme le coup d'un marteau de glace qui me fit rentrer dans un sang-froid que j'allais perdre, et dans mon attitude passive de médecin et d'observateur. Hauteclaire, devenue Eulalie, et la femme de chambre de la comtesse de Savigny !... Son déguisement — si tant est qu'une femme pareille pût se déguiser — était complet. Elle portait le costume des grisettes de la ville de V..., et leur coiffe qui ressemble à un casque, et leurs longs tire-bouchons de cheveux tombant le long des joues, — ces espèces de tire-bouchons que les prédicateurs appelaient, dans ce temps-là, des serpents, pour en dégoûter les jolies filles, sans avoir pu jamais y parvenir. — Et elle était là-dessous d'une beauté pleine de réserve, et d'une noblesse d'yeux baissés, qui prouvait qu'elles font bien tout ce qu'elles veulent de leurs satanés corps, ces couleuvres de femelles, quand elles ont le plus petit intérêt à cela... M'étant rattrapé, du reste, et sûr de moi-même comme un homme qui venait de se mordre la langue pour ne pas laisser échapper un cri de surprise, j'eus cependant la petite faiblesse de vouloir lui montrer, à cette fille audacieuse, que je la reconnaissais ; et, pendant que la comtesse buvait sa potion, le front dans son bol, je lui plantai, à elle, mes deux yeux dans ses yeux, comme si j'y avais enfoncé deux patte-fiches ; mais ses yeux — de biche pour la douceur, ce soir-là — furent plus fermes que ceux de la panthère, qu'elle vient, il n'y a qu'un moment, de faire baisser. Elle ne sourcilla pas. Un petit tremblement, presque imperceptible, avait seulement passé dans les mains qui tenaient le plateau. La comtesse buvait très lentement, et quand elle eut fini :

« — C'est bien, — dit-elle. — Remportez cela.

« Et Hauteclaire-Eulalie se retourna, avec cette tournure que j'aurais reconnue entre les vingt mille tournures des filles d'Assuérus, et elle remporta le plateau. J'avoue que je demeurai un instant sans regarder le comte de Savigny, car je sentais ce que mon regard pouvait être pour lui dans un pareil moment ; mais quand je m'y risquai, je trouvai le sien fortement attaché sur moi, et qui passait alors de la plus horrible anxiété à l'expression de la délivrance. Il venait de voir *que j'avais vu*, mais il voyait aussi que je ne *voulais rien voir* de ce que j'avais vu, et il respirait. Il était sûr d'une impénétrable discrétion, qu'il expliquait probablement (mais cela m'était bien égal !) par l'intérêt du médecin qui ne se souciait pas de perdre un client comme lui, tandis qu'il n'y avait là que l'intérêt de l'observateur, qui ne voulait pas qu'on lui fermât la porte d'une maison où il y avait, à l'insu de toute la terre, de pareilles choses à observer.

« Et je m'en revins, le doigt sur ma bouche, bien résolu de ne souffler mot à personne de ce dont personne dans le pays ne se doutait. Ah ! les plaisirs de l'observateur ! ces plaisirs impersonnels et solitaires de l'observateur, que j'ai toujours mis au-dessus de tous les autres, j'allais pouvoir me les donner en plein, dans ce coin de campagne, en ce vieux château isolé, où, comme médecin, je pouvais venir quand il me plairait... — Heureux d'être délivré d'une inquiétude, Savigny m'avait dit : « Jusqu'à nouvel ordre, docteur, venez tous les jours. » Je pourrais donc étudier, avec autant d'intérêt et de suite qu'une maladie, le mystère d'une situation qui, racontée à n'importe qui, aurait semblé impossible... Et comme déjà, dès le premier jour que je l'entrevis, ce mystère excita en moi la faculté ratiocinante, qui est le bâton d'aveugle du savant et surtout du médecin, dans la curiosité acharnée de leurs recherches, je commençai immédiatement de raisonner cette situation pour l'éclairer... Depuis combien de temps existait-elle ?... Datait-elle de la disparition de Hauteclaire ?... Y avait-il déjà plus d'un an que la chose durait et que Hauteclaire Stassin était femme de chambre chez la comtesse de Savigny ? Comment, excepté moi, qu'il avait bien fallu me faire venir, personne n'avait-il vu ce que j'avais vu, moi, si aisément et si vite ?... Toutes questions qui montèrent à cheval et s'en vinrent en croupe à V... avec moi, accompagnées de bien d'autres qui se levèrent et que je ramassai sur la route. Le comte et la comtesse de Savigny, qui passaient pour s'adorer, vivaient, il est vrai, assez retirés de toute espèce de monde. Mais, enfin, une visite pouvait, de temps en temps, tomber au château. Il est vrai encore que si c'était une visite d'hommes, Hauteclaire pouvait ne pas paraître. Et si c'était une visite de femmes, ces femmes de V..., pour la plupart, ne l'avaient jamais assez bien vue pour la reconnaître, fille bloquée, pendant des années, par ses leçons, au fond d'une salle d'armes, et qui, aperçue de loin, à cheval ou à l'église, portait des voiles qu'elle épaississait à dessein — car Hauteclaire (je vous l'ai dit) avait toujours eu cette fierté des êtres très fiers, que trop de curiosité offense, et qui se cachent d'autant plus qu'ils se sentent la cible de plus de regards. Quant aux gens de M. de Savigny, avec lesquels elle était bien obligée de vivre, s'ils étaient de V... ils ne la connaissaient pas, et peut-être n'en étaient-ils point... Et c'est ainsi que je répondais, tout en trottant, à ces premières questions qui, au bout d'un certain temps et d'un certain chemin, rencontraient leurs réponses, et qu'avant d'être descendu de la selle, j'avais déjà construit tout un édifice de suppositions, plus ou moins plausibles, pour expliquer ce qui à un autre qu'un raisonneur comme moi, aurait été inexplicable. La seule chose peut-être que je n'expliquais pas si bien, c'est que l'éclatante beauté de Hauteclaire n'eût pas été un obstacle à son entrée dans le service de la comtesse de Savigny, qui aimait son mari et qui devait en être jalouse. Mais, outre que les patriciennes de V... aussi fières pour le moins que les femmes des paladins de Charlemagne, ne supposaient pas (grave erreur ; mais elles n'avaient pas lu le *Mariage de Figaro !*) que la plus belle fille de chambre fût plus pour leurs maris que le plus beau laquais n'était pour elles, je finis par me dire, en quittant l'étrier, que la comtesse de Savigny avait ses raisons pour se croire aimée, et qu'après tout ce sacripant

QUI CONFESSE LE CORPS TIENT V[illegible]E LE CŒUR.

de Savigny, était bien de taille, si le doute la prenait, à ajouter à ces raisons-là. »

— Hum ! fis-je sceptiquement au docteur, que je ne pus m'empêcher d'interrompre, — tout cela est bel et bon, mon cher docteur, mais n'ôtait pas à la situation son imprudence.

« Certes, non ! — répondit-il ; — mais, si c'était l'imprudence même qui fît la situation ? — ajouta ce grand connaisseur en nature humaine. — Il est des passions que l'imprudence allume, et qui, sans le danger qu'elles provoquent, n'existeraient pas. Au XVIe siècle, qui fut un siècle aussi passionné que peut l'être une époque, la plus magnifique cause d'amour fut le danger même de l'amour. En sortant des bras d'une maîtresse, on risquait d'être poignardé ; ou le mari vous empoisonnait dans le manchon de sa femme, baisé par vous et sur lequel vous aviez fait toutes les bêtises d'usage ; et, bien loin d'épouvanter l'amour, ce danger incessant l'agaçait, l'allumait et le rendait irrésistible ! Dans nos plates mœurs modernes, où la loi a remplacé la passion, il est évident que l'article du Code qui s'applique au mari coupable d'avoir, — comme elle dit grossièrement, la loi, — introduit « la concubine dans le domicile conjugal, » est un danger assez ignoble ; mais pour les âmes nobles, ce danger, de cela seul qu'il est ignoble, est d'autant plus grand ; et Savigny, en s'y exposant, y trouvait peut-être la seule anxieuse volupté qui enivre vraiment les âmes fortes.

« Le lendemain, vous pouvez le croire, — continua le docteur Torty, — j'étais au château de bonne heure ; mais ni ce jour, ni les suivants, je ne vis rien qui ne fût le train de toutes les maisons où tout est normal et régulier. Ni du côté de la malade, ni du côté du comte, ni même du côté de la fausse Eulalie, qui faisait naturellement son service comme si elle avait été exclusivement élevée pour cela, je ne remarquai quoi que ce soit qui pût me renseigner sur le secret que j'avais surpris. Ce qu'il y avait de certain, c'est que le comte de Savigny et Hauteclaire Stassin jouaient la plus effroyablement impudente des comédies avec la simplicité d'acteurs consommés, et qu'ils s'entendaient pour la jouer. Mais ce qui n'était pas si certain et ce que je voulais savoir d'abord, c'est si la comtesse était réellement leur dupe, et si, au cas où elle l'était, il serait possible qu'elle le fût longtemps. C'est donc sur la comtesse que je concentrai mon attention. J'eus d'autant moins de peine à la pénétrer qu'elle était ma malade, et, par le fait de sa maladie, le point de mire de mes observations. C'était, comme je vous l'ai dit, une vraie femme de V..., qui ne savait *rien de rien* que ceci : c'est qu'elle était noble, et qu'en dehors de la noblesse, — le monde n'était pas digne d'un regard... Le sentiment de leur noblesse est la seule passion des femmes de V... dans la haute classe, — dans toutes les classes, fort peu passionnées. Mlle Delphine de Cantor, élevée aux Bénédictines où, sans nulle vocation religieuse, elle s'était horriblement ennuyée, en était sortie pour s'ennuyer dans sa famille, jusqu'au moment où elle épousa le comte de Savigny, qu'elle aima, ou crut aimer, avec la facilité des jeunes filles ennuyées à aimer le premier venu qu'on leur présente. C'était une femme blanche, molle de tissus, mais dure d'os, au teint de lait dans lequel eût surnagé du son, car les petites taches de rousseur dont il était semé, étaient certainement plus foncées que ses cheveux, d'un roux très doux. Quand elle me tendit son bras pâle, veiné comme une nacre bleuâtre, un poignet fin et de race, où le pouls à l'état normal battait languissamment, elle me fit l'effet d'être mise au monde et créée pour être victime... pour être broyée sous les pieds de cette fière Hauteclaire, qui s'était courbée devant elle jusqu'au rôle de servante. Seulement, cette idée, qui naissait d'abord en la regardant, était contrariée par un menton qui se relevait, à l'extrémité de ce mince visage, — un menton de Fulvie sur les médailles romaines, égaré au bas de ce minois chiffonné, — et aussi par un front obstinément bombé, sous ces cheveux sans rutilance. Tout cela finissait par embarrasser le jugement. Pour les pieds de Hauteclaire, c'était peut-être *de là* que viendrait l'obstacle ; — étant impossible qu'une situation comme celle que j'entrevoyais dans cette maison, — de présent, tranquille, — n'aboutît pas à quelque éclat affreux... En vue de cet éclat futur, je me mis donc à ausculter doublement cette petite femme, qui ne pouvait pas rester lettre close pour son médecin bien longtemps. Qui confesse le corps tient vite le cœur. S'il y avait des causes morales ou immorales à la souffrance actuelle de la comtesse, elle aurait beau se rouler en boule avec moi, et rentrer en elle ses impressions et ses pensées, il faudrait bien qu'elle les allongeât. Voilà ce que je me disais ; mais, vous pouvez vous fier à moi, je la tournai et la retournai vainement avec ma serre de médecin. Il me fut évident, au bout de quelques jours, qu'elle n'avait pas le moindre soupçon de la complicité de son mari et de Hauteclaire dans le crime domestique dont sa maison était le silencieux et discret théâtre... Etait-ce, de sa part, défaut de sagacité ? mutisme de sentiments jaloux ? Qu'était-ce ?... Elle avait une réserve un peu hautaine avec tout le monde, excepté avec son mari. Avec cette fausse Eulalie qui la servait, elle était impérieuse, mais douce. Cela peut sembler contradictoire. Cela ne l'est point. Cela n'est que vrai. Elle avait le commandement bref, mais qui n'élève jamais la voix, d'une femme faite pour être obéie et qui est sûre de l'être... Elle l'était admirablement. Eulalie, cette effrayante Eulalie, insinuée, glissée chez elle, je ne savais comment, l'enveloppait de ces soins qui s'arrêtent juste à temps avant d'être une fatigue pour qui les reçoit, et montrait dans les détails de son service une souplesse et une entente du caractère de sa maîtresse qui tenait autant du génie de la volonté que du génie de l'intelligence.. Je finis même par parler à la comtesse de cette Eulalie, que je voyais si naturellement circuler autour d'elle pendant mes visites, et qui me donnait le froid dans le dos que donnerait un serpent qu'on verrait se dérouler et s'étendre, sans faire le moindre bruit, en s'approchant du lit d'une femme endormie... Un soir que la comtesse lui demanda d'aller chercher je ne sais plus quoi, je pris occasion de sa sortie et de la rapidité, à pas légers, avec laquelle elle l'exécuta, pour risquer un mot qui fit peut-être jour :

« — Quels pas de velours ! — dis-je, en la regardant sortir. — Vous avez là, madame la comtesse, une femme de chambre d'un bien agréable service, à ce que je crois. Me permettez-vous de vous demander où vous l'avez prise ? Est-ce qu'elle est de V..., par hasard, cette fille-là ?...

« — Oui, elle me sert fort bien, — répondit indifféremment la comtesse, qui se regardait alors dans un petit miroir à main, encadré dans du velours vert et entouré de plumes de paon, avec cet air impertinent qu'on a toujours quand on s'occupe de tout autre chose que de ce qu'on vous dit. — J'en suis on ne peut plus contente. Elle n'est pas de V... ; mais vous dire d'où elle est, je n'en sais plus rien. Demandez à M. de Savigny, si vous tenez à le savoir, docteur, car c'est lui qui me l'a amenée quelque temps après notre mariage. Elle avait servi, — me dit-il en me la présentant, — chez une vieille cousine à lui, qui venait de mourir, et elle était restée sans place. Je l'ai prise de confiance, et j'ai bien fait. C'est une perfection de femme de chambre. Je ne crois pas qu'elle ait un défaut.

« — Moi, je lui en connais un, madame la comtesse, — dis-je en affectant la gravité.

« — Ah ! et lequel ? — fit-elle languissamment, avec le désintérêt de ce qu'elle disait, et en regardant toujours dans sa petite glace, où elle étudiait attentivement ses lèvres pâles.

« — Elle est trop belle, — dis-je, — elle est réellement trop belle pour une femme de chambre. Un de ces jours, on vous l'enlèvera.

« — Vous croyez ? — fit-elle, toujours se regardant, et toujours distraite de ce que je disais.

« — Et ce sera, peut-être, un homme comme il faut et de votre monde qui s'en amourachera, madame la comtesse ? Elle est assez belle pour tourner la tête à un duc.

« Je prenais la mesure de mes paroles tout en les prononçant. C'était là un coup de sonde ; mais si je ne rencontrais rien, je ne pouvais pas en donner un de plus.

« — Il n'y a pas de duc à V..., — répondit la comtesse, dont le front resta aussi poli que la glace qu'elle tenait à la main. — Et, d'ailleurs, toutes ces filles-là, docteur, — ajouta-t-elle en lissant un de ses sourcils, — quand elles veulent partir, ce n'est pas l'affection que vous avez pour elles qui les en empêche. Eulalie a le service charmant, mais elle abuserait comme les autres de l'affection que l'on aurait pour elle, et je me garde bien de m'y attacher.

« Et il ne fut plus question d'Eulalie ce jour-là. La comtesse était absolument abusée. Qui ne l'aurait été, du reste ? Moi-même, — qui de prime-abord l'avais reconnue, cette Hauteclaire vue tant de fois, à une simple longueur d'épée, dans la salle d'armes de son père, — il y avait des moments où j'étais tenté de croire à Eulalie. Savigny avait beaucoup moins qu'elle, lui qui aurait dû l'avoir davantage, la liberté, l'aisance, le naturel dans le mensonge ; mais elle ! ah ! elle s'y mouvait et elle y vivait comme le plus flexible des poissons vit et se meut dans l'eau. Il fallait, certes, qu'elle l'aimât, et l'aimât étrangement, pour faire ce qu'elle faisait, pour avoir tout planté là d'une existence exceptionnelle, qui pouvait flatter sa vanité en fixant sur elle les regards d'une petite ville, — pour elle l'univers, — où plus tard elle pouvait trouver, parmi les jeunes gens, ses admirateurs et ses adorateurs, quelqu'un qui l'épouserait par amour et la ferait entrer dans cette société plus élevée, dont elle ne connaissait que les hommes. Lui, l'aimant, jouait certainement moins gros jeu qu'elle. Il avait, en dévouement, la position inférieure. Sa fierté d'homme devait souffrir de ne pouvoir épargner à sa maîtresse l'indignité d'une situation humiliante. Il y avait même, dans tout cela, une inconséquence avec le caractère impétueux qu'on attribuait à Savigny. S'il aimait Hauteclaire au point de lui sacrifier sa jeune femme, il aurait pu l'enlever et aller vivre avec elle en Italie,

... J'avais arrêté mon cheval sur le bord du bois, écoutant leur engagement.

— cela se faisait déjà très bien en ce temps-là ! — sans passer par les abominations d'un concubinage honteux et caché. Etait-ce donc lui qui aimait le moins ?... Se laissait-il plutôt aimer par Hauteclaire, plus aimer par elle qu'il ne l'aimait ?... Etait-ce elle qui, d'elle-même, était venue le forcer jusque dans les gardes du domicile conjugal ? Et lui, trouvant la chose audacieuse et piquante, laissait-il faire cette Putiphar d'une espèce nouvelle, qui, à toute heure, lui avivait la tentation ?... Ce que je voyais ne me renseignait pas beaucoup sur Savigny et Hauteclaire... Complices — ils l'étaient bien, parbleu ! — dans un adultère quelconque ; mais les sentiments qu'il y avait au fond de cet adultère, quels étaient-ils ?... Quelle était la situation respective de ces deux êtres l'un vis-à-vis de l'autre ?... Cette inconnue de mon algèbre, je tenais à la dégager. Savigny était irréprochable pour sa femme ; mais lorsque Hauteclaire-Eulalie était là, il avait, pour moi qui l'ajustais du coin de l'œil, des précautions qui attestaient un esprit bien peu tranquille. Quand, dans le tous-les-jours de la vie, il demandait un livre, un journal, un objet quelconque à la femme de chambre de sa femme, il avait des manières de prendre cet objet qui eussent tout révélé à une autre femme que cette petite pensionnaire, élevée aux Bénédictines, et qu'il avait épousée... On voyait que sa main avait peur de rencontrer celle de Hauteclaire, comme si, la touchant par hasard, il lui eût été impossible de ne pas la prendre. Hauteclaire n'avait point de ces embarras, de ces précautions épouvantées... Tentatrice comme elles le sont toutes, qui tenteraient Dieu dans son ciel, s'il y en avait un, et le Diable dans son enfer, elle semblait vouloir agacer, tout ensemble, et le désir et le danger. Je la vis une ou deux fois, — le jour où ma visite tombait pendant le dîner, que Savigny faisait pieusement auprès du lit de sa femme. C'était elle qui servait, les autres domestiques n'entrant point dans l'appartement de la comtesse. Pour mettre les plats sur la table, il fallait se pencher un peu par-dessus l'épaule de Savigny, et je la surpris qui, en les y mettant, frottait des pointes de son corsage la nuque et les oreilles du comte, qui devenait tout pâle... et qui regardait si sa femme ne le regardait pas. Ma foi ! j'étais jeune encore dans ce temps, et le tapage des molécules dans l'organisation, qu'on appelle la violence des sensations, me semblait la seule chose qui valût la peine de vivre. Aussi m'imaginais-je qu'il devait y avoir de fameuses jouissances dans ce concubinage caché avec une fausse servante, sous les yeux affrontés d'une femme qui pouvait tout deviner. Oui, le concubinage dans la maison conjugale, comme dit ce vieux Prudhomme de Code, c'est à ce moment-là que je le compris !

« Mais, excepté les pâleurs et les transes réprimées de Savigny, je ne voyais rien du roman qu'ils faisaient entre eux, en attendant le drame et la catastrophe... selon moi inévitables. Où en étaient-ils tous les deux ? C'était là le secret de leur roman, que je voulais arracher. Cela me prenait la pensée comme la griffe de sphinx d'un problème, et cela devint si fort que, de l'observation, je tombai dans l'espionnage, qui n'est que de l'observation à tout prix. Hé ? eh ! un goût vif, bientôt nous déprave... Pour savoir ce que j'ignorais, je me permis bien de petites bassesses, très indignes de moi, et que je jugeais telles, et que je me permis néanmoins. Ah ! l'habitude de la sonde, mon cher ! Je la jetais partout. Lorsque, dans mes visites au château, je mettais mon cheval à l'écurie, je faisais jaser les domestiques sur les maîtres, sans avoir l'air d'y toucher. Je mouchardais (oh ! je ne m'épargne pas le mot) pour le compte de ma propre curiosité. Mais les domestiques étaient tout aussi trompés que la comtesse. Ils prenaient Hauteclaire de très bonne foi pour une des leurs, et j'en aurais été pour mes frais de curiosité sans un hasard qui, comme toujours, en fit plus, en une fois, que toutes mes combinaisons, et m'en apprit plus que tous mes espionnages.

« Il y avait plus de deux mois que j'allais voir la comtesse, dont la santé ne s'améliorait pas et présentait de plus en plus les symptômes de cette débilitation si commune maintenant, et que les médecins de ce temps énervé ont appelée du nom d'anémie. Savigny et Hauteclaire continuaient de jouer, avec la même perfection, la très difficile comédie que mon arrivée et ma présence en ce château n'avaient pas déconcertée. Néanmoins, on eût dit qu'il y avait un peu de fatigue dans les acteurs. Serlon avait maigri, et j'avais entendu dire à V... : « Quel bon mari que ce M. de Savigny ! Il est déjà tout changé de la maladie de sa femme. Quelle belle chose donc que de s'aimer ! » Hauteclaire, à la beauté immobile, avait les yeux battus, pas battus comme on les a quand ils ont pleuré, car ces yeux-là n'ont peut-être jamais pleuré de leur vie ; mais ils l'étaient comme quand on a beaucoup veillé, et n'en brillaient que plus ardents, du fond de leur cercle violâtre. Cette maigreur de Savigny, du reste, et ces yeux cernés de Hauteclaire, pouvaient venir d'autre chose que de la vie compressive qu'ils s'étaient imposée. Ils pouvaient venir de tant de choses, dans ce milieu souterrainement volcanisé! J'en étais à regarder ces marques trahissantes à leurs visages, m'interrogeant tout bas et ne sachant trop que me répondre, quand un jour, étant allé faire ma tournée de médecin dans les alentours, je revins le soir par Savigny. Mon intention était d'entrer au château, comme à l'ordinaire; mais un accouchement très laborieux d'une femme de la campagne m'avait retenu fort tard, et, quand je passai par le château, l'heure était beaucoup trop avancée pour que j'y puisse entrer. Je ne savais pas même l'heure qu'il était. Ma montre de chasse s'était arrêtée. Mais la lune, qui avait commencé de descendre l'autre côté de sa courbe dans le ciel, marquait, à ce vaste cadran bleu, un peu plus de minuit, et touchait presque, de la pointe inférieure de son croissant, la pointe des hauts sapins de Savigny, derrière lesquels elle allait disparaître...

— ...« Etes-vous allé parfois à Savigny? — fit le docteur, en s'interrompant tout à coup et en se tournant vers moi. — Oui. — reprit-il, à mon signe de tête. Eh bien! vous savez qu'on est obligé d'entrer dans ce bois de sapins et de passer le long des murs du château, qu'il faut doubler comme un cap, pour prendre la route qui mène directement à V... Tout à coup, dans l'épaisseur de ce bois noir où je ne voyais goutte de lumière ni n'entendais goutte de bruit, voilà qu'il m'en arriva un à l'oreille que je pris pour celui d'un battoir, — le battoir de quelque pauvre femme, occupée le jour aux champs, et qui profitait du clair de lune pour laver son linge à quelque lavoir ou à quelque fossé... Ce ne fut qu'en avançant vers le château, qu'à ce claquement régulier se mêla un autre bruit qui m'éclaira sur la nature du premier. C'était un cliquetis d'épées qui se croisent, et se frottent, et s'agacent. Vous savez comme on entend tout dans le silence et l'air fin des nuits, comme les moindres bruits y prennent des précisions de distinctibilité singulière! J'entendais, à ne pouvoir m'y méprendre, le froissement animé du fer. Une idée me passa dans l'esprit; mais, quand je débouchai du bois de sapins du château, blêmi par la lune, et dont une fenêtre était ouverte :

« — Tiens! — fis-je, admirant la force des goûts et des habitudes, — voilà donc toujours leur manière de faire l'amour!

« Il était évident que c'était Serlon et Hauteclaire qui faisaient des armes à cette heure. On entendait les épées comme si on les avait vues. Ce que j'avais pris pour le bruit des battoirs, c'étaient les *appels du pied* des tireurs. La fenêtre ouverte l'était dans le pavillon le plus éloigné, des quatre pavillons, de celui où se trouvait la chambre de la comtesse. Le château endormi, morne et blanc sous la lune, était comme une chose morte... Partout ailleurs que dans ce pavillon, choisi à dessein, et dont la porte-fenêtre, ornée d'un balcon, donnait sous des persiennes à moitié fermées, tout était silence et obscurité; mais c'était de ces persiennes, à moitié fermées et zébrées de lumière sur le balcon, que venait ce double bruit des appels du pied et du grincement des fleurets. Il était si clair, il arrivait si net à l'oreille, que je préjugeai avec raison, comme vous allez voir, qu'ayant très chaud (on était en juillet), ils avaient ouvert la porte du balcon sous les persiennes. J'avais arrêté mon cheval sur le bord du bois, écoutant leur engagement qui paraissait très vif, intéressé par cet assaut d'armes entre amants qui s'étaient aimés les armes à la main et qui continuaient de s'aimer ainsi, quand, au bout d'un certain temps, le cliquetis des fleurets et le claquement des appels du pied cessèrent. Les persiennes de la porte vitrée du balcon furent poussées et s'ouvrirent, et je n'eus que le temps, pour ne pas être aperçu dans cette nuit claire, de faire reculer mon cheval dans l'ombre du bois de sapins. Serlon et Hauteclaire vinrent s'accouder sur la rampe en fer du balcon. Je les discernais à merveille. La lune tomba derrière le petit bois, mais la lumière d'un candélabre, que je voyais derrière eux dans l'appartement, mettait en relief leur double silhouette. Hauteclaire était vêtue, si cela s'appelle vêtue, comme je l'avais vue tant de fois, donnant ses leçons à V..., lacée dans ce gilet d'armes de peau de chamois qui lui faisait comme une cuirasse, et les jambes moulées par ses chausses en soie qui en prenaient si juste le contour musclé. Savigny portait à peu près le même costume. Sveltes et robustes tous deux, ils apparaissaient sur le fond lumineux, qui les encadrait, comme deux belles statues de la Jeunesse et de la Force. Vous venez tout à l'heure d'admirer dans ce jardin l'orgueilleuse beauté de l'un et de l'autre, que les années n'ont pas détruite encore. Eh bien! aidez-vous de cela pour vous faire une idée de la magnificence du couple que j'apercevais alors, à ce balcon, dans ces vêtements serrés qui ressemblaient à une nudité. Ils parlaient, appuyés à la rampe, mais trop bas pour que j'entendisse leurs paroles; mais les attitudes de leurs corps les disaient pour eux. Il y eut un moment où Savigny laissa tomber passionnément son bras autour de cette taille d'amazone qui semblait faite pour toutes les résistances et qui n'en fit pas... Et, la fière Hauteclaire se suspendant presque en même temps au cou de Serlon, ils formèrent, à eux deux, ce fameux et voluptueux groupe de Canova qui est dans toutes les mémoires, et ils restèrent ainsi sculptés bouche à bouche le temps, ma foi, de boire, sans s'interrompre et sans se reprendre, au moins une bouteille de baisers! Cela dura bien soixante pulsations comptées à ce pouls qui allait plus vite qu'à présent, et que ce spectacle fit aller plus vite encore...

« Oh! oh! — fis-je, quand je débusquai de mon bois et qu'ils furent rentrés, toujours enlacés l'un à l'autre, dans l'appartement dont ils abaissèrent les rideaux, de grands rideaux sombres. — Il faudra bien qu'un de ces matins ils se confient à moi. Ce n'est pas seulement eux qu'ils auront à cacher. — En voyant ces caresses et cette intimité qui me révélaient tout, j'en tirais, en médecin, les conséquences. Mais leur ardeur devait tromper mes prévisions. Vous savez comme moi que les êtres qui s'aiment trop (le cynique docteur dit un autre mot) ne font pas d'enfants. Le lendemain matin, j'allai à Savigny. Je trouvai Hauteclaire redevenue Eulalie, assise dans l'embrasure d'une des fenêtres du long corridor qui aboutissait à la chambre de sa maîtresse, une masse de linge et de chiffons sur une chaise devant elle, occupée à coudre et à tailler là-dedans, elle, la tireuse d'épée de la nuit! S'en douterait-on? pensai-je, en l'apercevant avec son tablier blanc et ces formes que j'avais vues, comme si elles avaient été nues, dans le cadre éclairé du balcon, noyées alors dans les plis d'une jupe qui ne pouvait pas les engloutir... Je passai, mais sans lui parler, car je ne lui parlais que le moins possible, ne voulant pas avoir avec elle l'air de savoir ce que je savais et ce qui aurait peut-être filtré à travers ma voix ou mon regard. Je me sentais bien moins comédien qu'elle, et je me craignais... D'ordinaire, lorsque je passais le long de ce corridor où elle travaillait toujours, quand elle n'était pas de service auprès de la comtesse, elle m'entendait si bien venir, elle était si sûre que c'était moi, qu'elle ne relevait jamais la tête. Elle restait inclinée sous son casque de batiste empesée, ou sous cette autre coiffe normande qu'elle portait aussi à certains jours, et qui ressemble au hennin d'Isabeau de Bavière, les yeux sur son travail et les joues voilées par ces longs tire-bouchons d'un noir bleu qui pendaient sur leur ovale pâle, n'offrant à ma vue que la courbe d'une nuque estompée par d'épais frisons, qui s'y tordaient comme les désirs qu'ils faisaient naître. Chez Hauteclaire, c'est surtout l'animal qui est superbe. Nulle femme plus qu'elle n'eut peut-être ce genre de beauté-là... Les hommes, qui, entre eux, se disent tout, l'avaient bien souvent remarquée. A V..., quand elle donnait des leçons d'armes, les hommes l'appelaient entre eux : Mademoiselle Esaü... Le Diable apprend aux femmes ce qu'elles sont, ou plutôt, elles l'apprendraient au Diable, s'il pouvait l'ignorer... Hauteclaire, si peu coquette pourtant, avait en écoutant, quand on lui parlait, des façons de prendre et d'enrouler autour de ses doigts les longs cheveux frisés et tassés à cette place du cou, ces rebelles au peigne qui avait lissé le chignon, et dont un seul suffit pour *troubler l'âme*, nous dit la Bible. Elle savait bien les idées que ce jeu faisait naître! Mais à présent, depuis qu'elle était femme de chambre, je ne l'avais pas vue, une seule fois, se permettre ce geste de la puissance jouant avec la flamme, même en regardant Savigny.

« Mon cher, ma parenthèse est longue; mais tout ce qui vous fera bien connaître ce qu'était Hauteclaire Stassin importe à son histoire... Ce jour-là, elle fut bien obligée de se déranger et de venir me montrer son visage, car la comtesse la sonna et lui commanda de me donner de l'encre et du papier dont j'avais besoin pour une ordonnance, et elle vint. Elle vint, le dé d'acier au doigt, qu'elle ne prit pas le temps d'ôter, ayant piqué l'aiguille enfilée sur sa provocante poitrine, où elle en avait piqué une masse d'autres, pressées les unes contre les autres et l'embellissant de leur acier. Même l'acier des aiguilles allait bien à cette diablesse de fille, faite pour l'acier, et qui, au moyen âge, aurait porté la cuirasse. Elle se tint debout devant moi, pendant que j'écrivais, m'offrant l'écritoire avec ce noble et moelleux mouvement dans les avant bras que l'habitude de faire des armes lui avait donné plus qu'à personne. Quand j'eus fini, je levai les yeux et la regardai, pour ne rien affecter, et je lui trouvai le visage fatigué de la nuit. Savigny qui n'était pas là quand j'étais arrivé, entra tout à coup. Il était bien plus fatigué qu'elle... Il me parla de l'état de la comtesse, qui ne guérissait pas. Il me parla comme un homme impatienté qu'elle ne guérît pas. Il avait le ton amer, violent, contracté de l'homme impatienté. Il allait et venait en parlant. Je le regardai froidement, trouvant la chose trop forte pour le coup, et ce ton napoléonien avec moi un peu inconvenant. « Mais si je guérissais ta femme, — pensai-je insolemment, — tu ne ferais pas des armes et l'amour toute la nuit avec ta maîtresse. » J'aurais pu le rappeler au sentiment de la réalité et de la politesse qu'il oubliait, lui planter sous le nez, si cela m'avait plu, les sels anglais d'une bonne réponse. Je me contentai de le regarder. Il devenait plus intéressant pour moi que jamais, car il m'était évident qu'il jouait plus que jamais la comédie. »

Et le docteur s'arrêta de nouveau. Il plongea son large pouce et son index dans sa boîte d'argent guilloché et aspira une prise de macoubac, comme il avait l'habitude d'appeler pompeusement son tabac. Il me parut si intéressant à son tour, que je ne lui fis aucune observation et qu'il reprit, après avoir absorbé sa prise et passé son doigt crochu sur la courbure de son avide nez en bec de corbin :

« Oh! pour impatienté, il l'était réellement ; mais ce n'était point parce que sa femme ne guérissait pas, cette femme à laquelle il était si déterminément infidèle! Que diable! lui qui concubinait avec une servante dans sa propre maison, ne pouvait guère s'encolérer parce que sa femme ne guérissait pas! Est-ce que, elle guérie, l'adultère n'eût pas été plus difficile? Mais c'était vrai, pourtant, que la traînerie de ce mal sans bout le lassait, lui portait sur les nerfs. Avait-il pensé que ce serait moins long? Et, depuis, lorsque j'y ai songé, si l'idée d'en finir vint à lui ou à elle, ou à tous les deux, puisque la maladie ou le médecin n'en finissait pas, c'est peut-être de ce moment là... »

— Quoi! docteur, ils auraient donc?...

Je n'achevai pas, tant cela me coupait la parole, l'idée qu'il me donnait!

Il baissa la tête en me regardant, aussi tragique que la statue du Commandeur, quand elle accepte de souper.

« Oui! — souffla-t-il lentement, d'une voix basse, répondant à ma pensée. — Au moins, à quelques jours de là, tout le pays apprit avec terreur que la comtesse était morte empoisonnée... »

— Empoisonnée! — m'écriai-je.

... « Par sa femme de chambre, Eulalie, qui avait pris une fiole l'une pour l'autre et qui, disait-on, avait fait avaler à sa maîtresse une bouteille d'encre double, au lieu d'une médecine que j'avais prescrite. C'était possible, après tout, qu'une pareille méprise. Mais je savais, moi, qu'Eulalie, c'était Hauteclaire! Mais je les avais vus, tous deux, faire le groupe de Canova au balcon! Le monde n'avait pas vu ce que j'ai vu. Le monde n'eut d'abord que l'impression d'un accident terrible. Mais quand, deux ans après cette catastrophe, on apprit que le comte Serlon de Savigny épousait publiquement *la fille à Stassin*, — car il fallut bien *déclancher* qui elle était, la fausse Eulalie, — et qu'il allait la coucher dans les draps chauds encore de sa première femme, Mlle Delphine de Cantor, oh! alors, ce fut un grondement de tonnerre de soupçons à voix basse, comme si on avait eu peur de ce qu'on disait et de ce qu'on pensait. Seulement, au fond, personne ne savait. On ne savait que la monstrueuse mésalliance, qui fit montrer au doigt le comte de Savigny et l'isola comme un pestiféré. Cela suffisait bien, du reste. Vous savez quel déshonneur c'est, ou plutôt c'était, car les choses ont bien changé aussi dans ce pays-là, que de dire d'un homme : Il a épousé sa servante! Ce déshonneur s'étendit et resta sur Serlon comme une souillure. Quant à l'horrible bourdonnement du crime soupçonné qui avait couru, il s'engourdit bientôt comme celui d'un taon qui tombe lassé dans une ornière. Mais il y avait cependant quelqu'un qui savait et qui était sûr... »

— Et ce ne pouvait être que vous, docteur? — interrompis-je.

« C'était moi, en effet, — reprit-il, — mais pas moi tout seul. Si j'avais été seul pour savoir, je n'aurais jamais eu que de vagues lueurs, pires que l'ignorance... Je n'aurais jamais été sûr, et, — fit-il, en appuyant sur les mots avec l'aplomb de la sécurité complète : — je le suis!

« Et, écoutez-bien comme je le suis! » — ajouta-t-il, en me prenant le genou avec ses doigts noueux, comme avec une pince. Or, son histoire me pinçait encore plus que ce système d'articulations de crabe qui formait sa redoutable main.

« Vous vous doutez bien, — continua-t-il, — que je fus le premier à savoir l'empoisonnement de la comtesse. Coupables ou non, il fallait bien qu'ils m'envoyassent chercher, moi qui étais le médecin. On ne prit pas la peine de seller un cheval. Un garçon d'écurie vint *à poil* et au grand galop me trouver à V...., d'où je le suivis, du même galop, à Savigny. Quand j'arrivai, cela avait-il été calculé? — il n'était plus possible d'arrêter les ravages de l'empoisonnement. Serlon, dévasté de physionomie, vint au-devant de moi dans la cour et me dit, au dégagé de l'étrier, comme s'il eût eu peur des mots dont il se servait :

« — Une domestique s'est trompée. (Il

évitait de dire : Eulalie, que tout le monde nommait le lendemain.) Mais, docteur, ce n'est pas possible ! est-ce que l'encre double serait un poison?...

« — Cela dépend des substances avec quoi elle est faite, — repartis-je. Il m'introduisit chez la comtesse, épuisée de douleur, et dont le visage rétracté ressemblait à un peloton de fil blanc tombé dans de la teinture verte... Elle était effrayante ainsi. Elle me sourit affreusement de ses lèvres noires et de ce sourire qui dit à un homme qui se tait : « Je sais bien ce que vous pensez... » D'un tour d'œil je cherchai dans la chambre si Eulalie ne s'y trouvait pas. J'aurais voulu voir sa contenance à pareil moment. Elle n'y était point. Toute brave qu'elle fût, avait-elle eu peur de moi?... Ah! je n'avais encore que d'incertaines données...

« La comtesse fit un effort en m'apercevant et s'était soulevée sur son coude.

« — Ah ! vous voilà, docteur, — dit-elle ; — mais vous venez trop tard. Je suis morte. Ce n'est pas le médecin qu'il fallait envoyer chercher, Serlon, c'était le prêtre. Allez ! donnez des ordres pour qu'il vienne, et que tout le monde me laisse seule deux minutes avec le docteur. Je le veux !

« Elle dit ce : *Je le veux*, comme je ne le lui avais jamais entendu dire, — comme une femme qui avait ce front et ce menton dont je vous ai parlé.

« — Même moi? — dit Savigny, faiblement.

« — Même vous, — fit-elle. Et elle ajouta presque, caressante : — Vous savez, mon ami, que les femmes ont surtout des pudeurs pour ce qu'elles aiment.

« A peine fut-il sorti, qu'un atroce changement se produisit en elle. De douce, elle devint fauve.

« — Docteur, — dit-elle, d'une voix haineuse, — ce n'est pas un accident que ma mort, c'est un crime. Serlon aime Eulalie, et elle m'a empoisonnée ! Je ne vous ai pas cru quand vous m'avez dit que cette fille était trop belle pour une femme de chambre. J'ai eu tort. Il aime cette scélérate, cette exécrable fille qui m'a tuée. Il est plus coupable qu'elle, puisqu'il l'aime et qu'il m'a trahie pour elle. Depuis quelques jours, les regards qu'ils se jetaient des deux côtés de mon lit m'ont bien avertie. Et encore plus le goût horrible de cette encre avec laquelle ils m'ont empoisonnée!!... Mais j'ai tout bu, j'ai tout pris, malgré cet affreux goût, parce que j'étais bien aise de mourir ! Ne me parlez pas de contrepoison. Je ne veux d'aucun de vos remèdes. Je veux mourir.

« — Alors, pourquoi m'avez-vous fait venir, madame la comtesse?...

« — Eh bien! voici pourquoi, — reprit-elle haletante... — C'est pour vous dire qu'ils m'ont empoisonnée, et pour que vous me donniez votre parole d'honneur de le cacher. Tout ceci va faire un éclat terrible. Il ne le faut pas. Vous êtes mon médecin et on vous croira vous, quand vous parlerez de cette méprise qu'ils ont inventée, quand vous direz que même je ne serais pas morte, que j'aurais pu être sauvée, si depuis longtemps ma santé n'avait été perdue. Voilà ce qu'il faut me jurer, docteur...

« Et comme je ne répondais pas, elle vit ce qui s'élevait en moi. Je pensais qu'elle aimait son mari au point de vouloir le sauver. C'était l'idée qui m'était venue, l'idée naturelle et vulgaire, car il est des femmes tellement pétries pour l'amour et ses abnégations, qu'elles ne rendent pas le coup dont elles meurent. Mais la comtesse de Savigny ne m'avait jamais produit l'effet d'être une de ces femmes-là !

« — Ah ! ce n'est pas ce que vous croyez qui me fait vous demander de me jurer cela, docteur ! Oh ! non ! je hais trop Serlon en ce moment pour ne pas, malgré sa trahison, l'aimer encore... Mais je ne suis pas si lâche que de lui pardonner ! Je m'en irai de cette vie, jalouse de lui, et implacable. Mais il ne s'agit pas de Serlon, docteur, — reprit-elle avec énergie, en me découvrant tout un côté de son caractère que j'avais entrevu, mais que je n'avais pas pénétré dans ce qu'il avait de plus profond. — Il s'agit du comte de Savigny. Je ne veux pas, quand je serai morte, que le comte de Savigny passe pour l'assassin de sa femme. Je ne veux pas qu'on le traîne en cour d'assises, qu'on l'accuse de complicité avec une servante adultère et empoisonneuse ! Je ne veux pas que cette tache reste sur ce nom de Savigny, que j'ai porté. Oh ! s'il ne s'agissait que de lui, il est digne de tous les échafauds ! Mais, lui, je lui mangerais le cœur ! Mais il s'agit de nous tous, les gens comme il faut du pays ! Si nous étions encore ce que nous devrions être, j'aurais fait jeter cette Eulalie dans une des oubliettes du château de Savigny, et il n'en aurait plus été question jamais ! Mais, à présent, nous ne sommes plus les maîtres chez nous. Nous n'avons plus notre justice expéditive et muette, et je ne veux pour rien des scandales et des publicités de la vôtre, docteur ; et j'aime mieux les laisser dans les bras l'un de l'autre, heureux et délivrés de moi, et mourir enragée comme je meurs, que de penser, en mourant, que la noblesse de

Un garçon d'écurie vint à poil et au grand galop me trouver à V..., d'où je le suivis.

V... aurait l'ignominie de compter un empoisonneur dans ses rangs.

« Elle parlait avec une vibration inouïe, malgré les tremblements saccadés de sa mâchoire qui claquait à briser ses dents. Je la reconnaissais, mais je l'apprenais encore! C'était bien la fille noble qui n'était que cela, la fille noble, plus forte en mourant, que la femme jalouse. Elle mourait bien comme une fille de V..., la dernière ville noble de France! Et touché de cela plus peut-être que je n'aurais dû l'être, je lui promis et je lui jurai, si je ne la sauvais pas, de faire ce qu'elle me demandait.

« Et je l'ai fait, mon cher. Je ne la sauvai pas. Je ne pus pas la sauver : elle refusa obstinément tout remède. Je dis ce qu'elle avait voulu, quand elle fut morte, et je persuadai... Il y a bien vingt-cinq ans de cela... A présent, tout est calmé, silencé, oublié, de cette épouvantable aventure. Beaucoup de nos contemporains sont morts. D'autres générations ignorantes, indifférentes, ont poussé sur leurs tombes; et la première parole que je dis de cette sinistre histoire, c'est à vous!

« Et encore, il a fallu ce que nous venons de voir pour vous la raconter. Il a fallu ces deux êtres, immuablement beaux malgré le temps, immuablement heureux malgré leur crime, puissants, passionnés, absorbés en eux, passant aussi superbement dans la vie que dans ce jardin, semblables à deux de ces Anges d'autel qui s'élèvent, unis dans l'ombre d'or de leurs quatre ailes! »

J'étais épouvanté... — Mais, fis-je, — si c'est vrai ce que vous me contez là, docteur, c'est un effroyable désordre dans la création que le bonheur de ces gens-là.

« C'est un désordre ou c'est un ordre, comme il vous plaira, — répondit le Dr Torty, cet athée absolu et tranquille aussi, comme ceux dont il parlait, — mais c'est un fait. Ils sont heureux exceptionnellement et insolemment heureux. Je suis bien vieux, et j'ai vu dans ma vie bien des bonheurs qui n'ont pas duré; mais je n'ai vu que celui-là qui fût aussi profond, et qui dure toujours!

« Et croyez que je l'ai bien étudié, bien scruté, bien perscruté! Croyez que j'ai bien cherché la petite bête dans ce bonheur-là! Je vous demande pardon de l'expression, mais je puis dire que je l'ai pouillé... J'ai mis les deux pieds et les deux yeux aussi avant que j'ai pu dans la vie de ces deux êtres, pour voir s'il n'y avait pas à leur étonnant et révoltant bonheur un défaut, une cassure, si petite qu'elle fût, à quelque endroit caché; mais je n'ai jamais rien trouvé qu'une félicité à faire envie, et qui serait une excellente et triomphante plaisanterie du Diable contre Dieu, s'il y avait un Dieu et un Diable! Après la mort de la comtesse, je demeurai, comme vous le pensez bien, en bons termes avec Savigny. Puisque j'avais fait tant que de prêter l'appui de mon affirmation à la fable imaginée par eux pour expliquer l'empoisonnement, ils n'avaient pas d'intérêt à m'écarter, et moi j'en avais un très grand à connaître ce qui allait suivre, ce qu'ils allaient faire, ce qu'ils allaient devenir. J'étais horripilé, mais je bravais mes horripilations... Ce qui suivit, ce fut d'abord le deuil de Savigny, lequel dura les deux ans d'usage, et que Savigny porta de manière à confirmer l'idée publique qu'il était le plus excellent des maris, passés, présents et futurs... Pendant ces deux ans, il ne vit absolument personne. Il s'enterra dans son château avec une telle rigueur de solitude, que personne ne sut qu'il avait gardé à Savigny Eulalie, la cause involontaire de la mort de la comtesse et qu'il aurait dû, par convenance seule, mettre à la porte, même dans la certitude de son innocence. Cette imprudence de garder chez soi une telle fille, après une telle catastrophe, me prouvait la passion insensée que j'avais toujours soupçonnée dans Serlon. Aussi ne fus-je nullement surpris quand un jour, en revenant d'une de mes tournées de médecin, je rencontrai un domestique sur la route de Savigny, à qui je demandai des nouvelles de ce qui se passait au château, et qui m'apprit qu'Eulalie *y était toujours*... A l'indifférence avec laquelle il me dit cela, je vis que personne, parmi les gens du comte, ne se doutait qu'Eulalie fût sa maîtresse. « Ils jouent toujours serré, — me dis-je. — Mais pourquoi ne s'en vont-ils pas du pays? Le comte est riche. Il peut vivre grandement partout. Pourquoi ne pas filer avec cette belle diablesse (en fait de diablesse, je croyais à celle-là), qui, pour le mieux crocheter, a préféré vivre dans la maison de son amant, au péril de tout, que d'être sa maîtresse à V..., dans quelque logement retiré où il serait allé bien tranquillement la voir en cachette? » Il y avait là un dessous que je ne comprenais pas. Leur délire, leur dévouement d'eux-mêmes étaient-ils donc si grands qu'ils ne voyaient plus rien des prudences et des précautions de la vie?... Hauteclaire, que je supposais plus forte de caractère que Serlon, Hauteclaire, que je croyais l'homme des deux dans leurs rapports d'amants, voulait-elle rester dans ce château où on l'avait vue servante et où l'on devait la voir maîtresse, et en restant, si on l'apprenait et si cela faisait un scandale, préparer l'opinion à un autre scandale bien plus épouvantable, son mariage avec le comte de Savigny ? Cette idée ne m'était pas venue à moi, si elle lui était venue à elle, en cet instant de mon histoire. Hauteclaire Stassin, fille de ce vieux pilier de salle d'armes, La Pointe-au-corps, — que nous avions tous vue, à V..., donner des leçons et se *fendre à fond* en pantalon collant, comtesse de Savigny ! Allons donc ! Qui aurait cru à ce renversement, à cette fin du monde ? Oh ! pardieu, je croyais très bien, pour ma part, *in petto*, que le concubinage continuerait d'aller son train entre ces deux fiers animaux, qui avaient, au premier coup d'œil, reconnu qu'ils étaient de la même espèce et qui avaient osé l'adultère sous les yeux mêmes de la comtesse. Mais le mariage, le mariage effrontément accompli au nez de Dieu et des hommes, mais ce défi jeté à l'opinion de toute une contrée outragée dans ses sentiments et dans ses mœurs, j'en étais, d'honneur ! à mille lieues, et si loin que quand, au bout des deux ans du deuil de Serlon, la chose se fit brusquement, le coup de foudre de la surprise me tomba sur la tête comme si j'avais été un de ces imbéciles qui ne s'attendent jamais à rien de ce qui arrive, et qui, dans le pays, se mirent alors à piauler comme les chiens, fouettés dans la nuit, piaulent aux carrefours.

« Du reste, en ces deux ans du deuil de Serlon, si strictement observé et qui fut, quand on en vit la fin, si furieusement taxé d'hypocrisie et de bassesse, je n'allai pas beaucoup au château de Savigny... Qu'y serais-je allé faire ?... On s'y portait très bien, et jusqu'au moment peu éloigné peut-être où l'on m'enverrait chercher nuitamment, pour quelque accouchement qu'il faudrait bien cacher encore, on n'y avait pas besoin de mes services. Néanmoins, entre temps, je risquais une visite au comte. Politesse doublée de curiosité éternelle. Serlon me recevait ici ou là, selon l'occurrence, et où il était, quand j'arrivais. Il n'avait pas le moindre embarras avec moi. Il avait repris sa bienveillance. Il était grave. J'avais déjà remarqué que les êtres heureux sont graves. Ils portent en eux attentivement leur cœur, comme un verre plein, que le moindre mouvement peut faire déborder ou briser... Malgré sa gravité et ses vêtements noirs, Serlon avait dans les yeux l'incoercible expression d'une immense félicité. Ce n'était plus l'expression du soulagement et de la délivrance qui y brillait, comme le jour où, chez sa femme, il s'était aperçu que je reconnaissais Hauteclaire, mais que j'avais pris le parti de ne pas la reconnaître. Non, parbleu ! c'était bel et bien du bonheur ! Quoique, en ces visites cérémonieuses et rapides, nous ne nous entretinssions que de choses superficielles et extérieures, la voix du comte de Savigny, pour les dire, n'était pas la même voix qu'au temps de sa femme. Elle révélait à présent, par la plénitude presque chaude de ses intonations, qu'il avait peine à contenir des sentiments qui ne demandaient qu'à lui sortir de la poitrine. Quant à Hauteclaire (toujours Eulalie, et au château, ainsi que me l'avait dit le domestique), je fus assez longtemps sans la rencontrer. Elle n'était plus, quand je passais, dans le corridor où elle se tenait du temps de la comtesse, travaillant dans son embrasure. Et, pourtant, la pile de linge à la même place, et les ciseaux, et l'étui, et le dé sur le bord de la fenêtre, disaient qu'elle devait toujours travailler là, sur cette chaise vide et tiède peut-être qu'elle avait quittée, m'entendant venir. Vous vous rappelez que j'avais la fatuité de croire qu'elle redoutait la pénétration de mon regard ; mais, à présent, elle n'avait plus à la craindre. Elle ignorait que j'eusse reçu la terrible confidence de la comtesse. Avec la nature audacieuse et altière que je lui connaissais, elle devait même être contente de pouvoir braver la sagacité qui l'avait devinée. Et, de fait, ce que je présumais était la vérité, car le jour où je la rencontrai enfin, elle avait son bonheur écrit sur son front d'une si radieuse manière, qu'en y répandant toute la bouteille d'encre double avec laquelle elle avait empoisonné la comtesse, on n'aurait pas pu l'effacer !

« C'est dans le grand escalier du château que je la rencontrai cette première fois. Elle le descendait et je le montais. Elle le descendait un peu vite ; mais quand elle me vit, elle ralentit son mouvement, tenant sans doute à me montrer fastueusement son visage, et à me mettre bien au fond des yeux ses yeux qui peuvent faire fermer ceux des panthères, mais qui ne firent pas fermer les miens. En descendant les marches de son escalier, ses jupes flottant en arrière sous les souffles d'un mouvement rapide, elle semblait descendre du ciel. Elle était sublime d'air heureux. Ah ! son air était à quinze mille lieues au-dessus de l'air de Serlon ! Je n'en passai pas moins sans lui donner signe de politesse, car si Louis XIV saluait les femmes de chambre dans les escaliers, ce n'étaient pas des empoisonneuses ! Femme de chambre, elle l'était encore ce jour-là, de tenue, de mise, de tablier blanc; mais l'air heureux de la plus triomphante et despotique maîtresse avait remplacé l'impassibilité de l'esclave. Cet air-là ne l'a point quittée. Je viens de le revoir, et vous avez pu en juger. Il est plus frappant que la beauté même du visage sur lequel il resplendit. Cet air surhumain de la fierté dans l'amour heureux, qu'elle a dû donner à Serlon, qui d'abord, lui, ne l'avait pas, elle continue, après vingt ans, de l'avoir encore, et je ne l'ai vu ni diminuer, ni se voiler un instant sur la face de ces étranges Privilégiés de la vie. C'est par cet air-là qu'ils ont toujours répondu victorieusement à tout, à l'abandon, aux mauvais propos, aux mépris de l'opinion indignée, et qu'ils ont fait croire à qui les rencontre que le crime dont ils ont été accusés quelques jours n'était qu'une atroce calomnie. »

— Mais vous, docteur, — interrompis-je, — après tout ce que vous savez, vous ne pouvez pas vous laisser imposer par cet air-là? Vous ne les avez pas suivis partout? Vous ne les voyez pas à toute heure?

« Excepté dans leur chambre à coucher, le soir, et ce n'est pas là qu'ils le perdent, — fit le Dr Torty, gaillard, mais profond, — je les ai vus, je crois bien, à tous les moments de leur vie depuis leur mariage, qu'ils allèrent faire je ne sais où, pour éviter le charivari que la populace de V...., aussi furieuse à sa façon que la Noblesse à la sienne, se promettait de leur donner. Quand ils revinrent mariés, elle, authentiquement comtesse de Savigny, et lui, absolument déshonoré par un mariage avec une servante, on les planta là, dans leur château de Savigny. On leur tourna le dos. On les laissa se repaître d'eux tant qu'ils voulurent... Seulement, ils ne s'en sont jamais repus, à ce qu'il paraît; encore tout à l'heure, leur faim d'eux-mêmes n'est pas assouvie. Pour moi, qui ne veux pas mourir, en ma qualité de médecin, sans avoir écrit un traité de tératologie, et qu'ils intéressaient... comme des monstres, je ne me mis point à la queue de ceux qui les fuirent. Lorsque je vis la fausse Eulalie parfaitement comtesse, elle me reçut comme si elle l'avait été toute sa vie. Elle se souciait bien que j'eusse dans la mémoire le souvenir de son tablier blanc et de son plateau! « Je ne suis plus Eulalie, — me dit-elle; — je suis Hauteclaire, Hauteclaire heureuse d'avoir été servante pour lui... » Je pensais qu'elle avait été bien autre chose; mais comme j'étais le seul du pays qui fût allé à Savigny, quand ils y revinrent, j'avais toute honte bue, et je finis par y aller beaucoup. Je puis dire que je continuai de m'acharner à regarder et à percer dans l'intimité de ces deux êtres, si complètement heureux par l'amour. Eh bien! vous me croirez si vous voulez, mon cher, la pureté de ce bonheur, souillé par un crime dont j'étais sûr, je ne l'ai pas vue, je ne dirai pas ternie, mais assombrie une seule minute dans un seul jour. Cette boue d'un crime lâche qui n'avait pas eu le courage d'être sanglant, je n'en ai pas une seule fois aperçu la tache sur l'azur de leur bonheur! C'est à terrasser, n'est-il pas vrai? tous les moralistes de la terre, qui ont inventé le bel axiome du vice puni et de la vertu récompensée! Abandonnés et solitaires comme ils l'étaient, ne voyant que moi, avec lequel ils ne se gênaient pas plus qu'avec un médecin devenu presque un ami, à force de hantises, ils ne se surveillaient point. Ils m'oubliaient et vivaient très bien, moi présent, dans l'enivrement d'une passion à laquelle je n'ai rien à comparer, voyez-vous, dans tous les souvenirs de ma vie... Vous venez d'en être le témoin il n'y a qu'un moment : ils sont passés là, et ils ne m'ont pas même aperçu, et j'étais à leur coude! Une partie de ma vie avec eux, ils ne m'ont pas vu davantage... Polis, aimables, mais le plus souvent distraits, leur manière d'être avec moi était telle, que je ne serais pas revenu à Savigny si je n'avais tenu à étudier microscopiquement leur incroyable

ELLE RALENTIT SON MOUVEMENT.

bonheur, et à y surprendre, pour mon édification personnelle, le grain de sable d'une lassitude, d'une souffrance, et, disons le grand mot : d'un remords. Mais rien ! rien ! L'amour prenait tout, emplissait tout, bouchait tout en eux, le sens moral et la conscience, — comme vous dites, vous autres ; et c'est en les regardant, ces heureux, que j'ai compris le sérieux de la plaisanterie de mon vieux camarade Broussais, quand il disait de la conscience : « Voilà trente ans que je dissèque, et je n'ai pas seulement découvert une oreille de ce petit animal-là ! »

« Et ne vous imaginez point, — continua ce vieux diable de Dr Torty, comme s'il eût eu lu dans ma pensée, — que ce que je vous dis là, c'est une thèse... la preuve d'une doctrine que je crois vraie, et qui nie carrément la conscience comme la niait Broussais. Il n'y a pas de thèse ici. Je ne prétends point entamer vos opinions... Il n'y a que des faits, qui m'ont étonné autant que vous. Il y a le phénomène d'un bonheur continu, d'une bulle de savon qui grandit toujours et qui ne crève jamais ! Quand le bonheur est continu, c'est déjà une surprise ; mais ce bonheur dans le crime, c'est une stupéfaction, et voilà vingt ans que je ne reviens pas de cette stupéfaction-là... Le vieux médecin, le vieux observateur, le vieux moraliste... ou *immoraliste* — (reprit-il, voyant mon sourire), — est déconcerté par le spectacle auquel il assiste depuis tant d'années, et qu'il ne peut pas vous faire voir en détail, car s'il y a un mot traînaillé partout, tant il est vrai ! c'est que le bonheur n'a pas d'histoire. Il n'a pas plus de description. On ne peint pas plus le bonheur, cette infusion d'une vie supérieure dans la vie, qu'on ne saurait peindre la circulation du sang dans les veines. On s'atteste, aux battements des artères, qu'il y circule, et c'est ainsi que je m'atteste le bonheur de ces deux êtres que vous venez de voir, ce bonheur incompréhensible auquel je tâte le pouls depuis si longtemps. Le comte et la comtesse de Savigny refont tous les jours, sans y penser, le magnifique chapitre de l'*amour dans le mariage* de Mme de Staël, ou les vers plus magnifiques encore du *Paradis perdu* dans Milton. Pour mon compte, à moi, je n'ai jamais été bien sentimental ni bien poétique : mais ils m'ont, avec cet idéal réalisé par eux, et que je croyais impossible, dégoûté des meilleurs mariages que j'aie connus, et que le monde appelle charmants. Je les ai toujours trouvés si inférieurs au leur, si décolorés et si froids ! La destinée, leur étoile, le hasard, qu'est-ce que je sais ? a fait qu'ils ont pu vivre pour eux-mêmes. Riches, ils ont eu ce don de l'oisiveté sans laquelle il n'y a pas d'amour, mais qui tue aussi souvent l'amour qu'elle est nécessaire pour qu'il naisse... Par exception, l'oisiveté n'a pas tué le leur. L'amour, qui simplifie tout, a fait de leur vie une simplification sublime. Il n'y a point de ces grosses choses qu'on appelle des événements dans l'existence de ces deux mariés, qui ont vécu, en apparence, comme tous les châtelains de la terre, loin du monde auquel ils n'ont rien à demander, se souciant aussi peu de son estime que de son mépris. Ils ne se sont jamais quittés. Où l'un va, l'autre l'accompagne. Les routes des environs de V... revoient Hauteclaire à cheval, comme du temps du vieux La Pointe-au-corps ; mais c'est le comte de Savigny qui est avec elle, et les femmes du pays, qui, comme autrefois, passent en voiture, la dévisagent plus encore peut-être que quand elle était la grande et msytérieuse jeune fille au voile bleu sombre, et qu'on ne voyait pas. Maintenant, elle lève son voile et leur montre hardiment le visage de servante qui a su se faire épouser, et elles rentrent indignées, mais rêveuses... Le comte et la comtesse de Savigny ne voyagent point ; ils viennent quelquefois à Paris, mais ils n'y restent que quelques jours. Leur vie se concentre donc tout entière dans ce château de Savigny, qui fut le théâtre d'un crime dont ils ont peut-être perdu le souvenir, dans l'abîme sans fond de leurs cœurs... »

— Et ils n'ont jamais eu d'enfants, docteur ? — lui dis-je.

« Ah ! — fit le Dr Torty, — vous croyez que c'est là qu'est la fêlure, la revanche du Sort, et ce que vous appelez la vengeance ou la justice de Dieu ? Non, ils n'ont jamais eu d'enfants. Souvenez-vous ! Une fois, j'avais eu l'idée qu'ils n'en auraient pas. Ils s'aiment trop... Le feu, — qui dévore, — consume et ne produit pas. Un jour, je le dis à Hauteclaire :

« — Vous n'êtes donc pas triste de n'avoir pas d'enfant, madame la comtesse ?

« — Je n'en veux pas ! — fit-elle impérieusement. J'aimerais moins Serlon. Les enfants, — ajouta-t-elle avec une espèce de mépris, — sont bons pour les femmes malheureuses ! »

Et le Dr Torty finit brusquement son histoire sur ce mot, qu'il croyait profond.

Il m'avait intéressé, et je le lui dis : Toute criminelle qu'elle soit, — fis-je, — on s'intéresse à cette Hauteclaire. Sans son crime, je comprendrais l'amour de Serlon.

« Et peut-être même avec son crime ! » — dit le docteur. — « Et moi aussi ! » ajouta-t-il, le hardi bonhomme.

Le marquis s'étonnait que l'exact et scrupuleux étranger fût en retard.

C'ÉTAIT LE PLUS ÉTINCELANT CAUSEUR DE CE ROYAUME DE LA CAUSERIE.

Le Dessous des Cartes

— Vous moquez-vous de nous, monsieur, avec une pareille histoire ?

— Est-ce qu'il n'y a pas, madame, une espèce de tulle qu'on appelle du tulle illusion ?...

(*A une soirée chez le prince T...*)

I

J'étais, un soir de l'été dernier, chez la baronne de Mascranny, une des femmes de Paris qui aiment le plus l'esprit comme on en avait autrefois, et qui ouvre les deux battants de son salon — un seul suffirait — au peu qui en reste parmi nous. Est-ce que dernièrement l'Esprit ne s'est pas changé en une bête à prétention qu'on appelle l'Intelligence?... La baronne de Mascranny est, par son mari, d'une ancienne et très illustre famille, originaire des Grisons. Elle porte, comme tout le monde le sait, *de gueules à trois fasces, vivrées de gueules à l'aigle éployée d'argent, addextrée d'une clef d'argent, senestrée d'un casque de même, l'écu chargé, en cœur, d'un écusson d'azur à une fleur de lys d'or;* et ce chef, ainsi que les pièces qui le couvrent, ont été octroyés par plusieurs souverains de l'Europe à la famille de Mascranny, en récompense des services qu'elle leur a rendus à différentes époques de l'histoire. Si les souverains de l'Europe n'avaient pas aujourd'hui de bien autres affaires à démêler, ils pourraient charger de quelque pièce nouvelle un écu déjà si noblement compliqué, par le soin véritablement héroïque que la baronne prend de la conversation, cette fille expirante des aristocraties oisives et des monarchies absolues. Avec l'esprit et les manières de son nom, la baronne de Mascranny a fait de son salon une espèce de Coblentz délicieux où s'est réfugiée la conversation d'autrefois, la dernière gloire de l'esprit français, forcé d'émigrer devant les mœurs utilitaires et occupées de notre temps. C'est là que chaque soir, jusqu'à ce qu'il se taise tout à fait, il chante divinement son chant du cygne. Là, comme dans les rares maisons de Paris où l'on a conservé les grandes traditions de la causerie, on ne carre guère de phrases, et le monologue est à peu près inconnu. Rien n'y rappelle l'article du journal et le discours politique, ces deux moules si vulgaires de la pensée, au XIXe siècle. L'esprit se contente d'y briller en mots charmants ou profonds, mais bientôt dits; quelquefois même en de simples intonations, et moins que cela encore, en quelque petit geste de génie. Grâce à ce bienheureux salon, j'ai mieux reconnu une puissance dont je n'avais jamais douté, la puissance du monosyllabe. Que de fois j'en ai entendu lancer ou laisser tomber avec un talent bien supérieur à celui de Mlle Mars, la reine du monosyllabe à la scène, mais qu'on eût lestement détrônée au faubourg Saint-Germain, si elle avait pu y paraître ; car les femmes y sont trop grandes dames pour, quand elles sont fines, y *raffiner la finesse* comme une actrice qui joue Marivaux.

Or, ce soir-là, par exception, le vent n'était pas au monosyllabe. Quand j'entrai chez la baronne de Mascranny, il s'y trouvait assez du monde qu'elle appelle *ses intimes*, et la conversation y était animée de cet entrain qu'elle y a toujours. Comme les fleurs exotiques qui ornent les vases de jaspe de ses consoles, les intimes de la baronne sont un peu de tous les pays. Il y a parmi eux des Anglais, des Polonais, des Russes ; mais ce sont tous des Français pour le langage et par ce tour d'esprit et de manières qui est le même partout, à une certaine hauteur de société. Je ne sais pas de quel point on était parti pour arriver là ; mais, quand j'entrai, on parlait romans. *Parler romans*, c'est comme si chacun avait parlé de sa vie. Est-il nécessaire d'observer que, dans cette réunion d'hommes et de femmes du monde, on n'avait pas le pédantisme d'agiter la question littéraire ? Le fond des choses, et non la forme, préoccupait. Chacun de ces moralistes supérieurs, de ces praticiens, à divers degrés, de la passion de la vie, qui cachaient de sérieuses expériences sous des propos légers et des airs détachés, ne voyait alors dans le roman qu'une question de nature humaine, de mœurs et d'histoires. Rien de plus. Mais n'est-ce donc pas tout ?... Du reste, il fallait qu'on eût déjà beaucoup causé sur ce sujet, car les visages avaient cette intensité de physionomie qui dénote un intérêt pendant longtemps excité. Délicatement fouettés les uns par les autres, tous ces esprits avaient leur mousse. Seulement, quelques âmes vives — j'en pouvais compter trois ou quatre dans ce salon — se tenaient en silence, les unes le front baissé, les autres, l'œil fixé rêveusement aux bagues d'une main étendue sur les genoux. Elles cherchaient peut-être à corporiser leurs rêveries, ce qui est aussi difficile que de spiritualiser ses sensations. Protégé par la discussion, je me glissai sans être vu derrière le dos éclatant et velouté de la belle comtesse de Damnaglia, qui mordait du bout de sa lèvre l'extrémité de son éventail replié, tout en écoutant, comme ils écoutaient tous, dans ce monde où savoir écouter est un charme. Le jour baissait, un jour rose qui se teignait enfin de noir, comme les vies heureuses. On était rangé en cercle et on dessinait, dans la pénombre crépusculaire du salon, comme une guirlande d'hommes et de femmes, dans des poses diverses, négligemment attentives. C'était une espèce de bracelet vivant dont la maîtresse de la maison, avec son profil égyptien, et le lit de repos sur lequel elle était éternellement couchée, comme Cléopâtre, formait l'agrafe. Une croisée ouverte laissait voir un pan du ciel et le balcon où se tenaient quelques personnes. Et l'air était si pur et le quai d'Orsay si profondément silencieux, à ce moment-là, qu'elles ne perdaient pas une syllabe de la voix qu'on entendait dans le salon, malgré les draperies en vénitienne de la fenêtre, qui devaient amortir cette voix sonore et en retenir les ondulations dans leurs plis. Quand j'eus reconnu celui qui parlait, je ne m'étonnai ni de cette attention, — qui n'était plus seulement une grâce octroyée par la grâce... — ni de l'audace de qui gardait ainsi la parole plus longtemps qu'on n'avait coutume de le faire, dans ce salon d'un ton si exquis.

En effet, c'était le plus étincelant causeur du royaume de la causerie. Si ce n'est pas son nom, voilà son titre ! Pardon. Il en avait encore un autre... La médisance ou la calomnie, ces Ménechmes qui se ressemblent tant qu'on ne peut les reconnaître et qui écrivent leur gazette à rebours, comme si c'était de l'hébreu (n'en est-ce pas souvent ?), écrivaient en égratignures qu'il avait été le héros de plus d'une aventure qu'il n'eût pas certainement, ce soir-là, voulu raconter.

« ... Les plus beaux romans de la vie — disait-il, quand je m'établis sur mes coussins de canapé, à l'abri des épaules de la comtesse de Damnaglia, — sont des réalités qu'on a touchées du coude, ou même du pied, en passant. Nous en avons tous vu. Le roman est plus commun que l'histoire. Je ne parle pas de ceux-là qui furent des catastrophes éclatantes, des drames joués par l'audace des sentiments les plus exaltés à la majestueuse barbe de l'Opinion ; mais à part ces clameurs très rares, faisant scandale dans une société comme la nôtre, qui était hypocrite hier, et qui n'est plus que lâche aujourd'hui, il n'est personne de nous qui n'ait été témoin de ces faits mystérieux de sentiment ou de passion qui perdent toute une destinée, de ces brisements de cœur qui ne rendent qu'un bruit sourd comme celui d'un corps tombant dans l'abîme caché d'une oubliette, et par-dessous lequel le monde met ses mille voix ou son silence. On peut dire souvent du roman ce que Molière disait de la vertu : « Où diable va-t-il se nicher ?... » Là où on le croit le moins, on le trouve ! Moi qui vous parle, j'ai vu dans mon enfance... non, vu n'est pas le mot ! j'ai deviné, pressenti un de ces drames cruels, terribles, qui ne se jouent pas en public, quoique le public en voie les acteurs tous les jours : une de ces *sanglantes comédies*, comme disait Pascal, mais représentées à huis clos, derrière une toile de manœuvre, le rideau de la vie privée et de l'intimité. Ce qui sort de ces drames cachés, étouffés, que j'appellerai presque à *transpiration rentrée*, est plus sinistre et d'un effet plus poignant sur l'imagination et sur le souvenir, que si le drame tout entier s'était déroulé sous vos yeux. Ce qu'on ne sait pas centuple l'impression de ce qu'on sait. Me trompé-je? Mais je me figure que l'enfer, vu par un soupirail, devrait être plus effrayant que si d'un seul et planant regard, on pouvait l'embrasser tout entier. »

Ici, il fit une légère pause. Il exprimait un fait tellement humain, d'une telle expérience d'imagination pour ceux qui en ont un peu, que pas un contradicteur ne s'éleva. Tous les visages peignaient la curiosité la plus vive. La jeune Sibylle, qui était pliée en deux aux pieds du lit de repos où s'étendait sa mère, se rapprocha d'elle avec une crispation de terreur, comme si l'on eût glissé un aspic entre sa plate poitrine d'enfant et son corset.

— Empêche-le, maman — dit-elle, avec la familiarité d'une enfant gâtée, élevée pour être une despote, — de nous dire ces atroces histoires qui font frémir.

— Je me tairai, si vous le voulez, mademoiselle Sibylle, — répondit celui qu'elle n'avait pas nommé, dans sa familiarité naïve et presque tendre.

Lui, qui vivait si près de cette jeune âme, en connaissait les curiosités et les peurs ; car, pour toutes choses, elle avait l'espèce d'émotion que l'on a quand on plonge les pieds dans un bain plus froid que la température, et qui coupe l'haleine à mesure qu'on entre dans la saisissante fraîcheur de son eau.

— Sibylle n'a pas la prétention, que je sache, d'imposer silence à mes amis, — fit la baronne en caressant la tête de sa fille, si

Les filles, ruinées par la Révolution, mouraient stoïquement, vieilles et vierges.

prématurément pensive. — Si elle a peur, elle a la ressource de ceux qui ont peur : elle a la fuite ; elle peut s'en aller.

Mais la capricieuse fillette, qui avait peut-être autant d'envie de l'histoire que madame sa mère, ne fuit pas, mais redressa son maigre corps, palpitant d'intérêt effrayé, et jeta ses yeux noirs et profonds du côté du narrateur, comme si elle se fût penchée sur un abîme.

— Eh bien ! contez, — dit Mlle Sophie de Revistal, en tournant vers lui son grand œil brun baigné de lumière, et qui est si humide encore, quoiqu'il ait pourtant diablement brillé. — Tenez, voyez ! — ajouta-t-elle avec un geste imperceptible, — nous écoutons tous.

Et il raconta ce qui va suivre. Mais pourrai-je rappeler, sans l'affaiblir, ce récit, nuancé par la voix et le geste, et surtout faire ressortir le contre-coup de l'impression qu'il produisit sur toutes les personnes rassemblées dans l'atmosphère sympathique de ce salon ?

« J'ai été élevé en province, — dit le narrateur, mis en demeure de raconter, — et dans la maison paternelle. Mon père habitait une bourgade jetée nonchalamment les pieds dans l'eau, au bas d'une montagne, dans un pays que je nommerai pas, et près d'une petite ville qu'on reconnaîtra quand j'aurai dit qu'elle est, ou du moins qu'elle était, dans ce temps, la plus profondément et la plus férocement aristocratique de France. Je n'ai, depuis, rien vu de pareil. Ni notre faubourg Saint-Germain, ni la place Bellecour, à Lyon, ni les trois ou quatre grandes villes qu'on cite pour leur esprit d'aristocratie exclusif et hautain, ne pourraient donner une idée de cette petite ville de six mille âmes qui, avant 1789, avait cinquante voitures armoriées, roulant fièrement sur son pavé.

« Il semblait qu'en se retirant de toute la surface du pays, envahi chaque jour par une bourgeoisie insolente, l'aristocratie se fût concentrée là, comme dans le fond d'un creuset, et y jetât, comme un rubis brûlé, le tenace éclat qui tient à la substance même de la pierre, et qui ne disparaîtra qu'avec elle.

« La noblesse de ce nid de nobles, qui mourront ou qui sont morts peut-être dans ces préjugés que j'appelle, moi, de sublimes vérités sociales, était incompatible comme Dieu. Elle ne connaissait pas l'ignominie de toutes les noblesses, la monstruosité des mésalliances.

« Les filles, ruinées par la Révolution, mouraient stoïquement vieilles et vierges, appuyées sur leurs écussons qui leur suffisaient contre tout. Ma puberté s'est embrasée à la réverbération ardente de ces belles et charmantes jeunesses qui savaient leur beauté inutile, qui sentaient que le flot de sang qui battait dans leurs cœurs et teignait d'incarnat leurs joues sérieuses, bouillonnait vainement.

« Mes treize ans ont rêvé les dévouements les plus romanesques devant ces filles pauvres qui n'avaient plus que la couronne fermée de leurs blasons pour toute fortune, majestueusement tristes, dès leurs premiers pas dans la vie, comme il convient à des condamnées du Destin. Hors de son sein, cette noblesse, pure comme l'eau des roches, ne voyait personne.

« Cmment voulez-vous, — disaient-ils, — que nous voyions tous ces bourgeois dont les pères ont donné des assiettes aux nôtres ?

« Ils avaient raison ; c'était impossible, car, pour cette petite ville, c'était vrai. On comprend l'affranchissement, à de grandes distances ; mais, sur un terrain grand comme un mouchoir, les races se séparent par leur rapprochement même. Ils se voyaient donc entre eux, et ne voyaient qu'eux et quelques Anglais.

« Car les Anglais étaient attirés par cette petite ville qui leur rappelait certains endroits de leurs comtés. Ils l'aimaient pour son silence, pour sa tenue rigide, pour l'élévation froide de ses habitudes, pour les quatre pas qui la séparaient de la mer qui les avait apportés, et aussi pour la possibilité d'y doubler, par le bas prix des choses, le revenu insuffisant des fortunes médiocres dans leur pays.

« Fils de la même barque de pirates que les Normands, à leurs yeux c'était une espèce de *Continental England* que cette ville normande, et ils y faisaient de longs séjours.

« Les petites *misses* y apprenaient le français en poussant leur cerceau sous les grêles tilleuls de la place d'armes ; mais, vers dix-huit ans, elles s'envolaient en Angleterre, car cette noblesse ruinée ne pouvait guère se permettre le luxe dangereux d'épouser des filles qui n'ont qu'une simple dot, comme les Anglaises. Elles partaient donc, mais d'autres migrations venaient bientôt s'établir dans les demeures abandonnées, et les rues silencieuses, où l'herbe poussait comme à Versailles, avaient toujours à peu près le même nombre de promeneuses à voile vert, à robe à carreaux, et à plaid écossais. Excepté ces séjours, en moyenne de sept à dix ans, que faisaient ces familles anglaises, presque toutes renouvelées à de si longs intervalles, rien ne rompait la monotonie d'existence de la petite ville dont il est question. Cette monotonie était effroyable.

« On a souvent parlé — et que n'a-t-on point dit! — du cercle étroit dans lequel tourne la vie de province; mais ici cette vie, pauvre partout en événements, l'était d'autant plus que les passions de classe à classe, les antagonismes de vanité, n'existaient pas comme dans une foule de petits endroits, où les jalousies, les haines, les blessures d'amour-propre, entretiennent une fermentation sourde qui éclate parfois dans quelque scandale, dans quelque noirceur, dans une de ces bonnes petites scélératesses sociales pour lesquelles il n'y a pas de tribunaux.

« Ici, la démarcation était si profonde, si épaisse, si infranchissable, entre ce qui était noble et ce qui ne l'était pas, que toute lutte entre la noblesse et la roture était impossible.

« En effet, pour que la lutte existe, il faut un terrain commun et un engagement, et il n'y en avait pas. Le diable, comme on dit, n'y perdait rien, sans doute.

« Dans le fond du cœur de ces bourgeois dont les pères *avaient donné des assiettes*, dans ces têtes de fils de domestiques, affranchis et enrichis, il y avait des cloaques de haine et d'envie, et ces cloaques élevaient souvent leur vapeur et leur bruit d'égout contre ces nobles qui les avaient entièrement sortis de l'orbe de leur attention et de leur rayon visuel, depuis qu'ils avaient quitté leurs livrées.

« Mais tout cela n'atteignait pas ces patriciens distraits dans la forteresse de leurs hôtels, qui ne s'ouvraient qu'à leurs égaux, et pour qui la vie finissait à la limite de leur caste. Qu'importait ce qu'on disait d'eux, plus bas qu'eux?... Ils ne l'entendaient pas. Les jeunes gens qui auraient pu s'insulter, se prendre de querelle, ne se rencontraient point dans les lieux publics, qui sont des arènes chauffées à rouge par la présence et les yeux des femmes.

« Il n'y avait pas de spectacle. La salle manquant, jamais il ne passait de comédiens. Les cafés, ignobles comme des cafés de province, ne voyaient guère autour de leurs billards que ce qu'il y avait de plus abaissé parmi la bourgeoisie, quelques mauvais sujets tapageurs et quelques officiers en retraite, débris fatigués des guerres de l'Empire. D'ailleurs, quoique enragés d'égalité blessée (ce sentiment qui, à lui seul, explique les horreurs de la Révolution), ces bourgeois avaient gardé, malgré eux, la superstition des respects qu'ils n'avaient plus.

« Le respect des peuples ressemble un peu à cette sainte Ampoule, dont on s'est moqué avec une bêtise de tant d'esprit. Lorsqu'il n'y en a plus, il y en a encore. Le fils du bimbelotier déclame contre l'inégalité des rangs; mais, seul, il n'ira point traverser la place publique de sa ville natale, où tout le monde se connaît et où l'on vit depuis l'enfance, pour insulter de gaieté de cœur le fils d'un Clamorgan-Taillefer, par exemple, qui passe donnant le bras à sa sœur. Il aurait la ville contre lui. Comme toutes les choses haïes et enviées, la naissance exerce physiquement sur ceux qui la détestent une action qui est peut-être la meilleure preuve de son droit. Dans les temps de révolution, on réagit contre elle, ce qui est la subir encore; mais dans les temps calmes, on la subit tout au long.

« Or, on était dans une de ces périodes tranquilles, en 182... Le libéralisme, qui croissait à l'ombre de la Charte constitutionnelle comme les chiens de la lice grandissaient dans leur chenil d'emprunt, n'avait pas encore étouffé un royalisme que le passage des Princes, revenant de l'exil, avait remué dans tous les cœurs jusqu'à l'enthousiasme. Cette époque, quoi qu'on ait dit, fut un moment superbe pour la France, convalescente monarchique, à qui le couperet des révolutions avait tranché les mamelles, mais qui, pleine d'espérance, croyait pouvoir vivre ainsi, et ne sentait pas dans ses veines les germes mystérieux du cancer qui l'avait déjà déchirée, et qui, plus tard, devra la tuer.

« Pour la petite ville que j'essaie de vous faire connaître, ce fut un moment de paix profonde et concentrée. Une mission qui venait de se clore avait, dans la société noble, engourdi le dernier symptôme de la vie, l'agitation et les plaisirs de la jeunesse. On ne dansait plus. Les bals étaient proscrits comme une perdition. Les jeunes filles portaient des croix de mission sur leurs gorgerettes, et formaient des associations religieuses sous la direction d'une présidente. On tendait au *grave*, à faire mourir de rire, si l'on avait osé. Quand les quatre tables de whist étaient établies pour les douairières et les vieux gentilshommes, et les deux tables d'écarté pour les jeunes gens, ces demoiselles se plaçaient, comme à l'église, dans leurs chapelles où elles étaient séparées des hommes, et elles formaient, dans un angle du salon, un groupe silencieux... pour leur sexe (car tout est relatif), chuchotant au plus quand elles parlaient, mais bâillant *en dedans* à se rougir les yeux, et contrastant par leur tenue un peu droite avec la souplesse pliante de leurs tailles, le rose et le lilas de leurs robes, et la folâtre légèreté de leurs pèlerines de blonde et de leurs rubans. »

II

« La seule chose, — continua le conteur de cette histoire où tout est vrai et *réel* comme la petite ville où elle s'est passée, et qu'il avait peinte si *ressemblante* que quelqu'un, moins discret que lui, venait d'en prononcer le nom ; — la seule chose qui eût, je ne dirai pas la physionomie d'une passion, mais enfin qui ressemblât à du mouvement, à du désir, à de l'intensité de sensation, dans cette société singulière où les jeunes filles avaient quatre-vingts ans d'ennui dans leurs âmes limpides et introublées, c'était le jeu, la dernière passion des âmes usées.

« Le jeu, c'était la grande affaire de ces anciens nobles, taillés dans le patron des grands seigneurs, et désœuvrés comme de vieilles femmes aveugles. Ils jouaient comme des Normands, des aïeux d'Anglais, la nation la plus joueuse du monde. Leur parenté de race avec les Anglais, l'émigration en Angleterre, la dignité de ce jeu, silencieux et contenu comme la grande diplomatie, leur avaient fait adopter le whist. C'était le whist qu'ils avaient jeté, pour le combler, dans l'abîme sans fond de leurs jours vides. Ils le jouaient après leur dîner, tous les soirs, jusqu'à minuit ou une heure du matin, ce qui est une vraie saturnale pour la province. Il y avait la partie du marquis de Saint-Albans, qui était l'événement de chaque journée. Le marquis semblait être le seigneur féodal de tous ces nobles, et ils l'entouraient de cette considération respectueuse qui vaut une auréole, quand ceux qui la témoignent la méritent.

« Le marquis était très fort au whist. Il avait soixante-dix-neuf ans. Avec qui n'avait-il pas joué ?... Il avait joué avec Maurepas, avec le comte d'Artois lui-même, habile au whist comme à la paume, avec le prince de Polignac, avec l'évêque Louis de Rohan, avec Cagliostro, avec le prince de la Lippe, avec Fox, avec Dundas, avec Sheridan, avec le prince de Galles, avec Talleyrand, avec le Diable, quand il se donnait à tous les diables, aux plus mauvais jours de l'émigration. Il lui fallait donc des adversaires dignes de lui. D'ordinaire, les Anglais reçus par la noblesse fournissaient leur contingent de forces à cette partie, dont on parlait comme d'une institution et qu'on appelait le whist de M. Saint Albans, comme on aurait dit, à la cour, le whist du Roi.

« Un soir, chez Mme de Beaumont, les tables vertes étaient dressées ; on attendait un Anglais, un M. Hartford, pour la partie du grand marquis. Cet Anglais était une espèce d'industriel qui faisait aller une manufacture de coton au Pont-aux-Arches, — par parenthèse, une des premières manufactures qu'on eût vues dans ce pays dur à l'innovation, non par ignorance ou par difficulté de comprendre, mais par cette prudence qui est le caractère distinctif de la race normande. — Permettez-moi encore une parenthèse : Les Normands me font toujours l'effet de ce renard si fort en sorite dans Montaigne. Où ils mettent la patte, on est sûr que la rivière est bien prise, et qu'ils peuvent, de cette puissante patte, appuyer.

« Mais, pour en revenir à notre Anglais, à ce M. Hartford, — que les jeunes gens appelaient *Hartford* tout court, quoique cinquante ans fussent bien sonnés sur le timbre d'argent de sa tête, que je vois encore avec ses cheveux ras et luisants comme une calotte de soie blanche, — il était un des favoris du marquis. Quoi d'étonnant? C'était un joueur de la grande espèce, un homme dont la vie (véritable fantasmagorie d'ailleurs) n'avait de signification et de réalité que quand il tenait des cartes, un homme, enfin, qui répétait sans cesse que le premier bonheur était de gagner au jeu, et que le second était d'y perdre : magnifique axiome qu'il avait pris à Sheridan, mais qu'il appliquait de manière à se faire absoudre de l'avoir pris. Du reste, à ce vice du jeu près (en considération duquel le marquis de Saint-Albans lui eût pardonné les plus éminentes vertus), M. Hartford passait pour avoir toutes les qualités pharisaïques et protestantes que les Anglais sous-entendent dans le confortable mot d'*honorability*. On le considérait comme un parfait gentleman. Le marquis l'amenait passer des huitaines à son château de la Vanillière, mais à la ville il le voyait tous les soirs. Ce soir-là donc, on s'étonnait, et le marquis lui-même, que l'exact et scrupuleux étranger fût en retard...

« On était en août. Les fenêtres étaient ouvertes sur un de ces beaux jardins comme il n'y en a qu'en province, et les jeunes filles, massées dans les embrasures, causaient entre elles, le front penché sur leurs festons. Le marquis, assis devant la table de jeu, fronçait ses longs sourcils blancs. Il avait les coudes appuyés sur la table. Ses mains, d'une beauté sénile, jointes sous son menton, soutenaient son imposante figure étonnée d'attendre, comme celle de Louis XIV, dont il avait la majesté. Un domestique annonça enfin M. Hartford. Il parut, dans sa tenue irréprochable accoutumée, linge éblouissant de blancheur, bagues à tous les doigts, comme nous en avons vu depuis à M. Bulwer, un foulard des Indes à la main, et sur les lèvres (car il venait de dîner) la pastille parfumée qui voilait les vapeurs des essences d'anchois, de l'*harvey-sauce* et du porto.

« Mais il n'était pas seul. Il alla saluer le marquis et lui présenta, comme un bouclier contre tout reproche, un Ecossais de ses amis, M. Marmor de Karkoël, qui lui était tombé à la manière d'une bombe, pendant son dîner, et qui était le meilleur joueur de whist des Trois Royaumes.

« Cette circonstance, d'être le meilleur *whisteur* de la triple Angleterre, étendit un sourire charmant sur les lèvres pâles du marquis. La partie fut aussitôt constituée. Dans son empressement à se mettre au jeu, M. de Karkoël n'ôta pas ses gants, qui rappelaient par leur perfection ces célèbres gants de Bryan Brummell, coupés par trois ouvriers spéciaux, deux pour la main et un pour le pouce. Il fut le partner de M. de Saint-Albans. La douairière de Hautcardon, qui avait cette place, la lui céda.

« Or, ce Marmor de Karkoël, mesdames, était, pour la tournure, un homme de vingt-huit ans à peu près ; mais un soleil brûlant, des fatigues ignorées, ou des passions peut-être, avaient attaché sur sa face le masque d'un homme de trente-cinq ans. Il n'était pas beau, mais il était expressif. Ses cheveux étaient noirs, très durs, droits, un peu courts, et sa main les écartait souvent de ses tempes et les rejetait en arrière. Il y avait dans ce mouvement une véritable, mais sinistre éloquence de geste. Il semblait écarter un remords. Cela frappait d'abord, et, comme les choses profondes, cela frappait toujours.

« J'ai connu pendant plusieurs années ce Karkoël, et je puis assurer que ce sombre geste, répété dix fois dans une heure, produisait toujours son effet et faisait venir dans l'esprit de cent personnes la même pensée. Son front régulier, mais bas, avait de l'audace. Sa lèvre rasée (on ne portait pas alors de moustache comme aujourd'hui) était d'une immobilité à désespérer Lavater, et tous ceux qui croient que le secret de la nature d'un homme est mieux écrit dans les lignes mobiles de sa bouche que dans l'expression de ses yeux. Quand il souriait, son regard ne souriait pas, et il montrait des dents d'un émail de perles, comme ces Anglais, fils de la mer, en ont parfois pour les perdre ou les noircir, à la manière chinoise, dans les flots de leur affreux thé. Son visage était long, creusé aux joues, d'une certaine couleur olive qui lui était naturelle, mais chaudement hâlé, par-dessus, des rayons d'un soleil qui, pour l'avoir si bien mordu, n'avait pas dû être le soleil émoussé de la vaporeuse Angleterre. Un nez long et droit, mais qui dépassait la courbe du front, partageait ses deux yeux noirs à la Macbeth, encore plus sombres que noirs et très rapprochés, ce qui est, dit-on, la marque d'un caractère extravagant ou de quelque insanité intellectuelle. Sa mise avait de la recherche. Assis nonchalamment comme il était là, à cette table de whist, il paraissait plus grand qu'il n'était réellement, par un léger manque de proportion dans son buste, car il était petit ; mais, au défaut près que je viens de signaler, très bien fait et d'une vigueur de souplesse endormie, comme celle du tigre dans sa peau de velours. Parlait-il bien le français ? La voix, ce ciseau d'or avec lequel nous sculptons nos pensées dans l'âme de ceux qui nous écoutent et y gravons la séduction, l'avait-il *harmonique* à ce geste que je ne puis me rappeler aujourd'hui sans en rêver ? Ce qu'il y a de certain, c'est que, ce soir-là, elle ne fit tressaillir personne. Elle ne prononça, dans un diapason fort ordinaire, que les mots sacramentels de *tricks* et d'*honneurs*, les seules expressions qui, au whist, coupent à d'égaux intervalles l'auguste silence au fond duquel on joue enveloppé.

« Ainsi, dans ce vaste salon plein de gens pour qui l'arrivée d'un Anglais était une circonstance peu exceptionnelle, personne, excepté la table du marquis, ne prit garde à ce *whisteur* inconnu, remorqué par Hartford. Les jeunes filles ne retournèrent pas seulement la tête par-dessus l'épaule pour le voir. Elles étaient à discuter (on commençait à discuter dès ce temps-là) la composition du bureau de leur congrégation et la démission d'une des vice-présidentes qui n'était pas ce jour-là chez Mme de Beaumont. C'était un peu plus important que de regarder un Anglais ou un Ecossais. Elles étaient un peu blasées sur ces éternelles importations d'Anglais et d'Ecossais. Un homme qui, comme les autres, ne s'occuperait que des dames de carreau et de trèfle ! Un protestant, d'ailleurs ! un hérétique ! Encore, si c'eût été un lord catholique d'Irlande ! Quant aux personnes âgées, qui jouaient déjà aux autres tables lorsqu'on annonça M. Hartford, elles jetèrent un regard distrait sur l'étranger qui le suivait et se plongèrent, de toute leur attention, dans leurs cartes, comme des cygnes plongent dans l'eau de toute la longueur de leurs cous.

« M. de Karkoël ayant été choisi pour le partner du marquis de Saint-Albans, la personne qui jouait en face de M. Hartford était la comtesse du Tremblay de Stasseville, dont la fille Herminie, la plus suave fleur de cette jeunesse qui s'épanouissait dans les embrasures du salon, parlait alors à Mlle Ernestine de Beaumont. Par hasard, les yeux de Mlle Herminie se trouvaient dans la direction de la table où jouait sa mère.

« — Regardez, Ernestine, — fit-elle à demi-voix, — comme cet Ecossais donne!

« M. de Karkoël venait de se déganter. Il avait tiré de leur étui de chamois parfumé, des mains blanches et bien sculptées, à faire la religion d'une petite maîtresse qui les aurait eues, et il donnait les cartes comme on les donne au whist, une à une, mais avec un mouvement circulaire d'une rapidité si prodigieuse, que cela étonnait comme le doigté de Liszt. L'homme qui maniait les cartes ainsi devait être leur maître... Il y avait dix ans de tripot dans cette foudroyante et augurale manière de donner.

« — C'est la difficulté vaincue dans le mauvais ton, — dit la hautaine Ernestine, de sa lèvre la plus dédaigneuse, — mais le mauvais ton est vainqueur!

« Dur jugement pour une si jeune demoiselle; mais, avoir *bon ton* était plus pour cette jolie tête-là que d'avoir l'esprit de Voltaire. Elle a manqué sa destinée, Mlle Ernestine de Beaumont, et elle a dû mourir de chagrin de n'être pas la *camerera major* d'une reine d'Espagne.

« La manière de jouer de Marmor de Karkoël fit équation avec cette donne merveilleuse. Il montra une supériorité qui enivra de plaisir le vieux marquis, car il éleva la manière de jouer de l'ancien partner de Fox, et l'enleva jusqu'à la sienne. Toute supériorité quelconque est une séduction irrésistible, qui procède par rapt et vous emporte dans son orbite. Mais ce n'est pas tout. Elle vous féconde en vous emportant. Voyez les grands causeurs! ils donnent la réplique, et ils l'inspirent. Quand ils ne causent plus, les sots, privés du rayon qui les dora, reviennent, ternes, à fleur d'eau de conversation, comme des poissons morts retournés qui montrent un ventre sans écailles. M. de Karkoël fit bien plus que d'apporter une sensation nouvelle à un homme qui les avait épuisées : il augmenta l'idée que le marquis avait de lui-même, il couronna d'une pierre de plus l'obélisque, depuis longtemps mesuré, que ce roi du whist s'était élevé dans les discrètes solitudes de son orgueil.

« Malgré l'émotion qui le rajeunissait, le marquis observa l'étranger pendant la partie, du fond de cette *patte d'oie* (comme nous disons de la griffe du Temps, pour lui payer son insolence de nous la mettre sur la figure) qui bridait ses yeux spirituels. L'Ecossais ne pouvait être goûté, apprécié, dégusté, que par un joueur d'une très grande force. Il avait cette attention profonde, réfléchie, qui se creuse en combinaisons sous les rencontres du jeu, et il la voilait d'une impassibilité superbe. A côté de lui, les sphinx accroupis dans la lave de leur basalte auraient semblé les statues des Génies de la confiance et de l'expansion. Il jouait comme s'il eût joué avec trois paires de mains qui eussent tenu les cartes, sans s'inquiéter de savoir à qui ces mains appartenaient. Les dernières brises de cette soirée d'août déferlaient en vagues de souffles et de parfums sur ces trente chevelures de jeunes filles, nu-tête, pour arriver chargées de nouveaux parfums et d'effluves virginales, prises à ce champ de têtes radieuses, et se briser contre ce front cuivré, large et bas, écueil de marbre humain qui ne faisait pas un seul pli. Il ne s'en apercevait même pas. Ses nerfs étaient muets. En cet instant, il faut l'avouer, il portait bien son nom de Marmor! Inutile de dire qu'il gagna.

« Le marquis se retirait toujours vers minuit. Il fut reconduit par l'obséquieux Hartford, qui lui donna le bras jusqu'à sa voiture.

« — C'est le dieu du *chelem* (*slam*) que ce Karkoël! — lui dit-il, avec la surprise de l'enchantement; — arrangez-vous pour qu'il ne nous quitte pas de sitôt.

« Hartford le promit et le vieux marquis, malgré son âge et son sexe, se prépara à jouer le rôle d'une sirène d'hospitalité.

« Je me suis arrêté sur cette première soirée d'un séjour qui dura plusieurs années. Je n'y étais pas; mais elle m'a été racontée par un de mes parents plus âgé que moi, et qui, joueur comme tous les jeunes gens de cette petite ville où le jeu était l'unique ressource qu'on eût, dans cette famine de toutes les passions, se prit de goût pour le dieu du *chelem*. Revue en se retournant et avec des impressions rétrospectives qui ont leur magie, cette soirée, d'une prose commune et si connue, une partie de whist gagnée, prendra des proportions qui pourront peut-être vous étonner. — La quatrième personne de cette partie, la comtesse de Stasseville, ajoutait mon parent, perdit son argent avec l'indifférence aristocratique qu'elle mettait à tout. Peut-être fut-ce de cette partie de whist que son sort fut décidé, là où se font les destinées. Qui comprend un seul mot à ce mystère de la vie?... Personne n'avait alors d'intérêt à observer la comtesse. Le salon ne fermentait que du bruit des jetons et des fiches... Il aurait été curieux de surprendre dans cette femme, jugée alors et rejugée, un glaçon poli et coupant, si ce qu'on a cru depuis et répété tout bas avec épouvante, a daté de ce moment-là.

« La comtesse du Tremblay de Stasseville était une femme de quarante ans, d'une très faible santé, pâle et mince, mais d'un mince et d'un pâle que je n'ai vus qu'à elle. Son nez bourbonien, un peu pincé, ses cheveux châtain clair, ses lèvres très fines, annonçaient une femme de race, mais chez qui la fierté peut devenir aisément cruelle. Sa pâleur teintée de soufre était maladive.

« Elle se fût nommée Constance, — disait Mlle Ernestine de Beaumont, qui ramassait des épigrammes jusque dans Gibbon, — qu'on eût pu l'appeler Constance Chlore.

« Pour qui connaissait le genre d'esprit de Mlle de Beaumont, on était libre de mettre une atroce intention dans ce mot. Malgré sa pâleur, cependant, malgré la couleur hortensia passé des lèvres de la comtesse du Tremblay de Stasseville, il y avait pour l'observateur avisé, précisément dans ces lèvres à peine marquées, ténues et vibrantes comme la cordelette d'un arc, une effrayante physionomie de fougue réprimée et de volonté. La société de province ne le voyait pas. Elle ne voyait, elle, dans la rigidité de cette lèvre étroite et meurtrière, que le fil d'acier sur lequel dansait incessamment la flèche barbelée de l'épigramme. Des yeux pers (car la comtesse portait de sinople, étincelé d'or, dans son regard comme dans ses armes) couronnaient, comme deux étoiles fixes, ce visage sans le réchauffer. Ces deux émeraudes, striées de jaune, enchâssées sous les sourcils blonds et fades de ce front busqué, étaient aussi froides que si on les avait retirées du ventre et du frai du poisson de Polycrate. L'esprit seul, un esprit brillant, damasquiné et affilé comme une épée, allumait parfois dans ce regard vitrifié les éclairs de ce *glaive qui tourne* dont parle la Bible. Les femmes haïssaient cet esprit dans la comtesse du Tremblay, comme s'il avait été de la beauté. Et, en effet, c'était la sienne! Comme Mlle de Retz, dont le cardinal a laissé un portrait d'amant qui s'est débarbouillé les yeux des dernières badauderies de sa jeunesse, elle avait un défaut à la taille, qui pouvait à la rigueur passer pour un vice. Sa fortune était considérable. Son mari, mourant, l'avait laissée très peu chargée de deux enfants : un petit garçon, bête à ravir, confié aux soins très paternels et très inutiles d'un vieil abbé qui ne lui apprenait rien, et sa fille Herminie, dont la beauté aurait été admirée dans les cercles les plus difficiles et les plus artistes de Paris. Quant à sa fille, elle l'avait élevée irréprochablement, au point de vue de l'éducation officielle. L'irréprochable de Mme de Stasseville ressemblait toujours un peu à de l'impertinence. Elle en faisait une jusque de sa vertu, et qui sait si ce n'était pas son unique raison pour y tenir? Toujours est-il qu'elle était vertueuse; sa réputation défiait la calomnie. Aucune dent de serpent ne s'était usée sur cette lime. Aussi de regret forcené de n'avoir pu l'entamer, on s'épuisait à l'accuser de froideur. Cela tenait, sans nul doute, disait-on (on raisonnait, on faisait de la science!), à la décoloration de son sang. Pour peu qu'on eût poussé ses meilleures amies elles lui auraient découvert dans le cœur la certaine barre *historique* qu'on avait inventée contre une femme bien charmante et bien célèbre du siècle dernier, afin d'expliquer qu'elle eût laissé toute l'Europe élégante à ses pieds, pendant dix ans, sans la faire monter d'un cran plus haut. »

Le conteur sauva par la gaieté de son accent le vif de ces dernières paroles, qui causèrent comme un joli petit mouvement de pruderie offensée. Et, je dis, pruderie sans humeur, car la pruderie des femmes bien nées, qui n'affectent rien, est quelque chose de très gracieux. Le jour était si tombé, d'ailleurs, qu'on sentit plutôt ce mouvement qu'on ne le vit.

— Sur ma parole, c'était bien ce que vous dites, cette comtesse de Stasseville. — fit, en bégayant, selon son usage, le vieux vicomte de Rassy, bossu et bègue, et spirituel comme s'il avait été boiteux par-dessus le marché. Qui ne connaît pas à Paris le vicomte de Rassy, ce *memorandum* encore vivant des petites corruptions du dix-huitième siècle? Beau de visage dans sa jeunesse comme le maréchal de Luxembourg, il avait, comme lui, son revers de médaille, mais le revers seul de la médaille lui était resté. Quant à l'effigie, où l'avait-il laissée?... Lorsque les jeunes gens de ce temps le surprenaient dans quelque anachronisme de conduite, il disait que, du moins, il ne souillait pas ses cheveux blancs, car il portait une perruque châtain à la Ninon, avec une raie de chair factice, et les plus incroyables et indescriptibles tire-bouchons !

— Ah ! vous l'avez connue ? — dit le narrateur interrompu. — Eh bien ? vous savez, vicomte, si je surfais d'un mot la vérité.

— C'est calqué à la vite, votre po...ortrait, — répondit le vicomte en se donnant un léger soufflet sur la joue, par impatience de bégayer, et au risque de faire tomber les grains du rouge qu'on dit qu'il met, comme il fait tout, sans nulle pudeur. — Je l'ai connue à... à... peu près au temps de votre histoire. Elle venait à Paris tous les hivers pour quelques jours. Je la rencontrais chez la princesse de Cou... ourt...tenay, dont elle était un peu parente. C'était de l'esprit servi dans sa glace, une femme froide à vous faire tousser.

« Excepté ces quelques jours passés par hiver à Paris, — reprit l'audacieux conteur, qui ne mettait même pas à ses personnages le demi-masque d'Arlequin, — la vie de la comtesse du Tremblay de Stasseville était réglée comme le papier de cette ennuyeuse musique qu'on appelle l'existence d'une femme comme il faut, en province. Elle était, six mois de l'année au fond de son hôtel, dans la ville que je vous ai *décrite au moral*, et elle troquait, pendant les autres six mois, ce fond d'hôtel pour un fond de château, dans une belle terre qu'elle avait à quatre lieues de là. Tous les deux ans, elle conduisait à Paris sa fille, — qu'elle laissait à une vieille tante, Mlle de Triflevas, quand elle y allait seule, — au commencement de l'hiver ; mais jamais de Spa, de Plombières, des Pyrénées ! On ne la voyait point aux eaux. Etait-ce de peur des médisants ? En province, quand une femme seule, dans la position de Mme de Stasseville, va prendre les eaux si loin, que ne croit-on pas ?... que ne soupçonne-t-on pas ? L'envie de ceux qui restent se venge, à sa façon, du plaisir de ceux qui voyagent. De singuliers airs viennent, comme de drôles de souffles, rider la pureté de ces eaux. Est-ce le fleuve Jaune, ou le fleuve Bleu sur lequel on expose les enfants en Chine ?... Les eaux en France ressemblent un peu à ce fleuve-là. Si ce n'est pas un enfant, on y expose toujours quelque chose aux yeux de ceux qui n'y vont pas. La moqueuse comtesse du Tremblay était bien fière pour sacrifier un seul de ses caprices à l'opinion ; mais elle n'avait point celui des eaux : et son médecin l'aimait mieux auprès de lui qu'à deux cents lieues, car, à deux cents lieues, les chattemites visites à dix francs ne peuvent pas beaucoup se multiplier. C'était une question, d'ailleurs, que de savoir si la comtesse avait des caprices quelconques. L'esprit n'est pas l'imagination. Le sien était si net, si tranchant, si positif, même dans la plaisanterie, qu'il excluait tout naturellement l'idée de caprice. Quand il était gai (ce qui était rare), il sonnait si bien ce son vibrant de castagnettes d'ébène ou de tambour de basque toute peau tendue et grelots de métal, qu'on ne pouvait pas s'imaginer qu'il y eût jamais dans cette tête sèche, en *dos*, non ! mais en *fil de couteau*, rien qui rappelât la fantaisie, rien qui pût être pris pour une de ces curiosités rêveuses, lesquelles engendrent le besoin de quitter sa place et de s'en aller où l'on n'était pas. Depuis dix ans qu'elle était riche et veuve, maîtresse d'elle-même par conséquent et de bien des choses, elle aurait pu transporter sa vie immobile fort loin de ce trou à nobles, où ses soirées se passaient à jouer le boston et le whist avec de vieilles filles qui avaient vu la Chouannerie, et de vieux chevaliers, héros inconnus, qui avaient délivré Destouches.

« Elle aurait pu, comme lord Byron, parcourir le monde avec une bibliothèque, une cuisine et une volière dans sa voiture ; mais elle n'en avait pas eu la moindre envie. Elle était mieux qu'indolente ; elle était indifférente ; aussi indifférente que Marmor de Karkoël quand il jouait au whist. Seulement, Marmor n'était pas indifférent au whist même, et dans sa vie à elle, il n'y avait point de whist : tout était égal ! C'était une nature stagnante, une espèce de *femme-dandy*, auraient dit les Anglais. Hors l'épigramme, elle n'existait qu'à l'état de larve élégante. « Elle est de la race des animaux à sang blanc, » répétait son médecin dans le tuyau de l'oreille, croyant l'expliquer par une image, comme on expliquerait une maladie par un symptôme. Quoiqu'elle eût l'air malade, le médecin dépaysé niait la maladie. Etait-ce haute discrétion ? ou bien réellement ne la voyait-il pas ? Jamais elle ne se plaignait ni de son corps ni de son âme. Elle n'avait pas même cette ombre presque physique de mélancolie étendue d'ordinaire sur le front meurtri des femmes qui ont quarante ans. Ses jours se détachaient d'elle et ne s'en arrachaient pas. Elle les voyait tomber de ce regard d'Ondine glauque et moqueur, dont elle regardait toutes choses. Elle semblait mentir à sa réputation de femme spirituelle, en ne nuançant sa conduite d'aucune de ces manières d'être personnelles, appelées des excentricités. Elle faisait naturellement, simplement, tout ce que faisaient les autres femmes dans sa société, et ni plus ni moins. Elle voulait prouver que l'égalité, cette chimère des vilains, n'existe vraiment qu'entre nobles. Là seulement sont les pairs, car la distinction de la naissance, les quatre générations de noblesse nécessaires pour être gentilhomme, sont un niveau. « Je ne suis que le premier gentilhomme de France, » disait Henri IV, et par ce mot, il mettait les prétentions de chacun aux pieds de la distinction de tous. Comme les autres femmes de sa caste, qu'elle était trop aristocratique pour vouloir primer, la comtesse remplissait ses devoirs extérieurs de religion et de monde avec une exacte sobriété, qui est la convenance suprême dans ce monde où tous les enthousiasmes sont sévèrement défendus. Elle ne restait pas en deçà ni n'allait au delà de sa société. Avait-elle accepté en se domptant la vie monotone de cette ville de province où s'était tari ce qui lui restait de jeunesse, comme une eau dormante sous des nénuphars? Ses motifs, pour agir, motifs de raison, de conscience, d'instinct, de réflexion, de tempérament, de goût, tous ces flambeaux intérieurs qui jettent leur lumière sur nos actes, ne projetaient pas de lueurs sur les siens. Rien du dedans n'éclairait les dehors de cette femme. Rien du dehors ne se répercutait au dedans! Fatigués d'avoir guetté si longtemps sans rien voir dans Mme de Stasseville, les gens de province, qui ont pourtant une patience de prisonnier et de pêcheur à la ligne, quand ils veulent découvrir quelque chose, avaient fini par abandonner ce casse-tête, comme on jette derrière un coffre un manuscrit qu'il aurait été impossible de déchiffrer.

« — Nous sommes bien bêtes — avait dit un soir, dogmatiquement, la comtesse de Hautcardon, — et cela remontait à plusieurs années — de nous donner un tel *tintouin* pour savoir ce qu'il y a dans le fond de l'âme de cette femme : probablement il n'y a rien ».

III

« Et cette opinion de la douairière de Hautcardon avait été acceptée. Elle avait eu force de loi sur tous ces esprits dépités et désappointés de l'inutilité de leurs observations, et qui ne cherchaient qu'une raison pour se rendormir. Cette opinion régnait encore, mais à la manière des Rois fainéants, quand Marmor de Karkoël, l'homme peut-être qui devait le moins se rencontrer dans la vie de la comtesse du Tremblay de Stasseville, vint du bout du monde s'asseoir à cette table verte où il manquait un partner. Il était né, racontait son cornac Hartford, dans les montagnes de brume des îles Shetland. Il était du pays où se passe la sublime histoire de Walter Scott, cette réalité du *Pirate* que Marmor allait reprendre en sous-œuvre, avec des variantes, dans une petite ville ignorée des côtes de la Manche. Il avait été élevé aux bords de cette mer sillonnée par le vaisseau de Cleveland. Tout jeune, il avait dansé les danses du jeune Mordaunt avec les filles du vieux Troil. Il les avait retenues, et plus d'une fois il les a dansées devant moi sur la feuille en chêne des parquets de cette petite ville prosaïque, mais digne, qui juraient avec la poésie sauvage et bizarre de ces danses hyperboréennes. A quinze ans, on lui avait acheté une lieutenance dans un régiment anglais qui allait aux Indes, et pendant douze ans il s'y était battu contre les Marattes. Voilà ce qu'on apprit bientôt de lui et de Hartford, et aussi qu'il était gentilhomme, parent des fameux Douglas d'Ecosse *au cœur sanglant*. Mais ce fut tout. Pour le reste, on l'ignorait, et on devait l'ignorer toujours. Ses aventures aux Indes, dans ce pays grandiose et terrible où les hommes dilatés apprennent des manières de respirer auxquelles l'air de l'Occident ne suffit plus, il ne les raconta jamais. Elles étaient tracées en caractères mystérieux sur le couvercle de ce front d'or bruni, qui ne s'ouvrait pas plus que ces boîtes à poison asiatique, gardées, pour le jour de la défaite et des désastres, dans l'écrin des sultans indiens. Elles se révélaient par un éclair aigu de ces yeux noirs, qu'il savait éteindre quand on le regardait, comme on souffle un flambeau quand on ne veut pas être vu, et par l'autre éclair de ce geste avec lequel il fouettait ses cheveux sur sa tempe, dix fois de suite, pendant un *robber* de whist ou une partie d'écarté. Mais hors ces hiéroglyphes de geste et de physionomie que savent lire les observateurs, et qui n'ont, comme la langue des hiéroglyphes, qu'un fort petit nombre de mots, Marmor de Karkoël était indéchiffrable, autant, à sa manière, que la comtesse du Tremblay l'était à la sienne. C'était un Cleveland silencieux. Tous les jeunes nobles de la ville qu'il habitait, et il y en avait plusieurs de fort spirituels, curieux comme des femmes et entortillants comme des couleuvres, étaient démangés du désir de lui faire raconter les mémoires inédits de sa jeunesse, entre deux cigares de maryland. Mais ils avaient toujours échoué. Ce lion marin des îles Hébrides, roussi par le soleil de Lahore, ne se prenait pas à ces souricières de salon offertes aux appâts de la vanité, à ces pièges à paon où la fatuité française laisse toutes ses plumes, pour le plaisir de les étaler. La difficulté ne put jamais être tournée. Il était sobre comme un Turc qui croirait au Coran. Espèce de muet qui gardait bien le sérail de ses pensées! Je ne l'ai jamais vu boire que de l'eau et du café. Les cartes, qui semblaient sa passion, étaient-elles sa passion réelle ou une passion qu'il s'était donnée? car on se donne des passions comme des maladies. Etaient-elles une espèce d'écran qu'il semblait déplier pour cacher son âme? Je l'ai toujours cru, quand je l'ai vu jouer comme il jouait. Il enveloppa, creusa, invétéra cette passion du jeu dans l'âme joueuse de cette petite ville, au point que, quand il fut parti, un spleen affreux, le spleen des passions trompées, tomba sur elle comme un sirocco maudit et la fit ressembler davantage à une ville anglaise. Chez lui, la table de whist était ouverte dès le matin. La journée, quand il n'était pas à la Vanillière ou dans quelque château des environs, avait la simplicité de celle des hommes qui sont brûlés par l'idée fixe. Il se levait à neuf heures, prenait son thé avec quelque ami venu pour le whist, qui commençait alors et ne finissait qu'à cinq heures de l'après-midi. Comme il y avait beaucoup de monde à ces réunions, on se relayait à chaque *robber*, et ceux qui ne jouaient point pariaient. Du reste, il n'y avait pas que des jeunes gens à ces espèces de matinées, mais les hommes les plus graves de la ville. Des *pères de famille*, comme disaient les femmes de trente ans, osaient passer leur journée dans ce tripot, et elles beurraient, en toute occasion, d'intentions perfides, mille tartelettes au verjus sur le compte de cet Ecossais, comme s'il avait inoculé la peste dans toute la contrée dans la personne de leurs maris. Elles étaient pourtant bien accoutumées à les voir jouer, mais non dans ces proportions d'obstination et de furie. Vers cinq heures, on se séparait, pour se retrouver le soir dans le monde et s'y conformer, en apparence, au jeu officiel et commandé par l'usage des maîtresses de maison chez lesquelles on allait, mais, sous main et en réalité, pour jouer le jeu convenu le matin même, *au whist de Karkoël*. Je vous laisse à penser à quel degré de force ces hommes qui ne faisaient plus qu'une chose, atteignirent. Ils élevèrent ce whist jusqu'à la hauteur de la plus difficile et de la plus magnifique escrime. Il y eut sans doute des pertes fort considérables; mais ce qui empêcha les catastrophes et les ruines que le jeu traîne toujours après soi, ce furent précisément sa fureur et la supériorité de ceux qui jouaient. Toutes ces forces finissaient par s'équilibrer entre elles; et puis, dans un rayon si étroit, on était trop souvent partner les uns des autres pour ne pas, au bout d'un certain temps, comme on dit en termes de jeu, se rattraper.

« L'influence de Marmor de Karkoël, contre laquelle regimbèrent en dessous les femmes raisonnables, ne diminua point, mais augmenta au contraire. On le conçoit. Elle venait moins de Marmor et d'une manière d'être entièrement personnelle, que d'une passion qu'il avait trouvée là, vivante, et que sa présence, à lui qui la partageait, avait exaltée. Le meilleur moyen, le seul peut-être de gouverner les hommes, c'est de les tenir par leurs passions. Comment ce Karkoël n'eût-il pas été puissant? Il avait ce qui fait la force des gouvernements, et, de plus, il ne songeait pas à gouverner. Aussi arriva-t-il à cette domination qui ressemble à un ensorcellement. On se l'arrachait. Tout le temps qu'il resta dans cette ville, il fut toujours reçu avec le même accueil, et cet accueil était une fiévreuse recherche. Les femmes, qui le redoutaient, aimaient mieux le voir chez elles que de savoir leurs fils ou leurs maris chez lui, et elles le recevaient comme les femmes reçoivent, même sans l'aimer, un homme qui est le centre d'une attention, d'une préoccupation, d'un mouvement quelconque. L'été, il allait passer quinze jours, un mois, à la campagne. Le marquis de Saint-Albans l'avait pris sous son admiration spéciale, — protection ne dirait pas assez. A la campagne, comme à la ville, c'étaient des whists éternels. Je me rappelle avoir assisté (j'étais un écolier en vacances alors) à une superbe partie de pêche au saumon, dans les eaux brillantes de la Douve, pendant tout le temps de laquelle Marmor de Karkoël joua, en canot, au whist *à deux morts* (*double dummy*), avec un gentilhomme du pays. Il fût tombé dans la rivière qu'il eût joué encore!... Seule, une femme de cette société ne recevait pas l'Ecossais à la campagne, et à peine à la ville. C'était la comtesse du Tremblay.

« Qui pouvait s'en étonner? Personne. Elle était veuve, et elle avait une fille charmante. En province, dans cette société envieuse et alignée où chacun plonge dans la vie de tous, on ne saurait prendre trop de précautions contre des inductions faciles à faire de ce qu'on voit à ce qu'on ne voit pas. La comtesse du Tremblay les prenait en n'invitant jamais Marmor à son château de Stasseville, et en ne le recevant à la ville que fort publiquement et les jours qu'elle recevait toutes ses connaissances. La politesse était pour lui froide, impersonnelle. C'était une conséquence de ces bonnes manières qu'on doit avoir avec tous, non pour eux, mais pour soi. Lui, de son côté, répondait par une politesse du même genre ; et cela était si peu affecté, si naturel dans tous les deux, qu'on a pu y être pris pendant quatre ans. Je l'ai déjà dit : hors le jeu, Karkoël ne semblait pas exister. Il parlait peu. S'il avait quelque chose à cacher, il le couvrait très bien de ses habitudes de silence. Mais la comtesse avait, elle, si vous vous le rappelez, l'esprit très extérieur et très mordant. Pour ces sortes d'esprits, toujours en dehors, brillants, agressifs, se retenir, se voiler est chose difficile. Se voiler, n'est-ce pas même une manière de se trahir? Seulement, si elle avait les écailles fascinantes est la triple langue du serpent, elle en avait aussi la prudence. Rien donc n'altéra l'éclat et l'emploi féroces de sa plaisanterie habituelle. Souvent, quand on parlait de Karkoël devant elle, elle lui décochait de ces mots qui sifflent et qui percent, et que Mlle de Beaumont, sa rivale d'épigrammes, lui enviait. Si ce fut là un mensonge de plus, jamais mensonge ne fut mieux osé. Tenait-elle cette effrayante faculté de dissimuler de son organisation sèche et contractile? Mais pourquoi s'en servait-elle, elle, l'indépendance en personne par sa position et la fierté moqueuse du caractère? Pourquoi, si elle aimait Karkoël et si elle en était aimée, le cachait-elle sous les ridicules qu'elle lui jetait de temps à autre, sous ces plaisanteries apostates, renégates, impies, qui dégradent l'idole adorée... les plus grands sacrilèges en amour?

« Mon Dieu! qui sait? il y avait peut-être en tout cela du bonheur pour elle... — Si l'on jetait, docteur, — fit le narrateur, en se tournant vers le Dr Beylasset, qui était accoudé sur un meuble de Boule, et dont le beau crâne chauve renvoyait la lumière d'un candélabre que les domestiques venaient, en cet instant, d'allumer au-dessus de sa tête — si l'on jetait sur la comtesse de Stasseville un de ces bons regards *physiologistes*, — comme vous en avez, vous autres médecins, et que les moralistes devraient vous emprunter, — il était évident que tout, dans les impressions de cette femme, devait *rentrer, porter en dedans*, comme cette ligne *hortensia passé* qui formait ses lèvres, tant elle les retractait ; comme ces ailes du nez, qui se creusaient au lieu de s'épanouir, immobiles et non pas frémissantes ; comme ces yeux qui, à certains moments, se renfonçaient sous leurs arcades sourcilières et semblaient remonter vers le cerveau. Malgré son apparente délicatesse et une souffrance physique dont on suivait l'influence visible dans tout son être, comme on suit les rayonnements d'une fêlure dans une substance trop sèche, elle était le plus frappant diagnostic de la volonté, de cette pile de Volta intérieure à laquelle aboutissent nos nerfs. Tout l'attestait en elle, plus qu'en aucun être vivant que j'aie jamais contemplé. Cet influx de la volonté sommeillante circulait — qu'on me passe le mot, car il est bien pédant! — *puissanciellement* jusque dans ses mains, aristocratiques et princières pour la blancheur mate, l'opale irisée des ongles et l'élégance, mais qui, pour la maigreur, le gonflement et l'implication des mille torsades bleuâtres des veines, et surtout pour le mouvement d'appréhension avec lequel elles saisissaient les objets, ressemblaient à des griffes fabuleuses, comme l'étonnante poésie des Anciens en attribuait à certains monstres au visage et au sein de femme. Quand, après avoir lancé une de ces plaisanteries, un de ces traits étincelants et fins comme les arêtes empoisonnées dont se servent les sauvages, elle passait le bout de sa langue vipérine sur ses lèvres sibilantes, on sentait que dans une grande occasion, dans le dernier moment de la destinée, par exemple, cette femme frêle et forte tout ensemble était capable de deviner le procédé des nègres, et de pousser la résolution jusqu'à avaler cette langue si souple, pour mourir. A la voir, on ne pouvait douter qu'elle ne fût, en femme, une de ces organisations comme il y en a dans tous les règnes de la nature, qui, de préférence ou d'instinct, recherchent le fond au lieu de la surface des choses ; un de ces êtres destinés à des cohabitations occultes, qui plongent dans la vie comme les grands nageurs plongent et nagent sous l'eau, comme les mineurs respirent sous la terre, passionnés pour le mystère, en raison même de leur profondeur, le créant autour d'elles et l'aimant jusqu'au mensonge, car le mensonge, c'est du mystère redoublé, des voiles épaissis, des ténèbres faites à tout prix! Peut-être ces sortes d'organisations aiment-elles le mensonge pour le mensonge, comme on aime l'art pour l'art, comme les Polonais aiment les batailles. —

(Le docteur inclina gravement la tête en signe d'adhésion.) — Vous le pensez, n'est-ce pas? et moi aussi! Je suis convaincu que, pour certaines âmes, il y a le bonheur de l'imposture. Il y a une effroyable, mais enivrante félicité dans l'idée qu'on ment et qu'on trompe; dans la pensée qu'on *se* sait *seul soi-même*, et qu'on joue à la société une comédie dont elle est la dupe, et dont on se rembourse les frais de mise en scène par toutes les voluptés du mépris. »

— Mais c'est affreux, ce que vous dites là! interrompit tout à coup la baronne de Mascranny, avec le cri de la loyauté révoltée.

IL RÉPONDIT PAR UNE POLITESSE DU MÊME GENRE.

Toutes les femmes qui écoutaient (et il y en avait peut-être quelques-unes connaisseuses en plaisirs cachés) avaient éprouvé comme un frémissement aux dernières paroles du conteur. J'en jugeai au dos nu de la comtesse de Damnaglia, alors si près de moi. Cette espèce de frémissement nerveux, tout le monde le connaît et l'a ressenti. On l'appelle quelquefois avec poésie la *mort qui passe*. Etait-ce alors la vérité qui passait?...

« Oui, — répondit le narrateur, — c'est affreux; mais est-ce vrai? Les natures *au cœur sur la main* ne se font pas l'idée des jouissances solitaires de l'hypocrisie, de ceux qui vivent et peuvent respirer, la tête lacée dans un masque. Mais, quand on y pense, ne comprend-on pas que leurs sensations aient réellement la profondeur enflammée de l'enfer? Or, l'enfer, c'est le ciel en creux. Le mot *diabolique* ou *divin*, appliqué à l'intensité des jouissances, exprime la même chose, c'est-à-dire des sensations qui vont jusqu'au surnaturel. Mme de Stasseville était-elle de cette race d'âmes?... Je ne l'accuse ni ne la justifie. Je raconte comme je peux son histoire, que personne n'a bien sue, et je cherche à l'éclairer par une étude à la Cuvier sur sa personne. Voilà tout.

« Du reste, cette analyse que je fais maintenant de la comtesse du Tremblay, sur le souvenir de son image, empreinte dans ma mémoire comme un cachet d'onyx fouillé par un burin profond sur de la cire, je ne la faisais point alors. Si j'ai compris cette femme, ce n'a été que bien plus tard... La toute-puissante volonté, qu'*à la réflexion* j'ai reconnue en elle, depuis que l'expérience m'a appris à quel point le corps est la moulure de l'âme, n'avait pas plus soulevé et tendu cette existence, encaissée dans de tranquilles habitudes, que la vague ne gonfle et ne trouble un lac de mer, fortement encaissé dans ses bords. Sans l'arrivée de Karkoël, de cet officier d'infanterie anglaise que des compatriotes avaient engagé à aller *manger sa demi-solde* dans une ville normande, digne d'être anglaise, la débile et pâle moqueuse qu'on appelait en riant *Mlle de Givre*, n'aurait jamais su elle-même quel impérieux vouloir elle portait dans son sein de neige fondue, comme disait Mlle Ernestine de Beaumont, mais sur lequel, au *moral*, tout avait glissé comme sur le plus dur mamelon des glaces polaires. Quand il arriva, qu'éprouva-t-elle? Apprit-elle tout à coup que, pour une nature comme la sienne, sentir fortement, c'est vouloir? Entraîna-t-elle par la volonté un homme qui ne semblait plus devoir aimer que le jeu?... Comment s'y prit-elle pour réaliser une intimité dont il est difficile, en province, d'esquiver les dangers?... Tous mystères, restés tels à jamais, mais qui, soupçonnés plus tard, n'avaient encore été pressentis par personne à la fin de l'année 182... Et cependant, à cette époque, dans un des hôtels les plus paisibles de cette ville, où le jeu était la plus grande affaire de chaque journée et presque de chaque nuit; sous les persiennes silencieuses et les rideaux de mousseline brodée, voiles purs, élégants, et à moitié relevés d'une vie calme, il devait y avoir depuis longtemps un roman qu'on aurait juré impossible. Oui, le roman était à cette vie correcte, irréprochable, réglée, moqueuse, froide jusqu'à la maladie, où l'esprit semblait tout et l'âme rien. Il y était, et la rongeait sous les apparences et la renommée, comme les vers qui seraient au cadavre d'un homme avant qu'il ne fût expiré. »

— Quelle abominable comparaison ! — fit encore observer la baronne de Mascranny. — Ma pauvre Sybille avait presque raison de ne pas vouloir de votre histoire. Décidément, vous avez un vilain genre d'imagination, ce soir.

— Voulez-vous que je m'arrête ? — répondit le conteur avec une sournoise courtoisie et la petite rouerie d'un homme sûr de l'intérêt qu'il a fait naître.

— Par exemple ! — reprit la baronne, — est-ce que nous pouvons rester, maintenant, l'attention en l'air, avec une moitié d'histoire ?

— Ce serait aussi par trop fatigant ! — dit, en défrisant une de ses longues anglaises d'un beau noir bleu, Mlle Laure d'Alzanne, la plus languissante image de la paresse heureuse, avec le gracieux effroi de sa nonchalance menacée.

— Et désappointant, en plus ! — ajouta gaîment le docteur. — Ne serait-ce pas comme si un coiffeur, après vous avoir rasé un côté du visage, fermait tranquillement son rasoir et vous signifiait qu'il lui est impossible d'aller plus loin ?...

« Je reprends donc, — reprit le conteur, avec la simplicité de l'art suprême qui consiste surtout à se bien cacher... — En 182..., j'étais dans le salon d'un de mes oncles, maire de cette petite ville que je vous ai décrite comme la plus antipathique aux passions et à l'aventure ; et, quoique ce fût un jour solennel, la fête du Roi, une Saint-Louis, toujours grandement fêtée par ces ultras de l'émigration, par ces quiétistes politiques qui avaient inventé le mot mystique de l'amour pur : *Vive le roi quand même !* on ne faisait, dans ce salon, rien de plus que ce qu'on y faisait tous les jours. On y jouait. Je vous demande bien pardon de vous parler de moi, c'est d'assez mauvais goût, mais il le faut. J'étais un adolescent encore. Cependant, grâce à une éducation exceptionnelle, je soupçonnais plus des passions et du monde qu'on n'en soupçonne d'ordinaire à l'âge que j'avais. Je ressemblais moins à un de ces collégiens pleins de gaucherie, qui n'ont rien vu que dans leurs livres de classe, qu'à une de ces jeunes filles curieuses, qui s'instruisent en écoutant aux portes et rêvant beaucoup sur ce qu'elles y ont entendu. Toute la ville se pressait, ce soir-là, dans le salon de mon oncle, et, comme toujours, — car il n'y avait que des choses éternelles dans ce monde de momies qui ne secouaient leurs bandelettes que pour agiter des cartes, — cette société se divisait en deux parties, la partie qui jouait, et les jeunes filles qui ne jouaient pas. Momies aussi que ces jeunes filles, qui devaient se ranger, les unes auprès des autres, dans les catacombes du célibat, mais dont les visages, éclatants d'une vie inutile et d'une fraîcheur qui ne serait pas respirée, enchantaient mes avides regards. Parmi elles, il n'y avait peut-être que Mlle Herminie de Stasseville à qui la fortune eût permis de croire à ce miracle d'un mariage d'amour, sans déroger. Je n'étais pas assez âgé, ou je l'étais trop, pour me mêler à cet essaim de jeunes personnes, dont les chuchotements s'entrecoupaient de temps à autre d'un rire bien franc ou doucement contenu. En proie à ces brûlantes timidités qui sont en même temps des voluptés et des supplices, je m'étais réfugié et assis auprès du dieu du *chelem*, ce Marmor de Karkoël, pour lequel je m'étais pris de belle passion. Il ne pouvait y avoir entre lui et moi d'amitié. Mais les sentiments ont leur hiérarchie secrète. Il n'est pas rare de voir, dans les êtres qui ne sont pas développés, de ces sympathies que rien de positif, de démontré, n'explique, et qui font comprendre que les jeunes gens ont besoin de chefs comme les peuples qui, malgré leur âge, sont toujours un peu des enfants. Mon chef, à moi, eût été Karkoël. Il venait souvent chez mon père, grand joueur comme tous les hommes de cette société. Il s'était souvent mêlé à nos récréations gymnastiques, à mes frères et à moi, et il avait déployé devant nous une vigueur et une souplesse qui tenaient du prodige. Comme le duc d'Enghien, il sautait en se jouant une rivière de dix-sept pieds. Cela seul, sans doute, devait exercer sur la tête de jeunes gens comme nous, élevés pour devenir des hommes de guerre, un grand attrait de séduction ; mais là n'était pas le secret pour moi de l'aimant de Karkoël. Il fallait qu'il agît sur mon imagination avec la puissance des êtres exceptionnels sur les êtres exceptionnels, car la vulgarité préserve des influences supérieures, comme un sac de laine préserve des coups de canon. Je ne saurais dire quel rêve j'attachais à ce front, qu'on eût cru sculpté dans cette substance que les peintres d'aquarelle appellent *terre de Sienne ;* à ces yeux sinistres, aux paupières courtes ; à toutes ces marques que des passions inconnues avaient laissées sur la personne de l'Ecossais, comme les quatre coups de barre du bourreau aux articulations d'un roué ; et surtout à ces mains d'un homme, du plus amolli des civilisés, chez qui le sauvage finissait au poignet, et qui savaient imprimer aux cartes cette vélocité de rotation qui ressemblait au tournoiement de la flamme, et qui avait tant frappé Herminie de Stasseville, la première fois qu'elle l'avait vu. Or, ce soir-là, dans l'angle où se dressait la table de jeu, la persienne était à moitié fermée. La partie était sombre comme l'espèce de demi-jour qui l'éclairait. C'était le whist des forts. Le Mathusalem des marquis, M. de Saint-Albans, était le partner de Marmor. La comtesse du Tremblay avait pris pour le sien le chevalier de Tharsis, officier au régiment de Provence avant la Révolution et chevalier de Saint-Louis, un de ces vieillards comme il n'y en a plus debout maintenant, un de ces hommes qui furent à cheval sur deux siècles, sans être pour cela des colosses. A un certain moment de la partie, et par le fait d'un mouvement de Mme du Tremblay de Stasseville pour relever ses cartes, une des pointes du diamant qui brillait à son doigt rencontra, dans cette ombre projetée par la persienne sur la table verte, qu'elle rendait plus verte encore, un de ces chocs de rayon intersectés par la pierre, comme il est impossible à l'art humain d'en combiner, et il en jaillit un dard de feu blanc tellement électrique, qu'il fit presque mal aux yeux comme un éclair.

« Eh! eh! qu'est-ce qui brille? — dit, d'une voix flûtée, le chevalier de Tharsis, qui avait la voix de ses jambes.

« — Et, qui est-ce qui tousse? — dit simultanément le marquis de Saint-Albans, tiré par une toux horriblement mate de sa préoccupation de joueur, en se retournant vers Herminie, qui brodait une collerette à sa mère.

« — C'est mon diamant et c'est ma fille, fit la comtesse du Tremblay avec un sourire de ses lèvres minces, en répondant à tous les deux.

— Mon Dieu! comme il est beau, votre diamant, madame! — reprit le chevalier. — Jamais je ne l'avais vu étinceler comme ce soir ; il forcerait les plus myopes à le remarquer.

« On était arrivé, en disant cela, à la fin de la partie, et le chevalier de Tharsis prit la main de la comtesse : — Voulez-vous permettre?... — ajouta-t-il.

« La comtesse ôta languissamment sa bague, et la jeta au chevalier sur la table de jeu.

« Le vieil émigré l'examina en la tournant devant son œil comme un kaléidoscope. Mais la lumière a ses hasards et ses caprices. En roulant sur les facettes de la pierre, elle n'en détacha pas un second jet de lumière nuancée, semblable à celui qui venait si rapidement d'en jaillir.

« Herminie se leva et poussa la persienne, afin que le jour tombât mieux sur la bague de sa mère et qu'on en pût mieux apprécier la beauté.

« Et elle se rassit, le coude à la table, regardant aussi la pierre prismatique ; mais la toux revint, une toux sifflante, qui lui rougit et lui injecta la nacre de ses beaux yeux bleus, d'un humide radical si pur.

« — Et où avez-vous pris cette affreuse toux, ma chère enfant? — dit le marquis de Saint-Albans, plus occupé de la jeune fille que de la bague, du diamant humain que du diamant minéral.

« — Je ne sais, monsieur le marquis, — fit-elle, — avec la légèreté d'une jeunesse qui croyait à l'éternité de la vie. — Peut-être à me promener le soir, au bord de l'étang de Stasseville.

« Je fus frappé alors du groupe qu'ils formaient à eux quatre.

« La lumière rouge du couchant immergeait par la fenêtre ouverte. Le chevalier de Tharsis regardait le diamant ; M. de Saint-Albans, Herminie ; Mme du Tremblay, Karkoël, qui regardait d'un œil distrait sa dame de carreau. Mais ce qui me frappa surtout, ce fut Herminie. La *Rose de Stasseville* était pâle, plus pâle que sa mère. La pourpre du jour mourant, qui versait son transparent reflet sur ses joues pâles, lui donnait l'air d'une tête de victime, réfléchie dans un miroir qu'on aurait dit étamé avec du sang.

« Tout à coup, j'eus froid dans les nerfs, et par je ne sais quelle évocation foudroyante et involontaire, un souvenir me saisit avec l'invincible brutalité de ces idées qui fécondent monstrueusement la pensée révoltée, en la violant.

« Il y avait quinze jours, à peu près, qu'un matin, j'étais allé chez Marmor de Karkoël. Je l'avais trouvé seul. Il était de bonne heure. Nul des joueurs qui, d'ordinaire, jouaient le matin chez lui, n'était arrivé. Il était, quand j'entrai, debout devant son secrétaire, et il semblait occupé d'une opération fort délicate qui exigeait une extrême attention et une grande sûreté de main. Je ne le voyais pas ; sa tête était penchée. Il tenait entre les doigts de sa main droite un petit flacon d'une substance noire et brillante, qui ressemblait à l'extré-

— Voilà ce que je faisais quand vous êtes entré.

mité d'un poignard cassé, et de ce flacon microscopique, il épanchait je ne sais quel liquide dans une bague ouverte.

« — Que diable faites-vous là? — lui dis-je en m'avançant. Mas il me cria avec une voix impérieuse : « N'approchez pas, restez où vous êtes ; vous me feriez trembler la main, et ce que je fais est plus difficile et plus dangereux que de casser à quarante pas un tire-bouchon avec un pistolet qui pourrait crever. »

« C'était une allusion à ce qui nous était

LE VIEIL ÉMIGRÉ L'EXAMINA.

arrivé, il y avait quelque temps. Nous nous amusions à tirer avec les plus mauvais pistolets qu'il nous fût possible de trouver, afin que l'habileté de l'homme se montrât mieux dans la faiblesse de l'instrument, et nous avions failli nous ouvrir le crâne avec le canon d'un pistolet qui creva.

« Il put insinuer les gouttes du liquide inconnu qu'il laissait tomber du bec effilé de son flacon. Quand ce fut fait, il ferma la bague et la jeta dans un des tiroirs de son secrétaire, comme s'il avait voulu la cacher.

« Je m'aperçus qu'il avait un masque de verre.

« — Depuis quand, — lui dis-je, en plaisantant, — vous occupez-vous de chimie? et sont-ce des ressources contre les pertes au whist que vous composez?

« — Je ne compose rien, — me répondit-il, — mais ce qui est *là-dedans* (et il me montrait le flacon noir) est une ressource contre tout. C'est, — ajouta-t-il avec la sombre gaieté du pays des suicides d'où il était, — le jeu de cartes biseautées avec lequel on est sûr de gagner la dernière partie contre le Destin.

« — Quelle espèce de poison? — lui demandai-je, en prenant le flacon dont la forme bizarre m'attirait.

« — C'est le plus admirable des poisons indiens, — me répondit-il en ôtant son masque. — Le respirer peut être mortel, et, de quelque manière qu'on l'absorbe, s'il ne tue pas immédiatement, vous ne perdez rien pour attendre; son effet est aussi sûr qu'il est caché. Il attaque lentement, presque languissamment, mais infailliblement, la vie dans ses sources, en les pénétrant et en développant, au fond des organes sur lesquels il se jette, de ces maladies connues de tous et dont les symptômes, familiers à la science, dépayseraient le soupçon et répondraient à l'accusation d'empoisonnement, si une telle accusation pouvait exister. On dit aux Indes que des fakirs mendiants le composent avec des substances extrêmement rares, qu'eux seuls connaissent et qu'on ne trouve que sur les plateaux du Thibet. Il dissout les liens de la vie plus qu'il ne les rompt. En cela, il convient davantage à ces natures d'Indiens, apathiques et molles, qui aiment la mort comme un sommeil et s'y laissent tomber comme sur un lit de lotos. Il est fort difficile, du reste, presque impossible de s'en procurer. Si vous saviez ce que j'ai risqué, pour obtenir ce flacon d'une femme qui disait m'aimer!... J'ai un ami, comme moi, officier dans l'armée anglaise, et revenu comme moi des Indes où il a passé sept ans. Il a cherché ce poison avec le désir furieux d'une fantaisie anglaise, — et plus tard, quand vous aurez vécu davantage, vous comprendrez ce que c'est. Eh bien! il n'a jamais pu en trouver. Il a acheté, au prix de l'or, d'indignes contrefaçons. De désespoir, il m'a écrit d'Angleterre, et il m'a envoyé une de ses bagues, en me suppliant d'y verser quelques gouttes de ce nectar de la mort. Voilà ce que je faisais quand vous êtes entré.

« Ce qu'il me disait ne m'étonnait pas. Les hommes sont ainsi faits, que, sans aucun mauvais dessein, sans pensée sinistre, ils aiment à avoir du poison chez eux, comme ils aiment à avoir des armes. Ils thésaurisent les moyens d'extermination autour d'eux, comme les avares thésaurisent les richesses. Les uns disent : Si je voulais détruire! comme les autres : Si je voulais jouir! C'est le même idéalisme enfantin. Enfant, moi-même, à cette époque, je trouvai tout simple que Marmor de Karkoël, revenu des Indes, possédât cette curiosité d'un poison comme il n'en existe pas ailleurs, et, parmi ses kandjars et ses flèches, apportés au fond de sa malle d'officier, ce flacon de pierre noire, cette jolie babiole de destruction qu'il me montrait. Quand j'eus bien tourné et retourné ce bijou, poli comme une agate, qu'une Almée peut-être avait porté entre les deux globes de topaze de sa poitrine, et dans la substance poreuse duquel elle avait imprégné sa sueur d'or, je le jetai dans une coupe posée sur la cheminée, et je n'y pensai plus.

« Eh bien! le croiriez-vous? c'était le souvenir de ce flacon qui me revenait!... La figure souffrante d'Herminie, sa pâleur, cette toux, qui semblait sortir d'un poumon spongieux, ramolli, où déjà peut-être s'envenimaient ces lésions profondes que la médecine appelle, — n'est-ce pas, docteur? — dans un langage plein d'épouvantements pittoresques, *des cavernes;* cette bague qui, par une coïncidence inexplicable, brillait tout à coup d'un éclat si étrange au moment où la jeune fille toussait, comme si le scintillement de la pierre homicide eût été la palpitation de joie du meurtrier; les circonstances d'une matinée qui était effacée de sa mémoire, mais qui y reparaissaient tout à coup : voilà ce qui m'afflua, comme un flot de pensées, au cerveau! De lien pour rattacher les circonstances passées à l'heure présente, je n'en avais pas. Le rapprochement involontaire qui se faisait dans ma tête était insensé. J'avais horreur de ma propre pensée. Aussi m'efforçai-je d'étouffer, d'éteindre en moi cette fausse lueur, ce flamboiement qui s'était allumé, et qui avait passé dans mon âme comme l'éclair de ce diamant qui était passé sur cette table verte!... Pour appuyer ma volonté et broyer sous elle la folle et criminelle croyance d'un instant, je regardai attentivement Marmor de Karkoël et la comtesse du Tremblay.

« Ils répondaient très bien l'un et l'autre, par leur attitude et leur visage, que ce que j'avais osé penser était impossible! Marmor était toujours Marmor. Il continuait de regarder sa dame de carreau comme si elle eût représenté l'amour dernier, définitif, de toute sa vie. Mme du Tremblay, de son côté, avait sur le front, dans les lèvres et dans le regard, le calme qui ne la quittait jamais, même quand elle ajustait l'épigramme, car sa plaisanterie ressemblait à une balle, la seule arme qui tue sans se passionner, tandis que l'épée, au contraire, partage la passion de la main. Elle et lui, lui et elle, étaient deux abîmes placés en face l'un de l'autre; seulement, l'un, Karkoël, était noir et ténébreux comme la nuit; et l'autre, cette femme pâle, était claire et inscrutable comme l'espace. Elle tenait toujours sur son partner des yeux indifférents et qui brillaient d'une impassible lumière. Seulement, comme le chevalier de Tharsis *n'en finissait pas* d'examiner la bague qui renfermait le mystère que j'aurais voulu pénétrer, elle avait pris à sa ceinture un gros bouquet de résédas, et elle se mit à le respirer avec une sensualité qu'on n'eût, certes, pas attendue d'une femme comme elle, si peu faite pour les rêveuses voluptés. Ses yeux se fermèrent après avoir tourné dans je ne sais quelle pâmoison indicible, et, d'une passion avide, elle saisit avec ses lèvres effilées et incolores plusieurs tiges de fleurs odorantes, et elle les broya sous ses dents, avec une expression idolâtre et sauvage, les yeux rouverts sur Karkoël. Etait-ce un signe, une entente quelconque, une complicité, comme en ont les amants entre eux, que ces fleurs mâchées et dévorées en silence?... Franchement, je le crus. Elle remit tranquillement la bague à son doigt, quand le chevalier l'eut assez admirée, et le whist continua, renfermé, muet et sombre, comme si rien ne l'avait interrompu. »

Ici, encore, le conteur s'arrêta. Il n'avait plus besoin de se presser. Il nous tenait tous sous la griffe de son récit. Peut-être tout le mérite de son histoire était-il dans sa manière de la raconter... Quand il se tut, on entendit, dans le silence du salon, aller et venir les respirations. Moi, qui allongeais mes regards par-dessus mon rempart d'albâtre, l'épaule de la comtesse de Damnaglia, je vis l'émotion marbrer de ses nuances diverses tous ces visages. Involontairement, je cherchais celui de la jeune Sibylle, de la sauvage enfant qui s'était cabrée aux premiers mots de cette histoire. J'eusse aimé à voir passer les éclairs de la transe de ces yeux noirs qui font penser au ténébreux et sinistre canal Orfano, à Venise, car il s'y noiera plus d'un cœur. Mais elle n'était plus sur le canapé de sa mère. Inquiète de ce qui allait suivre, la sollicitude de la baronne avait sans doute fait à sa fille quelque signe de furtive départie, et elle avait disparu.

« En fin de compte, — reprit le narrateur, — qu'y avait-il dans tout cela qui fût de nature à m'émouvoir si fort et à se graver dans ma mémoire comme une eau-forte, car le temps n'a pas effacé un seul des linéaments de cette scène? Je vois encore la figure de Marmor, l'expression du calme cristallisé de la comtesse, se fondant pour une minute dans la sensation de ces résédas respirés et triturés avec un frissonnement presque voluptueux. Tout cela m'est resté, et vous allez comprendre pourquoi. Ces faits dont je ne voyais pas très bien la relation entre eux, ces faits mal éclairés d'une intuition que je me reprochais, dans l'écheveau entortillé desquels le possible et l'incompréhensible apparaissaient, reçurent plus tard une goutte de lumière qui en débrouilla pour jamais en moi le chaos.

« Je vous ai dit, je crois, que j'avais été mis fort tard au collège. Les deux dernières années de mon éducation s'y écoulèrent sans que je revinsse dans mon pays. Ce fut donc au collège que j'appris, par les lettres de ma famille, la mort de Mlle Herminie de Stasseville, victime d'une maladie de langueur dont personne ne s'était douté qu'à la dernière extrémité, et quand la maladie avait été incurable. Cette nouvelle qu'on me transmettait sans aucun commentaire, me glaça le sang du même froid que j'avais senti lorsque, dans le salon de mon oncle, j'avais entendu pour la première fois cette toux qui sonnait la mort, et qui avait dressé en moi tout à coup de si épouvantables inductions. Ceux qui ont l'expérience des choses de l'âme me comprendront, quand je dirai que je n'osai pas faire une seule question sur cette perte soudaine d'une jeune fille, enlevée à l'affection de sa mère et aux plus belles espérances de la vie. J'y pensai d'une manière trop tragique pour en parler à qui que ce fût. Revenu chez mes parents, je trouvai la ville de *** bien changée ; car, en plusieurs années, les villes changent comme les femmes ; on ne les reconnaîtrait plus. C'était après 1830. Depuis le passage de Charles X, qui l'avait traversée pour aller s'embarquer à Cherbourg, la plupart des familles nobles que j'avais connues pendant mon enfance vivaient retirées dans les châteaux circonvoisins. Les événements politiques avaient frappé d'autant plus ces familles, qu'elles avaient cru à la victoire de leur parti et qu'elles étaient retombées d'une espérance. En effet, elles avaient vu le moment où le droit d'aînesse, relevé par le seul homme d'Etat qu'ait eu la Restauration, allait rétablir la société française sur la seule base de sa grandeur et de sa force ; puis, tout à coup, cette idée, doublement juste de justesse et de justice, qui avait brillé aux regards de ces hommes, dupes sublimes de leur dévouement monarchique, comme un dédommagement à leurs souffrances et à leur ruine, comme un dernier lambeau de vair et d'hermine qui doublât leur cercueil et rendît moins dur leur dernier sommeil, périr sous le coup d'une opinion publique qu'on n'avait su ni éclairer ni discipliner. La petite ville dont il a été si souvent question dans ce récit, n'était plus qu'un désert de persiennes fermées et de portes cochères qui ne s'ouvraient plus. La révolution de Juillet avait effrayé les Anglais, et ils étaient partis d'une ville dont les mœurs et les habitudes avaient reçu des événements une si forte rupture. Mon premier soin avait été de demander ce qu'était devenu M. Marmor de Karkoël. On me répondit qu'il était retourné aux Indes sur un ordre de son gouvernement. La personne qui me dit cela était précisément cet éternel chevalier de Tharsis, l'un des quatre de la fameuse *partie du diamant* (fameuse, du moins elle l'était pour moi), et son œil, en me renseignant, se fixa sur les miens avec l'expression d'un homme qui veut être interrogé. Aussi, presque involontairement, car les âmes se devinent bien avant que la volonté n'ait agi :

« — Et Mme du Tremblay de Stasseville ?... — lui dis-je.

« — Vous saviez donc quelque chose ?... — me répondit-il assez mystérieusement, comme si nous avions eu cent paires d'oreilles à nous écouter, et nous étions seuls.

« — Mais non, — lui dis-je, — je ne sais rien.

« — Elle est morte, — reprit-il, — de la poitrine, comme sa fille, un mois après le départ de ce diable de Marmor de Karkoël.

« — Pourquoi cette date ? — fis-je alors, — et pourquoi me parlez-vous de Marmor de Karkoël ?...

« — C'est donc la vérité, — répondit-il, — que vous ne savez rien ! Eh bien ! mon cher, il paraît qu'elle était sa maîtresse. Du moins l'a-t-on fait entendre ici, quand on en parlait à voix basse. A présent, on n'ose plus en parler. C'était une hypocrite du premier ordre que cette comtesse. Elle l'était comme on est blonde ou brune, elle était née *cela*. Aussi pratiquait-elle le mensonge au point d'en faire une vérité, tant elle était simple et naturelle, sans effort et sans affectation en tout. A travers une habileté si profonde qu'on n'a su que depuis bien peu de temps que c'en était une, il a transpiré des bruits bientôt étouffés par la terreur qui les transmettait... A les entendre, cet Ecossais qui n'aimait que les cartes, n'a pas été seulement l'amant de la comtesse, laquelle ne le recevait jamais chez elle comme tout le monde, et, mauvaise comme le démon, lui campait son épigramme comme à pas un de nous, quand l'occasion s'en présentait !... Mon Dieu, ceci ne serait rien, s'il n'y avait que cela ! Mais le pis est, dit-on, que le dieu du *chelem* avait fait *chelem* toute la famille. Cette pauvre petite Herminie l'adorait en silence. Mlle Ernestine de Beaumont vous le dira si vous le voulez. C'était comme une fatalité. Lui, l'aimait-il? Aimait-il la mère? Les aimait-il toutes les deux? Ne les aimait-il ni l'une ni l'autre? Trouvait-il seulement la mère bonne pour entretenir sa mise au jeu?... Qui sait? Ici l'histoire est fort obscure. Tout ce qu'on certifie, c'est que la mère, dont l'âme était aussi sèche que le corps, s'était prise d'une haine pour sa fille, qui n'a pas peu contribué à la faire mourir.

« — On dit cela! — repris-je plus épouvanté d'avoir pensé juste que je ne l'avais été d'avoir pensé faux, — mais qui peut savoir cela?... Karkoël n'était pas un fat. Ce n'est pas lui qui se serait permis des confidences. On n'a jamais pu rien savoir de sa vie. Il n'aura pas commencé d'être confiant, ou indiscret, à propos de la comtesse de Stasseville.

« — Non, — répondit le chevalier de Tharsis. — Les deux hypocrites faisaient la paire. Il est parti comme il est venu, sans qu'aucun de nous ait pu dire : « Il était autre chose qu'un joueur ». Mais, si parfaite de ton et de tenue que fût dans le monde l'irréprochable comtesse, les femmes de chambre, pour lesquelles il n'est point d'héroïnes, ont raconté qu'elle s'enfermait avec sa fille, et qu'après de longues heures de tête à tête, elles sortaient plus pâles l'une que l'autre, mais la fille toujours davantage et les yeux abîmés de pleurs.

« — Vous n'avez pas d'autres détails et d'autres certitudes, chevalier? — lui dis-je, pour le pousser et voir plus clair. — Mais vous n'ignorez pas ce que sont des propos de femmes de chambre... On en saurait probablement davantage par Mlle de Beaumont.

« — Mlle de Beaumont — fit de Tharsis. — Ah! elles ne s'aimaient pas, la comtesse et elle, car c'était le même genre d'esprit toutes les deux! Aussi la survivante ne parle-t-elle de la morte qu'avec des yeux imprécatoires et des réticences perfides. Il est sûr qu'elle veut faire croire les choses les plus atroces... et qu'elle n'en sait qu'une, qui ne l'est pas... l'amour d'Herminie pour Karkoël.

« — Et ce n'est pas savoir grand'chose, chevalier. — repris-je. — Si l'on savait toutes les confidences que se font les jeunes filles entre elles, on mettrait sur le compte de l'amour la première rêverie venue. Or, vous avouerez qu'un homme comme ce Karkoël avait bien tout ce qui fait rêver.

« — C'est vrai, — dit le vieux Tharsis, — mais on a plus que des confidences de jeunes filles. Vous rappelez-vous... non! vous étiez trop enfant, mais on l'a assez remarqué dans notre société... que Mme de Stasseville, qui n'avait jamais rien aimé, pas plus les fleurs que tout le reste, car je défie de pouvoir dire quels étaient les goûts de cette femme-là, portait toujours vers la fin de sa vie un bouquet de résédas à sa ceinture, et qu'en jouant au whist, et partout, elle en rompait les tiges pour les mâchonner, si bien qu'un beau jour Mlle de Beaumont demanda à Herminie, avec une petite roulade de raillerie dans la voix, depuis quand sa mère était herbivore?...

« — Oui, je m'en souviens, — lui répondis-je. Et de fait, je n'avais jamais oublié la manière fauve, et presque amoureusement cruelle, dont la comtesse avait respiré et mangé les fleurs de son bouquet, à cette partie de whist qui avait été pour moi un événement.

« — Eh bien! — fit le bonhomme, — ces résédas venaient d'une magnifique jardinière que Mme de Stasseville avait dans son salon. Oh! le temps n'était plus où les odeurs lui faisaient mal. Nous l'avions vue ne pouvoir les souffrir, depuis ses dernières couches, pendant lesquelles on avait failli la tuer, nous contait-elle langoureusement, avec un bouquet de tubéreuses. A présent, elle les aimait et les recherchait avec fureur. Son salon asphyxiait comme une serre dont on n'a pas encore soulevé les vitrages à midi. A cause de cela, deux ou trois femmes délicates n'allaient plus chez elle. C'étaient là des changements Mais on les expliquait par la maladie et par les nerfs. Une fois morte, et quand il a fallu fermer son salon, — car le tuteur de son fils a fourré au collège ce petit imbécile, que voilà riche comme doit être un sot, — on a voulu mettre ces beaux résédas en pleine terre, et l'on a trouvé dans la caisse, devinez quoi!... le cadavre d'un enfant qui avait vécu... »

Le narrateur fut interrompu par le cri très vrai de deux ou trois femmes, pourtant bien brouillées avec le naturel. Depuis longtemps, il les avait quittées; mais, ma foi, pour cette occasion il leur revint. Les autres, qui se dominaient davantage, ne se permirent qu'un haut-le-corps, mais il fut presque convulsif.

« — Quel oubli et quelle oubliette! — fit alors, avec sa légèreté qui rit de tout, cette aimable petite pourriture ambrée, le marquis de Gourdes, que nous appelons le *dernier des marquis*, un de ces êtres qui plaisanteraient derrière un cercueil et même dedans.

« — D'où venait cet enfant? — ajouta le chevalier de Tharsis, en pétrissant son tabac dans sa boîte d'écaille. — De qui était-il? Etait-il mort de mort naturelle? L'avait-on tué?... Qui l'avait tué?... Voilà ce qu'il est impossible de savoir et ce qui fait faire, mais bien bas, des suppositions épouvantables.

« — Vous avez raison, chevalier, — lui répondis-je, renfonçant en moi plus avant ce que je croyais savoir de plus que lui. — Ce sera toujours un mystère, et même qu'il sera bon d'épaissir jusqu'au jour où l'on n'en soufflera plus un seul mot.

« — En effet, — dit-il, — il n'y a que deux êtres au monde qui savent réellement ce qu'il en est, et il n'est pas probable qu'ils le publient, — ajouta-t-il, avec un sourire de côté. — L'un est ce Marmor de Karkoël, parti pour les Grandes-Indes, la malle pleine de l'or qu'il nous a gagné. On ne le reverra jamais. L'autre...

« L'autre? — fis-je étonné.

« — Ah! l'autre, — reprit-il avec un clignement d'œil qu'il croyait bien fin, — il y a encore moins de danger pour l'autre. C'est le confesseur de la comtesse. Vous savez ce gros abbé de Trudaine, qu'ils ont, par parenthèse, nommé dernièrement au siège de Bayeux.

« — Chevalier, — lui dis-je alors, frappé d'une idée qui m'illumina, mieux que tout le reste, cette femme naturellement cachée, qu'un observateur à lunettes, comme le chevalier de Tharsis appelait hypocrite parce qu'elle avait mis une énergique volonté par-dessus ses passions, peut-être pour en redoubler l'orageux bonheur, — chevalier, vous vous êtes trompé. Le voisinage de la mort n'a pas entr'ouvert l'âme scellée et murée de cette femme, digne de l'Italie du seizième siècle plus que de ce temps. La comtesse du Tremblay de Stasseville est morte... comme elle a vécu. La voix du prêtre s'est brisée contre cette nature impénétrable qui a emporté son secret. Si le repentir le lui eût fait verser dans le cœur du ministre de la miséricorde éternelle, on n'aurait rien trouvé dans la jardinière du salon. »

Le conteur avait fini son histoire, ce roman qu'il avait promis et dont il n'avait montré que ce qu'il en savait, c'est-à-dire les extrémités. L'émotion prolongeait le silence. Chacun restait dans sa pensée et complétait, avec le genre d'imagination qu'il avait, ce roman authentique dont on n'avait à juger que quelques détails dépareillés. A Paris, où l'esprit jette si vite l'émotion par la fenêtre, le silence, dans un salon spirituel, après une histoire, est le plus flatteur des succès.

— Quel aimable dessous de cartes ont vos parties de whist! — dit la baronne de Saint-Albin, joueuse comme une vieille ambassadrice. — C'est très vrai ce que vous disiez. A moitié montré il fait plus d'impression que si l'on avait retourné toutes les cartes et qu'on eût vu tout ce qu'il y avait dans le jeu.

— C'est le fantastique de la réalité, — fit gravement le docteur.

— Ah! — dit passionnément Mlle Sophie de Revistal, — il en est également de la musique et de la vie. Ce qui fait l'expression de l'une et de l'autre, ce sont les silences bien plus que les accords.

Elle regarda son amie intime, l'altière comtesse de Damnaglia, au buste inflexible, qui rongeait toujours le bout d'ivoire, incrusté d'or, de son éventail. Que disait l'œil d'acier bleuâtre de la comtesse?... Je ne la voyais pas, mais son dos, où perlait une sueur légère, avait une physionomie. On prétend que, comme Mme de Stasseville, la comtesse de Damnaglia a la force de cacher bien des passions et bien du bonheur.

— Vous m'avez gâté des fleurs que j'aimais, — dit la baronne de Mascranny, en se retournant de trois quarts vers le romancier. Et, cassant le cou à une rose bien innocente qu'elle prit à son corsage et dont elle éparpilla les débris dans une espèce d'horreur rêveuse :

— Voilà qui est fini! — ajouta-t-elle; — je ne porterai plus de résédas.

IL Y RESTA, LES BRAS CROISÉS, COMME LES HOMMES QUI N'Y VIENNENT PAS POUR PRIER.

A un dîner d'Athées

Ceci est digne de gens sans Dieu. (ALLEN.)

Le jour tombait depuis quelques instants dans les rues de la ville de ***. Mais, dans l'église de cette petite et expressive ville de l'Ouest, la nuit était tout à fait venue. La nuit avance presque toujours dans les églises. Elle y descend plus vite que partout ailleurs, soit à cause des reflets sombres des vitraux, quand il y a des vitraux, soit à cause de l'entrecroisement des piliers, si souvent comparés aux arbres des forêts, et aux ombres portées par les voûtes. Cette nuit des églises, qui devance un peu la mort définitive du jour au dehors, n'en fait guère nulle part fermer les portes. Généralement, elles restent ouvertes, l'*Angelus* sonné, — et même quelquefois très tard, la veille des grandes fêtes par exemple, dans les villes dévotes, où l'on se confesse en grand nombre pour les communions du lendemain. Jamais, à aucune heure de la journée, les églises de province ne sont plus hantées par ceux qui les fréquentent qu'à cette heure vespérale où les travaux cessent, où la lumière agonise, et où l'âme chrétienne se prépare à la nuit, — à la nuit qui ressemble à la mort et pendant laquelle la mort peut venir. A cette heure-là, on sent vraiment très bien que la religion chrétienne est la fille des catacombes et qu'elle a toujours quelque chose en elle des mélancolies de son berceau. C'est à ce moment, en effet, que ceux qui croient encore à la prière aiment à venir s'agenouiller et s'accouder, le front dans leurs mains, en ces nuits mystérieuses des nefs vides, qui répondent certainement au plus profond besoin de l'âme humaine, car si pour nous autres, mondains et passionnés, le tête-à-tête en cachette avec la femme aimée nous paraît plus intime et plus troublant dans les ténèbres, pourquoi n'en serait-il pas de même pour les âmes religieuses avec Dieu, quand il fait noir devant ses tabernacles, et qu'elles lui parlent, de bouche à oreille, dans l'obscurité?

Or, c'est ainsi qu'elles semblaient lui parler dans l'église de *** ce jour-là, les âmes pieuses qui y étaient venues faire leurs prières du soir, selon leur coutume. Quoique dans la ville, grise d'un crépuscule brumeux d'automne, les réverbères ne fussent pas encore allumés, — ni la petite lampe grillagée de la statue de la Vierge, qu'on voyait à la façade de l'hôtel des dames de la Vareugerie, et qui n'y est plus à présent, — il y avait plus de deux heures que les Vêpres étaient finies, — car c'était dimanche, ce jour-là, — et le nuage d'encens qui forme longtemps un dais bleuâtre dans l'en-haut des voûtes du chœur, après les Offices, s'y était évaporé. La nuit, épaisse déjà dans l'église, y étalait sa grande draperie d'ombre qui semblait, comme un voile tombant d'un mât, déferler des cintres. Deux maigres cierges, perchés au tournant de deux piliers de la nef, assez éloignés l'un de l'autre, et la lampe du sanctuaire, piquant sa petite étoile immobile dans le noir du chœur, plus profond que tout ce qui était noir à l'entour, faisaient ramper sur les ténèbres qui noyaient la nef et les bas côtés, une lueur fantômale plutôt qu'une lumière. A cette filtration de clarté incertaine, il était possible de se voir douteusement et confusément, mais il était impossible de se reconnaître... On apercevait bien, ici et là, dans les pénombres, des groupes plus opaques que les fonds sur lesquels ils se détachaient vaguement, — des dos courbés, — quelques coiffes blanches de femmes du peuple agenouillées par terre, — deux ou trois mantelets qui avaient baissé leurs capuchons; mais c'était tout. On s'entendait mieux qu'on ne se voyait. Toutes ces bouches qui priaient à voix basse, dans ce grand vaisseau silencieux et sonore, et par le silence rendu plus sonore, faisaient ce susurrement singulier qui est comme le bruit d'une fourmilière d'âmes, visibles seulement à l'œil de Dieu. Ce susurrement, continu et menu, coupé, par intervalles, de soupirs, ce murmure labial, — si impressionnant dans les ténèbres d'une église muette, — n'était troublé par rien, si ce n'est, parfois, par une des portes des bas-côtés, qui roulait sur ses gonds et claquait en se refermant derrière la personne qui venait d'entrer; — le bruit alerte et clair d'un sabot qui longeait l'orée des chapelles; — une chaise qui, heurtée dans l'obscurité, tombait; — et, de temps en temps, une ou deux toux, de ces toux retenues de dévotes qui les musiquent et qui les flûtent, par respect pour les saints échos de la maison du Seigneur. Mais ces bruits, qui n'étaient que le passage rapide d'un son, n'interrompaient pas ces âmes attentives et ferventes dans le train-train de leurs prières et l'éternité de leur susurrement.

Et voilà pourquoi, de ce groupe de fidèles, recueillis et rassemblés chaque soir dans l'église de ***, aucun ne prit garde à un homme qui en eût assurément étonné plus d'un, s'il avait fait assez de jour ou de clarté pour qu'il fût possible de le reconnaître. Ce n'était pas, lui, un hanteur d'église. On ne l'y voyait jamais. Il n'y avait pas mis le pied depuis qu'il était revenu, après des années d'absence, habiter momentanément sa ville natale. Pourquoi donc y entrait-il ce soir-là?... Quel sentiment, quelle idée, quel projet l'avait décidé à franchir le seuil de cette porte, devant laquelle il passait plusieurs fois par jour comme si elle n'eût pas existé?... C'était un homme haut en tout, qui avait dû courber sa fierté autant que sa grande taille pour passer sous la petite porte basse cintrée, et verdie par les humidités de ce pluvieux climat de l'Ouest, et qu'il avait prise pour entrer. Il ne manquait pas, après tout, de poésie dans sa tête de feu. Quand il entra dans ce lieu, qu'il avait probablement désappris, fut-il frappé de l'aspect presque tombal de cette église, qui, de construction, ressemble à une crypte, car elle est plus basse que le pavé de la place sur laquelle elle est bâtie, et son portail, à escalier intérieur de quelques marches, plus élevé que le maître autel?... Il n'avait pas lu sainte Brigitte. S'il l'avait lue, il aurait, en entrant dans cette atmosphère nocturne, pleine de mystérieux chuchotements, pensé à la vision de son Purgatoire, à ce dortoir, morne et terrible, où l'on ne voit personne et où l'on entend des voix basses et des soupirs qui sortent des murs... Quelle que fût, du reste, son impression, toujours est-il qu'il s'arrêta, peu sûr de lui-même et de ses souvenirs, s'il en avait, au milieu de la contre-allée dans laquelle il s'était engagé. Pour qui l'eût observé, il cherchait évidemment quelqu'un ou quelque chose, qu'il ne trouvait pas dans ces ombres... Cependant, quand ses yeux s'y furent un peu faits et qu'il put retrouver autour de lui les contours des choses, il finit par apercevoir une vieille mendiante, croulée, plutôt qu'agenouillée, pour dire son chapelet, à l'extrémité du *banc des pauvres*, et il lui demanda, en la touchant à l'épaule, la chapelle de la Vierge et le confessionnal d'un prêtre de la paroisse qu'il lui nomma. Renseigné par cette vieille habituée du *banc des pauvres* qui, depuis cinquante ans peut-être, semblait faire partie du mobilier de l'église de *** et lui appartenir autant que les marmousets de ses gargouilles, l'homme en question arriva, sans trop d'encombre, à travers les chaises dérangées et dispersées par les Offices de la journée, et se planta juste debout devant le confessionnal qui est au fond de la chapelle. Il y resta les bras croisés, comme les ont presque toujours, dans les églises, les hommes qui n'y viennent pas pour prier et qui veulent pourtant y avoir une attitude convenable et grave. Plusieurs dames de la congrégation du Saint-Rosaire, alors en oraison autour de cette chapelle, si elles avaient remarqué cet homme, n'auraient pu le *distinguer* autrement que par je ne dirai pas l'impiété, mais la *non-piété* de son attitude. D'ordinaire, il est vrai, les soirs de confession, il y avait auprès de la quenouille de la Vierge, ornée de ses rubans, un cierge tors de cire jaune allumé et qui éclairait la chapelle; mais, comme on avait communié en foule le matin et qu'il n'y avait plus personne au confessionnal, le prêtre de ce confessionnal, qui y faisait solitairement sa méditation, en était sorti, avait éteint le cierge de cire jaune, et était rentré dans son espèce de cellule en bois pour y reprendre sa méditation, sous l'influence de cette obscurité qui empêche toute distraction extérieure et qui féconde le recueillement. Était-ce ce motif, était-ce hasard, caprice, économie ou quelque autre raison de ce genre, qui avait déterminé l'action très simple de ce prêtre? Mais, à coup sûr cette circonstance sauva l'incognito, s'il tenait à le garder, de l'homme entré dans la chapelle, et qui, d'ailleurs, n'y demeura que peu d'instants... Le prêtre, qui avait éteint son cierge avant son arrivée, l'ayant aperçu à travers les barreaux de sa porte à claire-voie, rouvrit toute grande cette porte, sans quitter le fond du confessionnal dans lequel il était assis ; et l'homme, décroisant ses bras, tendit au prêtre un objet indiscernable qu'il avait tiré de sa poitrine :

— Tenez, mon père ! — dit-il d'une voix basse, mais distincte. — Voilà assez longtemps que je *le* traîne avec moi !

Et il n'en fut pas dit davantage. Le prêtre, comme s'il eût su de quoi il s'agissait, prit l'objet et referma tranquillement la porte de son confessionnal. Les dames de la congrégation du Saint-Rosaire crurent que l'homme qui avait parlé au prêtre allait s'agenouiller et se confesser, et furent extrêmement étonnées de le voir descendre le degré de la chapelle d'un pied leste, et regagner la contre-allée par où il était venu.

Mais, si elles furent surprises, il fut encore plus surpris qu'elles, car, au beau milieu de cette contre-allée qu'il remontait pour sortir de l'église, il fut saisi brusquement par deux bras vigoureux, et un rire, abominablement scandaleux dans un lieu si saint, partit presque à deux pouces de sa figure. Heureusement pour les dents qui riaient qu'il les reconnut, si près de ses yeux !

— Sacré nom de Dieu ! — fit en même temps le rieur à mi-voix, mais pas de manière cependant qu'on n'entendît pas, près de là, le blasphème et l'autre irrévérente parole, — qu'est-ce que tu *fous* donc, Mesnil, dans une église à pareille heure ? Nous ne sommes plus en Espagne, comme au temps où nous chiffonnions si joliment les guimpes des religieuses d'Avila.

Celui qu'il avait appelé « Mesnil » eut un geste de colère.

— Tais-toi ! — dit-il, en réprimant l'éclat d'une voix qui ne demandait qu'à retentir. — Es-tu ivre ?... Tu jures dans une église comme dans un corps de garde. Allons ! pas de sottises ! et sortons d'ici décemment tous deux.

Et il doubla le pas, enfila, suivi de l'*autre*, la petite porte basse, et quand, dehors et à l'air libre de la rue, ils eurent pu reprendre la plénitude de leur voix :

— Que tous les tonnerres de l'enfer te brûlent, Mesnil ! — continua l'*autre*, qui paraissait comme enragé. — Vas-tu donc te faire capucin ?.. Vas-tu donc manger de la messe ?... Toi, Mesnilgrand, toi, le capitaine de Chamboran, comme un calotin dans une église !

— Tu y étais bien, toi ! — dit Mesnil avec tranquillité.

— J'y étais pour t'y suivre. Je t'ai vu y entrer, plus étonné de ça, ma parole d'honneur, que si j'avais vu violer ma mère. Je me suis dit : Qu'est-ce donc qu'il va faire dans cette grange à prêtraille ?... Puis j'ai pensé qu'il y avait là quelque damnée anguille de jupe sous roche, et j'ai voulu voir pour quelle grisette ou pour quelle grande dame de la ville tu y allais.

— Je n'y suis allé que pour moi seul, *mon cher*. — dit Mesnil, avec l'insolence froide du plus complet mépris, de ce mépris qui se soucie bien de ce qu'on pense.

— Alors, tu m'étonnes plus diablement que jamais !

— Mon cher, — reprit Mesnil, en s'arrêtant, — les hommes... comme moi, n'ont été faits, de toute éternité, que pour étonner les hommes... comme toi.

Et, tournant le dos et hâtant le pas, comme quelqu'un qui *n'entend* pas être suivi, il monta la rue de Gisors et regagna la place Thurin, dans un des angles de laquelle il demeurait.

Il demeurait chez son père, le vieux M. de Mesnilgrand, comme on l'appelait par la ville, quand on en parlait. C'était un vieillard riche et avare (prétendait-on), dur à la détente, — c'était le mot dont on se servait, — qui depuis de longues années vivait retiré de toutes compagnies, excepté pendant les trois mois que son fils, qui habitait Paris, venait passer dans la ville de ***. Alors, ce vieux M. de Mesnilgrand, qui ne voyait pas un chat d'ordinaire, se mettait à inviter et à recevoir les anciens amis et camarades de régiment de son fils et à se gaver de ces somptueux dîners d'avare, à faire partout, disaient les rabelaisiens de l'endroit, fort malproprement et fort ingratement aussi, car la chère (cette *chère de vilain* vantée par les proverbes) y était excellente.

Pour vous en donner une idée, il y avait, à cette époque-là, dans la ville de ***, un fameux receveur particulier des finances, qui avait, quand il y arriva, produit l'effet d'un carrosse à six chevaux entrant dans une église. C'était un assez mince financier que ce gros homme, mais la nature s'était amusée à en faire, de vocation, un grand cuisinier. On racontait qu'en 1814 il avait apporté à Louis XVIII, détalant vers Gand, d'une main la caisse de son arrondissement, et de l'autre un coulis de truffes qui semblait avoir été cuisiné par les sept diables des péchés capitaux, tant il était délicieux ! Louis XVIII avait, comme de juste, pris la caisse sans dire seulement merci ; mais de reconnaissance pour le coulis, il avait orné l'estomac prépotent de ce maître-queux de génie, poussé en pleines finances, de son grand cordon noir de Saint-Michel, qu'on n'accordait guère qu'à des savants ou à des artistes. Avec ce large cordon moiré, toujours plaqué sur son gilet blanc, et son crachat d'or allumant sa bedaine, ce Turcaret de M. Deltocq (il s'appelait Deltocq), qui, les jours de Saint-Louis, portait l'épée et l'habit de velours à la française, orgueilleux et insolent comme trente-six cochers anglais poudrés d'argent, et qui croyait que tout devait céder à l'empire de ses sauces, était pour la ville de *** un personnage de vanité et de faste presque solaire... Eh bien ! c'est avec ce haut personnage dînatoire, qui se vantait de pouvoir faire quarante-neuf potages maigres d'espèces différentes, mais qui ne savait pas combien il en pouvait faire de gras, — c'était l'infini ! — que la cuisinière du vieux M. de Mesnilgrand luttait, et à qui elle donnait des inquiétudes, pendant le séjour à *** de son fils, au vieux M. de Mesnilgrand !

Il en était fier, de son fils ; — mais aussi, il en était triste, ce grand vieillard de père, et il y avait de quoi ! Son *jeune homme*, comme il l'appelait, quoiqu'il eût quarante ans passés, avait eu la vie brisée du même coup qui avait mis l'Empire en miettes et renversé la fortune de Celui qui n'était plus que l'EMPEREUR, comme s'il avait perdu son nom dans sa fonction et dans sa gloire ! Parti comme vélite à dix-huit ans, de l'étoffe dans laquelle se taillaient les maréchaux à cette époque, le fils Mesnilgrand avait fait les guerres de l'Empire, ayant sur son kolback tous les panaches de l'espérance ; mais le tonnerre final de Waterloo avait brûlé jusqu'à ras de terre ses dernières ambitions. Il était de ceux que la Restauration ne reprit pas à son service, parce qu'ils n'avaient pu résister à la fascination du retour de l'île d'Elbe, qui fit oublier leurs serments aux hommes les plus forts, comme s'ils avaient perdu leur libre arbitre. Le chef d'escadron Mesnilgrand, celui dont les officiers de Chamboran, ce régiment romanesquement brave, disaient : « On peut être aussi brave que Mesnilgrand ; mais davantage, c'est impossible ! » vit de ses camarades de régiment, qui n'avaient pas des états de service comparables aux siens, devenir, à sa moustache, colonels des plus beaux régiments de la Garde Royale ; et, quoiqu'il ne fût pas jaloux, ce lui fut une cruelle angoisse... C'était une nature de l'intensité la plus redoutable. La discipline militaire d'un temps où elle fut presque romaine, fut seule capable d'endiguer les passions de ce violent qui — de ses passions inexprimablement terribles — avait révolté sa ville natale avant dix-huit ans, et failli mourir. Avant dix-huit ans, en effet, des excès de femmes, des excès insensés, lui avaient donné une maladie nerveuse, une espèce de *tabes* dorsal pour lequel il avait fallu lui brûler la colonne vertébrale avec des moxas. Cette médication effrayante, qui épouvanta la ville de *** comme ses excès l'avaient épouvantée, fut un genre de supplice exemplaire dont les pères de famille de la ville infligèrent la vue à leurs fils, pour les moraliser, comme on moralise les peuples par la terreur. Ils les menèrent *voir brûler* le jeune Mesnilgrand, qui n'échappa aux morsures du feu, dirent les médecins, que grâce à une organisation *d'enfer ;* c'était le mot, puisqu'elle avait si bien résisté à la flamme. Aussi quand, avec cette organisation si prodigieusement exceptionnelle, qui, après les moxas, résista plus tard aux fatigues, aux blessures et à tous les fléaux qui puissent fondre sur un homme de guerre, Mesnilgrand, robuste encore, se vit, en pleine maturité, sans le grand avenir militaire qu'il avait rêvé, sans but désormais, les bras cassés et l'épée clouée au fourreau, ses sentiments s'exaspérèrent jusqu'à la fureur la plus aiguë... S'il fallait, pour le faire comprendre, chercher dans l'Histoire un homme à qui comparer Mesnilgrand, on serait obligé de remonter jusqu'au fameux Charles le Téméraire, duc de Bourgogne. Un moraliste ingénieux, préoccupé du nonsens de nos destinées, a, pour l'expliquer, prétendu que les hommes ressemblent à des portraits dont les uns ont la tête ou la poitrine coupée par leurs cadres, sans proportion avec leur grandeur naturelle, et dont les autres disparaissent, rapetissés et réduits à l'état de nains par l'absurde immensité du leur. Mesnilgrand, fils d'un simple hobereau bas-normand, qui devait mourir dans l'obscurité de la vie privée, après avoir manqué la grande gloire historique pour laquelle il était né, se rencontra avoir, — et pour quoi en faire ? — l'épouvantable puissance de furie continue, d'envenimement et d'ulcération

— Les hommes... comme moi n'ont été faits que pour étonner les hommes... comme toi.

enragée, qu'avait ce Téméraire, que l'histoire appelle aussi le Terrible. Waterloo, qui l'avait jeté sur le pavé, fut pour lui, en une fois, ce que Granson et Morat avaient été, en deux, pour cette foudre

Il devint peintre comme Géricault.

humaine qui s'éteignait dans les neiges de Nancy. Seulement, il n'y eut pas de neige et de Nancy pour Mesnilgrand, le chef d'escadron *dégommé*, comme disent les gens qui déshonorent tout, avec leur vocabulaire. A cette époque, on crut qu'il se tuerait, ou qu'il deviendrait fou. Il ne se tua point, et sa tête résista. Il ne devint pas fou. Il l'était déjà, dirent les rieurs, car il y a toujours des rieurs. S'il ne se tua pas, — et, sa nature étant donnée, ses amis *auraient* pu lui demander, mais ne lui *demandèrent pas* pourquoi, — il n'était pas homme à se laisser manger le cœur par le vautour, sans essayer d'écraser le bec du vautour. Comme Alfiéri, cet incroyable volontaire d'Alfiéri, qui, ne sachant rien que dompter des chevaux, apprit le grec à quarante ans et fit même des vers grecs, Mesnilgrand se jeta, ou plutôt se précipita dans la peinture, c'est-à-dire dans ce qu'il y avait *de plus éloigné de lui*, exactement comme on monte au septième étage pour se tuer mieux, en tombant de plus haut, quand on veut se jeter par la fenêtre. Il ne savait pas un mot de dessin, et il devint peintre comme Géricault, qu'il avait, je crois, connu aux Mousquetaires. Il travailla... avec la furie de la fuite devant l'ennemi, — disait-il, avec un rire amer, — exposa, fit éclat, n'exposa plus, crevant ses toiles après les avoir peintes, et recommençant de travailler avec un infatigable acharnement. Cet officier, qui avait toujours vécu le bancal à la main, emporté par son cheval à travers l'Europe, passa sa vie piqué devant un chevalet, sabrant la toile de son pinceau, et tellement dégoûté de la guerre, — le dégoût de ceux qui adorent! — que ce qu'il peignait le plus, c'étaient des paysages comme ceux qu'il avait ravagés. Tout en les peignant, il mâchait je ne sais quel mastic d'opium, mêlé au tabac qu'il fumait jour et nuit, car il s'était fait construire une espèce de houka de son invention, dans lequel il pouvait fumer, même en dormant, Mais ni les narcotiques, ni les stupéfiants, ni aucun des poisons avec lesquels l'homme se paralyse et se tue en détail, ne purent endormir ce monstre de fureur, qui ne s'assoupissait jamais en lui et qu'il appelait le crocodile de sa fontaine, un crocodile phosphorescent dans une fontaine de feu! D'aucuns qui le connaissaient mal, le crurent longtemps carbonaro. Mais, pour ceux qui le connaissaient mieux, il y avait trop de déclamation et de libéralisme bête dans le carbonarisme, pour qu'un homme aussi absolu tombât dans des niaiseries qu'il jugeait, avec la ferme judiciaire de son pays. Et de fait, en dehors de ses passions, dont l'extravagance avait été quelquefois sans limites, il avait le sentiment net de la réalité qui distingue les hommes de race normande. Il ne donna jamais dans l'illusion des conspirations. Il avait prédit au général Berton sa destinée. D'un autre côté, les idées démocratiques sur lesquelles les Impérialistes s'appuyèrent sous la Restauration, pour mieux conspirer, lui répugnaient d'instinct. Il était profondément aristocrate. Il ne l'était pas seulement de naissance, de caste, de rang social: il l'était *de nature*, comme il était *lui*, et pas un autre, et comme il l'eût été encore, aurait-il été le dernier cordonnier de sa ville. Il l'était enfin, comme dit Henri Heine, « par sa grande manière de sentir » et non point bourgeoisement, à la façon des parvenus qui aiment les distinctions extérieures. Il ne portait pas ses décorations. Son père, le voyant à la veille de devenir colonel, quand s'écroula l'Empire, lui avait constitué un majorat de baron ; mais il n'en prit jamais le titre, et, sur ses cartes et pour tout le monde, il ne fut que « le chevalier de Mesnilgrand ». Les titres, vidés des privilèges politiques dont ils étaient bourrés autrefois, et qui en faisaient de vraies armes de guerre, ne valaient pas plus à ses yeux que des écorces d'orange quand l'orange n'y est plus, et il s'en moquait bien, même devant ceux qui les respectaient. Il en donna la preuve, un jour, dans cette petite ville de***, entichée de noblesse, où les anciens seigneurs terriens du pays, ruinés et volés par la Révolution, avaient, peut-être pour se consoler, l'inoffensive manie de s'attribuer entre eux des titres de comte et de marquis, que leurs familles très anciennes, et n'ayant nul besoin de cela pour être très nobles, n'avaient jamais portés. Mesnilgrand, qui trouvait cette usurpation ridicule, prit un moyen hardi pour la faire cesser. Un soir de réunion dans une des maisons les plus aristocratiques de la ville, il dit au domestique : « Annoncez le duc de Mesnilgrand ». Et le domestique, étonné, annonça d'une voix de Stentor : « Monsieur le duc de Mesnilgrand ! » Ce fut un haut-le-corps général. « Ma foi, — dit-il, voyant l'effet qu'il avait produit, — en tant que tout le monde se donne un titre, j'ai mieux aimé prendre celui-là ! » On ne souffla mot. Et même quelques-uns de bonne humeur se mirent à rire dans les petits coins ; mais on ne recommença plus. Il y a toujours des chevaliers errants dans le monde. Ils ne redressent plus les torts avec la lance, mais les ridicules avec la raillerie, et Mesnilgrand était de ces chevaliers-là.

Il avait le don du sarcasme. Mais ce n'était pas le seul don que le Dieu de la force lui eût fait. Quoique, dans son économie animale, le caractère fût sur le premier plan, comme chez presque tous les hommes d'action, l'esprit, resté en seconde ligne, n'en était pas moins, pour lui et contre les autres, une puissance. Nul doute que si le chevalier de Mesnilgrand avait été un homme heureux, il n'eût été très spirituel ; mais, malheureux, il avait des opinions de désespéré et, quand il était gai, chose rare, une gaîté de désespéré ; et rien ne casse mieux que la pensée fixe du malheur le kaléidoscope de l'esprit et ne l'empêche mieux de tourner, en éblouissant. Seulement, ce qu'il avait par-dessus tout, c'était, avec les passions qui fermentaient dans son sein, une extraordinaire éloquence. Le mot qu'on a dit de Mirabeau et qu'on peut dire de tous les orateurs : « Si vous l'eussiez entendu !... » semblait fait spécialement pour lui. Il fallait le voir, à la moindre discussion, sa poitrine de volcan soulevée, passant du pâle à un pâle plus profond, le front labouré de houle de rides, — comme la mer, dans l'ouragan de sa colère, — les pupilles jaillissant de leur cornée, comme pour frapper ceux à qui il parlait, — deux balles flamboyantes ! Il fallait le voir haletant, palpitant, l'haleine courte, la voix plus pathétique à mesure qu'elle se brisait davantage, l'ironie faisant trembler l'écume sur ses lèvres, longtemps vibrantes après qu'il avait parlé, plus sublime d'épuisement, après ces accès, que Talma dans *Oreste*, plus magnifiquement tué et cependant ne mourant pas, n'étant pas achevé par sa colère, mais la reprenant le lendemain, une heure après, une minute après, phénix de fureur, renaissant toujours de ses cendres... Et en effet, n'importe à quel moment on touchât à de certaines cordes, immortellement tendues en lui, il s'en échappait des résonnances à renverser celui qui aurait eu l'imprudence de les effleurer. « Il est venu passer hier la soirée à la maison, — disait une jeune fille à une de ses amies. — Ma chère, il y a rugi tout le temps. C'est un démoniaque. On finira par ne plus le recevoir du tout, M. de Mesnilgrand ». Sans ces rugissements de *mauvais ton*, pour lesquels ne sont faits ni les salons, ni les âmes qui les habitent, peut-être aurait-il intéressé les jeunes filles qui en parlaient avec cette moqueuse sévérité. Lord Byron commençait à devenir fort à la mode dans ces temps-là, et quand Mesnilgrand était silencieux et contenu, il y avait en lui quelque chose des héros de Byron. Ce n'était pas la beauté régulière que les jeunes personnes à âme froide recherchent. Il était rudement laid ; mais son visage pâle et ravagé, sous ses cheveux châtains restés très jeunes, son front ridé prématurément, comme celui de Lara ou du Corsaire, son nez épaté de léopard, ses yeux glauques, légèrement bordés d'un filet de sang comme ceux des chevaux de race très ardents, avaient une expression devant laquelle les plus moqueuses de la ville de *** se sentaient troublées. Quand il était là, les plus ricaneuses ne ricanaient plus. Grand, fort, bien tourné, quoiqu'il se voûtât un peu du haut du corps, comme si la vie qu'il portait eût été une armure trop lourde, le chevalier de Mesnilgrand avait, sous son costume moderne, l'air perdu qu'on retrouve dans certains majestueux portraits de famille. « C'est un portrait qui marche, » — disait encore une jeune fille qui le voyait entrer dans un salon pour la première fois. D'ailleurs, Mesnilgrand couronnait tous ces avantages par un avantage supérieur à tous les autres, aux yeux de ces fillettes : il était toujours divinement mis. Etait-ce là une dernière coquetterie de sa vie d'*homme à femmes*, à ce désespéré, et qui survivait à cette vie finie, enterrée, comme le soleil couché envoie un dernier rayon rose au flanc des nuages derrière lesquels il a sombré?... Etait-ce un reste du luxe satrapesque, *étalé autrefois* par cet officier de Chamboran qui avait fait payer au vieil avare, son père, quand son régiment fut licencié, vingt mille francs seulement de peaux de tigre pour ses chabraques et ses bottes rouges? Mais, le fait est, qu'aucun jeune homme de Paris ou de Londres ne l'eût emporté par l'élégance sur ce misanthrope, qui n'était plus du monde, et qui, pendant les trois mois de son séjour à ***, ne faisait que quelques visites, et puis après n'en faisait plus.

Il y vivait, comme à Paris, livré à sa peinture jusqu'à la nuit. Il se promenait peu dans cette ville propre et charmante, à l'aspect rêveur, bâtie pour des rêveurs, cette ville de poètes, où il n'y en avait peut-être pas un. Quelquefois, il y passait dans quelques rues, et le boutiquier disait à l'étranger qui remarquait sa hautaine tournure : « C'est le commandant Mesnilgrand, » comme si le commandant Mesnilgrand devait être connu de toute la terre! Qui l'avait vu une fois ne l'oubliait plus. Il imposait, comme tous les hommes qui ne demandent plus rien à la vie; car qui ne demande rien à la vie est plus haut qu'elle, et c'est elle alors qui fait des bassesses avec nous. Il n'allait point au café avec les autres officiers que la Restauration avait rayés de ses cadres de service, et auxquels il ne manquait jamais de donner une poignée de main, quand il les rencontrait. Les cafés de province répugnaient à son aristocratie. C'était pour lui affaire de goût que de ne pas entrer là. Cela ne scandalisait personne. Les camarades étaient toujours sûrs de le rencontrer chez son père, devenu, pendant son séjour, magnifique, d'avare qu'il était pendant son absence, et qui leur donnait des festins appelés par eux des Balthazars, quoiqu'ils n'eussent jamais lu la Bible.

Il y assistait en face de son fils, et quoiqu'il fût vieux et semblât-il par la tenue, un personnage de comédie, on voyait que le père avait dû être, dans le temps, digne de procréer cette géniture dont il avait l'orgueil... C'était un grand vieillard très sec, droit comme un mât de vaisseau, qui tenait altièrement tête à la vieillesse. Toujours vêtu d'une longue redingote de couleur sombre, qui le faisait paraître encore plus grand qu'il n'était, il avait extérieurement l'austérité du penseur ou d'un homme pour lequel le monde n'avait ni pompes, ni œuvres. Il portait, sans le quitter jamais, depuis des années, un bonnet de coton avec un large serre-tête lilas; mais nul plaisant n'aurait songé à rire de ce bonnet de coton, la coiffure traditionnelle du *Malade imaginaire*. Le vieux M. de Mesnilgrand ne prêtait pas plus à la comédie qu'à personne. Il aurait coupé le rire sur les lèvres joyeuses de Regnard, et rendu plus pensif le regard pensif de Molière. Quelle qu'eût été la jeunesse de ce Géronte ou de cet Harpagon presque majestueux, cela remontait trop loin pour qu'on s'en souvînt. Il avait donné (disait-on) du côté de la Révolution, quoiqu'il fût le parent de Vicq d'Azir, le médecin de Marie-Antoinette, mais ce n'avait pas été long. L'homme du fait (les Normands appellent leur bien *leur fait;* expression profonde!), le possesseur, le terrien, avaient promptement redressé l'homme d'idée. Seulement, de la Révolution, il était sorti athée politique, comme il y était entré athée religieux, et ces deux athéismes combinés en avaient fait un négateur carabiné, qui aurait effrayé Voltaire. Il parlait peu, du reste, de ses opinions, excepté dans ces dîners d'hommes qu'il donnait pour fêter son fils, où, se trouvant en famille d'idées, il laissait échapper des lueurs d'opinion qui auraient justifié ce qu'on disait de lui par la ville. Pour les gens religieux et les nobles dont elle était pleine, c'était, en effet, un vieux réprouvé qu'il était impossible de voir et qui s'était fait justice, en n'allant chez personne... Sa vie était très simple. Il ne sortait jamais. Les limites de son jardin et de sa cour étaient pour lui le bout du monde. Assis, l'hiver, sous le grand manteau de la cheminée de sa cuisine, où il avait fait rouler un vaste fauteuil rouge-brun de velours d'Utrecht, à larges oreilles, silencieux devant les domestiques qu'il gênait de sa présence, car devant lui ils n'osaient pas parler haut, et ils s'entretenaient à voix basse, comme dans une église; l'été, il les délivrait de sa présence, et il se tenait dans sa salle à manger, qui était fraîche, lisant les journaux ou quelques bouquins d'une ancienne bibliothèque de moines, achetés par lui à la criée, ou classant des quittances devant un petit secrétaire d'érable, à coins cuivrés, qu'il avait fait descendre là, pour ne pas être obligé de monter un étage, quand ses fermiers venaient, et quoique ce ne fût pas là un meuble de salle à manger. S'il se passait autre chose que des calculs d'intérêts dans sa cervelle, c'est ce que personne ne savait. Sa face à nez court, un peu écrasée, blanche comme la céruse et trouée de petite vérole, ne laissait rien filtrer de ses pensées, aussi énigmatiques que celles d'un chat qui fait ronron au coin du feu. La petite vérole, qui l'avait criblé, lui avait rougi les yeux et retourné les cils en dedans, qu'il était obligé de couper ; et cette horrible opération qu'il fallait répéter souvent, lui avait rendu la vue clignotante, si bien que, quand il vous parlait, il était obligé de mettre la main sur ses sourcils comme un garde-vue, pour s'assurer le regard, en se renversant un peu en arrière, ce qui lui donnait tout à la fois un grand air d'impertinence et de fierté. On n'eût certainement, avec aucun lorgnon, obtenu un effet d'impertinence supérieur à celui qu'obtenait le vieux M. de Mesnilgrand avec sa main tremblante, posée de champ sur ses sourcils pour vous ajuster et vous voir mieux, quand il vous interpellait... Sa voix était celle d'un homme qui avait toujours eu le droit du commandement sur les autres, une voix de tête plus que de poitrine, comme celle d'un homme qui a lui-même plus de tête que de cœur ; mais il ne s'en servait pas beaucoup. On aurait dit qu'il en était aussi avare que de ses écus. Il l'économisait, non pas comme le centenaire Fontenelle économisait la sienne, quand il interrompait sa phrase, lorsqu'il passait une voiture, pour la reprendre après que le roulement de la voiture avait cessé. Le vieux M. de Mesnilgrand n'était pas, comme le vieux Fontenelle, un bonhomme de porcelaine fêlée, perpétuellement occupé à surveiller ses fêlures. C'était, lui, un antique dolmen, de granit pour la solidité, et s'il parlait peu, c'est que les dolmens parlent peu, comme les jardins de La Fontaine. Quand cela lui arrivait, du reste, c'était d'une briève façon, à la Tacite. En conversation, il gravait le mot. Il avait le style lapidaire, — et même lapidant, car il était né caustique, et les pierres qu'il jetait dans le jardin des autres atteignaient toujours quelqu'un. Autrefois, comme beaucoup de pères, il avait poussé des cris de cormoran contre les dépenses et les folies de son fils, mais depuis que Mesnil — ainsi qu'il disait par abréviation familière — était resté pris comme un Titan sous la montagne renversée de l'Empire, il avait pour lui le respect d'un homme qui a pesé la vie dans tous les trébuchets du mépris et qui trouvait que rien n'est plus beau, après tout, que la force humaine écrasée par la stupidité du destin !

Et il le lui témoignait à sa manière, et cette manière était expressive. Quand son fils parlait devant lui, il y avait de l'attention passionnée sur cette froide face blafarde, qui semblait une lune dessinée au crayon blanc sur papier gris, et dont les yeux rougis par la petite vérole, eussent été passés à la sanguine. D'ailleurs, la meilleure preuve qu'il pût donner

Il était obligé de mettre la main sur ses sourcils...

du cas qu'il faisait de son fils Mesnil, c'était, pendant le séjour chez lui de ce fils, le complet oubli de son avarice, de cette passion qui lâche le moins, de sa poigne froide, l'homme qu'elle a pris. C'étaient ces fameux dîners qui empêchaient M. Deltocq de dormir et qui agitaient les lauriers... de ses jambons, au-dessus de sa tête. C'étaient ces dîners comme le Diable peut seul en tripoter pour ses favoris... Et de fait, les convives de ces dîners-là n'étaient-ils pas les très grands favoris du Diable ?... « Tout ce que la ville et l'arrondissement ont de gueux et de scélérats se trouve là, — marmottaient les royalistes et les dévots, qui avaient encore les passions de 1815. Il doit s'y dire furieusement d'infamies — et peut-être s'y en faire. » — ajoutaient-ils. Les domestiques, qu'on ne renvoyait pas au dessert, comme aux soupers du baron d'Holbach, colportaient en effet des bruits abominables par la ville sur ce qu'on disait en ces ripailles ; et la chose même devint si forte dans l'opinion, que la cuisinière du vieux

M. de Mesnilgrand fut circonvenue par ses amis et menacée de ceci : que, pendant la visite du fils Mesnilgrand à son père, M. le curé ne la laisserait plus approcher des Sacrements. On éprouvait alors, dans la ville de ***, pour ces agapes si tympanisées de la place Thurin, une horreur presque égale à l'horreur que les chrétiens, au moyen âge, ressentaient pour ces repas des juifs, dans lesquels ils profanaient des hosties et égorgeaient des enfants. Il est vrai que cette horreur était un peu tempérée par les convoitises d'une sensualité très éveillée, et par tous les récits qui faisaient venir l'eau à la bouche des gourmands de la ville, quand on parlait devant eux des dîners du vieux M. de Mesnilgrand. En province et dans une petite ville, tout se sait. La halle y est mieux que la maison de verre du Romain : elle y est une maison sans murs. On savait, à un perdreau ou à une bécassine près, ce *qu'il y aurait* ou ce *qu'il y avait eu* à chaque dîner hebdomadaire de la place Thurin. Ces repas, qui avaient ordinairement lieu tous les vendredis, raflaient le meilleur poisson et le meilleur coquillage à la halle, car on y faisait impudemment *chère de commissaire*, en ces festins affreux et malheureusement exquis. On y mariait fastueusement le poisson à la viande, pour que la loi de l'abstinence et de la mortification, prescrite par l'Eglise, fût mieux transgressée... Et cette idée-là était bien l'idée du vieux M. de Mesnilgrand et de ses satanés convives! Cela leur assaisonnait leur dîner de faire gras les jours maigres, et par-dessus leur gras, de faire un maigre délicieux. Un vrai maigre de cardinal! Ils ressemblaient à cette Napolitaine qui disait que son sorbet était bon, mais qui l'aurait trouvé meilleur s'il avait été un péché. Et que dis-je? un péché! Il aurait fallu qu'il en fût plusieurs pour ces impies, car tous, tant qu'ils étaient, qui venaient s'asseoir à cette table maudite, c'étaient des impies, — des impies de haute graisse et de crête écarlate, de mortels ennemis du prêtre, dans lequel ils voyaient toute l'Eglise, des athées, — absolus et furieux, — comme on l'était à cette époque ; l'athéisme d'alors étant un athéisme très particulier. C'était, en effet, celui d'une période d'hommes d'action de la plus immense énergie, qui avaient passé par la Révolution et les guerres de l'Empire, et qui s'étaient vautrés dans tous les excès de ces temps terribles. Ce n'était pas du tout l'athéisme du XIIIe siècle, dont il était pourtant sorti. L'athéisme du XVIIIe siècle avait des prétentions à la vérité et à la pensée. Il était raisonneur, sophiste, déclamatoire, surtout impertinent. Mais il n'avait pas les insolences des soudards de l'Empire et des régicides apostats de 93. Nous qui sommes venus après ces gens-là, nous avons aussi notre athéisme, absolu, concentré, savant, glacé, haïsseur implacable! ayant pour tout ce qui est religieux la haine de l'insecte pour la poutre qu'il perce. Mais, lui, non plus que l'autre, cet athéisme-là, ne peut donner l'idée de l'athéisme forcené des hommes du commencement du siècle, qui, élevés comme des chiens par les voltairiens, leurs pères, avaient, depuis qu'ils étaient hommes, mis leurs mains jusqu'à l'épaule dans toutes les horreurs de la politique et de la guerre et de leurs doubles corruptions. Après trois ou quatre heures de buveries et de mangeries blasphématoires, la salle à manger hurlante du vieux M. de Mesnilgrand avait de bien autres vibrations et une bien autre physionomie que ce piètre cabinet de restaurant, où quelques mandarins chinois de la littérature ont fait dernièrement leur petite orgie à cinq francs par tête, contre Dieu. C'étaient ici de tout autres bombances! Et comme elles ne recommenceront probablement jamais, du moins dans les mêmes termes, il est intéressant et nécessaire, pour l'histoire des mœurs, de les rappeler.

Ceux qui les faisaient, ces bombances sacrilèges, sont morts et bien morts ; mais à cette époque ils vivaient, et même c'est l'époque où ils vivaient le plus, car la vie est plus forte, quand ce ne sont pas les facultés qui baissent, mais les malheurs qui ont grandi. Tous ces amis de Mesnilgrand, tous ces commensaux de la maison de son père, avaient la même plénitude de forces actives qu'ils eussent jamais eues, et ils en avaient davantage puisqu'ils les avaient exercées, puisqu'ils avaient bu à la bonde du tonneau de tous les excès du désir et de la jouissance, sans avoir été foudroyés par ces spiritueux renversants ; mais ils ne tenaient plus entre leurs dents et leurs mains crispées la bonde du tonneau qu'ils avaient mordue, — comme Cynégire son vaisseau, pour le retenir. Les circonstances leur avaient arraché des dents cette mamelle qu'ils avaient tétée, sans l'épuiser, et ils n'en avaient que plus soif, de l'avoir tétée! C'était, pour eux aussi, comme pour Mesnilgrand, l'*heure de l'enragement*. Ils n'avaient pas la hauteur de l'âme de Mesnil, de ce Roland le Furieux dont l'Arioste, s'il avait eu un Arioste, aurait dû ressembler de génie tragique à Shakespeare. Mais à leur niveau d'âme, à leur étage de passion et d'intelligence, ils avaient,

« Rien n'y manquerait, pas même des aumoniers ! »

comme lui, leur vie finie avant la mort, — qui n'est pas la fin de la vie, et qui souvent vient bien longtemps avant sa fin. C'étaient des désarmés avec la force de porter des armes. Ils n'étaient pas, tous ces officiers, que des licenciés de l'armée de la Loire ; c'étaient des licenciés de la vie et de l'Espérance. L'Empire perdu, la Révolution écrasée par cette réaction qui n'a pas su la tenir sous son pied, comme saint Michel y tient le dragon, tous ces hommes, rejetés de leurs positions, de leurs emplois, de leurs ambitions, de tous les bénéfices de leur passé, étaient retombés, impuissants, défaits, humiliés, dans leur ville natale, où ils étaient revenus « crever misérablement comme des chiens, » disaient-ils avec rage. Au moyen âge, ils auraient fait des pastoureaux, des routiers, des capitaines d'aventure ; mais on ne choisit pas son temps ; mais, les pieds pris dans les rainures d'une civilisation qui a ses proportions géométriques et ses précisions impérieuses, force leur était de rester tranquilles, de ronger leur frein, d'écumer sur place, de manger et de boire leur sang, et d'en ravaler le dégoût ! Ils avaient bien la ressource des duels ; mais que sont quelques coups de sabre ou de pistolet, quand il leur eût fallu des hémorragies de sang versé, à noyer la terre, pour calmer l'apoplexie de leurs fureurs et de leurs ressentiments ? Vous vous doutez bien, après cela, des *oremus* qu'ils adressaient à Dieu, quand ils en parlaient, car s'ils n'y croyaient pas, d'autres y croyaient : leurs ennemis ! et c'était assez pour maugréer, blasphémer et canonner dans leurs discours tout ce qu'il y a de saint et de sacré parmi les hommes. Mesnilgrand disait d'eux un soir, en les regardant autour de la table de son père, et aux lueurs d'un punch gigantesque : « qu'on en monterait un beau corsaire ! » — « Rien n'y manquerait, — ajoutait-il, en guignant deux ou trois défroqués, mêlés à ces soldats sans uniforme, — pas même des aumôniers, si c'était là une fantaisie de corsaires que des aumôniers ! » Mais, après la levée du blocus continental et l'époque folle de paix qui suivit, si ce ne fut pas le corsaire qui manqua, ce fut l'armateur.

Eh bien ! ces convives du vendredi, qui scandalisaient hebdomadairement la ville de ***, vinrent, suivant leur usage, dîner à l'hôtel Mesnilgrand le vendredi en suivant le dimanche où Mesnil avait été si brusquement appréhendé dans l'église par un de ses anciens camarades, étonné et furieux de l'y voir. Cet ancien camarade était le capitaine Rançonnet, du 8e dragons, lequel, par parenthèse, arriva un des premiers au dîner de ce jour-là, n'ayant pas revu Mesnilgrand de toute la semaine et n'ayant pu encore digérer sa visite à l'église et la manière dont Mesnil l'avait reçu et planté là, quand il lui avait demandé des explications. Il comptait bien revenir sur cette chose stupéfiante dont il avait été témoin, et qu'il tenait à éclaircir, en présence de tous les conviés du vendredi qu'il régalerait de cette histoire. Le capitaine Rançonnet n'était pas le plus mauvais garçon des *mauvais garçons* de la bande des vendredis. Mais il était l'un des plus fanfarons, et tout à la fois des plus naïfs d'impiété. Quoiqu'il ne fût pas sot, il en était devenu bête. Il avait toujours l'idée de Dieu dans l'esprit, comme une mouche dans le nez. Il était, de la tête aux pieds, un officier du temps, avec tous les défauts et les qualités de ce temps, pétri par la guerre et pour la guerre, et ne croyant qu'à elle, et n'aimant qu'elle ; un de ces dragons qui font sonner leurs gros talons, — comme dit la vieille chanson dragonne. Des vingt-cinq qui dînaient ce jour-là à l'hôtel Mesnilgrand, il était peut-être celui qui aimait le plus Mesnil, quoiqu'il eût perdu le *fil* de *son* Mesnil, depuis qu'il l'avait vu entrer dans une église. Est-il besoin d'en avertir ?... la majorité de ces vingt-cinq convives se composait d'officiers, mais il n'y avait pas à ce dîner que des militaires. Il y avait des médecins, — les plus matérialistes des médecins de la ville, — quelques anciens moines, fuyards de leur abbaye et en rupture de vœux, contemporains du père Mesnilgrand, — deux ou trois prêtres soi-disant mariés, mais en réalité concubinaires, et, brochant sur le tout, un ancien représentant du peuple, qui avait voté la mort du Roi... Bonnets rouges ou shakos, les uns révolutionnaires à tous crins, les autres bonapartistes effrénés, prêts à se chamailler et à s'arracher les entrailles, mais tous athées, et, sur ce point seul de la négation de Dieu et du mépris de toutes les Eglises, de la plus touchante unanimité. Ce sanhédrin de diables à plusieurs espèces de cornes était présidé par ce grand diable en bonnet de coton, le père Mesnilgrand, à la face blême et terrible sous cette coiffure, qui n'avait plus rien de bouffon avec pareille tête *par-dessous*, et qui se tenait droit au milieu de sa table, comme l'Evêque mitré de la messe du Sabbat, vis-à-vis de son fils Mesnil, au visage fatigué de lion au repos, mais dont les muscles étaient toujours près de jouer dans son mufle ridé et de lancer des éclairs !...

Quant à lui, disons-le, il se distinguait

— impérialement — de tous les autres. Ces officiers, anciens *beaux* de l'Empire, où il y eut tant de *beaux*, avaient, certes! de la beauté et même de l'élégance ; mais leur beauté était régulière, *tempéramenteuse*, purement ou impurement physique, et leur élégance soldatesque. Quoique en habits bourgeois, ils avaient conservé le raide de l'uniforme, qu'ils avaient porté toute leur vie. Selon une expression de leur vocabulaire, ils étaient un peu trop *ficelés*. Les autres convives, gens de science, comme les médecins, ou revenus de tout, comme ces vieux moines, qui se souciaient bien d'un habit, après avoir porté et foulé aux pieds les ornements sacrés de la splendeur sacerdotale, ressemblaient par le vêtement à d'indigues pleutres... Mais lui, Mesnilgrand, était — eussent dit les femmes — adorablement mis. Comme on était au matin encore, il portait un amour de redingote noire, et il était cravaté (comme on se cravatait alors) d'un foulard blanc, de nuance écrue, semé d'imperceptibles étoiles d'or brodées à la main.

... Ils avaient conservé le raide de l'uniforme.

Etant chez lui il ne s'était pas botté. Son pied nerveux et fin, qui faisait dire : « Mon prince! » aux pauvres assis aux bornes des rues quand il passait près d'eux, était chaussé de bas de soie à jour et de ces escarpins, très découverts et à talon élevé, qu'affectionnait Chateaubriand, l'homme le plus préoccupé de son pied qu'il y eût alors en Europe, après le grand-duc Constantin. Sa redingote ouverte, coupée par Staub, laissait voir un pantalon de prunelle à reflets scabieuse et un simple gilet de casimir noir à châle, sans chaîne d'or ; car, ce jour-là, Mesnilgrand n'avait de bijoux d'aucune sorte, si ce n'est un camée antique d'un grand prix représentant la tête d'Alexandre, qui fixait sur sa poitrine les plis étendus de sa cravate sans nœud, — presque militaire, — un hausse-col. Rien qu'en le voyant en cette tenue, d'un goût si sûr, on sentait que l'artiste avait passé par le soldat et l'avait transfiguré, et que l'homme de cette mise n'était pas de la même espèce que les autres qui étaient là, quoiqu'il fût *à tu et à toi* avec beaucoup d'entre d'eux. Le patricien de nature, l'officier né *graine d'épinards*, comme ils disaient de lui dans leur langue militaire, se révélait et tranchait bien sur ce vigoureux repoussoir de soldats énergiques, excessivement vaillants, mais vulgaires et inaptes aux commandements supérieurs. Maître de maison, — en seconde ligne, puisque son père faisait les honneurs de sa table, — Mesnilgrand, s'il ne s'élevait pas quelqu'une de ces discussions qui l'enlevaient par les cheveux, comme Persée enleva la tête de la Gorgone, et lui faisaient voir les flots de sa fougueuse éloquence, Mesnilgrand parlait peu en ces réunions bruyantes, dont le ton n'était pas complètement le sien et qui, dès les huîtres, montaient à des diapasons de voix, d'aperçus et d'idées si aigus, qu'une note de plus n'était pas possible et que le plafond — ce bouchon de la salle — risqua bien souvent d'en sauter, après tous les autres bouchons.

Ce fut à midi précis qu'on se mit à table, selon la coutume ironique de ces irrévérents moqueurs, qui profitaient des moindres choses pour montrer leur mépris de l'église. Une idée de ce pieux pays de l'Ouest est de croire que le Pape se met à table à midi, et qu'avant de s'y mettre, il envoie sa bénédiction à tout l'univers chrétien. Eh bien! cet auguste *Benedicite* paraissait comique à ces libres penseurs. Aussi, pour s'en gausser, le vieux M. de Mesnilgrand ne manquait jamais, quand le premier coup de midi sonnait au double clocher de la ville, de dire du plus haut de sa voix de tête, avec ce sourire voltairien qui fendait parfois en deux son immobile face lunaire : « A table, messieurs! Des chrétiens comme nous ne doivent pas se priver de la bénédiction du Pape! » Et ce mot, ou l'équivalent, était comme un tremplin tendu aux impiétés qui allaient y bondir, à travers toutes les conversations échevelées d'un dîner d'hommes, et d'hommes comme eux. En thèse générale, on peut dire que tous les dîners d'hommes où ne préside pas l'harmonieux génie d'une maîtresse de maison, où ne plane pas l'influence apaisante d'une femme qui jette sa grâce, comme un caducée, entre les grosses vanités, les prétentions criantes, les colères sanguines et bêtes, même chez les gens d'esprit, des hommes attablés entre eux, sont presque toujours d'effroyables mêlées de personnalités, prêtes à finir toutes comme le festin des Lapithes et des Centaures, où il n'y avait peut-être pas de femmes non plus. En ces sortes de repas découronnés de femmes, les hommes les plus polis et les mieux élevés perdent de leur charme de politesse et de leur distinction naturelle ; et quoi d'étonnant ?... Ils n'ont plus la galerie à laquelle ils veulent plaire, et ils contractent immédiatement quelque chose de sans-gêne, qui devient grossier au moindre attouchement, au moindre choc des esprits les uns par les autres. L'égoïsme, l'*inexilable* égoïsme, que l'art du monde est de voiler sous des formes aimables, met bientôt les coudes sur la table, en attendant qu'il vous les mette dans les côtés. Or, s'il en est ainsi pour les plus athéniens des hommes, que devait-il en être pour les convives de l'hôtel Mesnilgrand, pour ces espèces de belluaires et de gladiateurs, ces gens de clubs jacobins et de bivouacs militaires, qui se croyaient toujours un peu au bivouac ou au club, et parfois encore en pire lieu ?... Difficilement peut-on s'imaginer, quand on ne les a pas entendues, les conversations à bâtons rompus et à vitres et à verres cassés de ces hommes, grands mangeurs, grands buveurs, bourrés de victuailles échauffantes, incendiés de vins capiteux, et qui, avant le troisième service, avaient lâché la bride à tous les propos et fait feu des quatre pieds dans leurs assiettes. Ce n'étaient pas toujours des impiétés, du reste, qui étaient le fond de ces conversations, mais c'en étaient les fleurs : et on peut dire qu'il y en avait dans tous les vases !... Songez donc ! c'était le temps où Paul-Louis Courier, qui aurait très bien figuré à ces dîners-là, écrivait cette phrase pour fouetter le sang à la France : « La question est maintenant de savoir si nous serons capucins ou laquais. » Mais ce n'était pas tout. Après la politique, la haine des Bourbons, le spectre noir de la Congrégation, les regrets du passé pour ces vaincus, toutes ces avalanches qui roulaient en bouillonnant d'un bout à l'autre de cette table fumante, il y avait d'autres sujets de conversation, à tempêtes et à tintamarres. Par exemple, il y avait les femmes. La femme est l'éternel sujet de conversation des hommes entre eux, surtout en France, le pays le plus fat de la terre. Il y avait les femmes en général et les femmes en particulier, — les femmes de l'univers et celle de la porte à côté, — les femmes des pays que beaucoup de ces soldats avaient parcourus, en faisant les beaux dans leurs grands uniformes victorieux, et celles de la ville, chez lesquelles ils n'allaient peut-être pas, et qu'ils nommaient insolemment par nom et prénom, comme s'ils les avaient intimement connues, sur le compte de qui parbleu ! ils ne se gênaient pas, et dont, au dessert, ils pelaient en riant la réputation, comme ils pelaient une pêche, pour, après, en casser le noyau. Tous prenaient part à ces bombardements de femmes, même les plus vieux, les plus coriaces, les plus dégoûtés de la femelle, ainsi qu'ils disaient cyniquement, car les hommes peuvent renoncer à l'amour malpropre, mais jamais à l'amour-propre de la femme, et, fût-ce sur le bord de leur fosse ouverte, ils sont toujours prêts à tremper leurs museaux dans ces galimafrées de fatuité !

Et ils les y trempèrent, ce jour-là, jusqu'aux oreilles, à ce dîner qui fut, comme déchaînement de langues, le plus corsé de tous ceux que le vieux M. de Mesnilgrand eût donnés. Dans cette salle à manger présentement muette, mais dont les murs nous en diraient de si belles s'ils pouvaient parler, puisqu'ils auraient ce que je n'ai pas, moi, l'impassibilité des murs, l'heure des vanteries qui arrive si vite dans ces dîners d'hommes, d'abord décente, — puis indécente bientôt, — puis déboutonnée, — enfin chemise levée et sans vergogne, amena les anecdotes, et chacun raconta la sienne... Ce fut comme une confession de démons ! Tous ces insolents railleurs, qui n'auraient pas eu assez de brocards pour la confession d'un pauvre moine, dite à haute voix, aux pieds de son supérieur, en présence des frères de son Ordre, firent absolument la même chose, non pour s'humilier, comme le moine, mais pour s'enorgueillir et se vanter de l'abomination de leur vie, — et tous, plus ou moins, crachèrent en haut leur âme contre Dieu, leur âme qui, à mesure qu'ils la crachèrent, leur retomba sur la figure.

Or, au milieu de ce débordement de forfanteries de toute espèce, il y en eut une qui parut... est-ce *plus piquante* qu'il faut dire ? Non, *plus piquante* ne serait pas un mot assez fort, mais plus poivrée, plus épicée, plus digne du palais de feu de ces frénétiques qui, en fait d'histoires, eussent avalé du vitriol. Celui qui la raconta, de tous ces diables, était le plus froid cependant... Il l'était comme le derrière de Satan, car le derrière de Satan, malgré l'enfer qui le chauffe, est très froid, — disent les sorcières qui le baisent à la messe noire du Sabbat. C'était un certain et ci-devant abbé Reniant,

— un nom fatidique! — lequel, dans cette société à l'envers de la Révolution, qui défaisait tout, s'était fait, de son chef, de prêtre sans foi médecin sans science, et qui pratiquait clandestinement un empirisme suspect et, qui sait? peut-être meurtrier. Avec les hommes instruits, il ne convenait pas de son industrie. Mais, il avait persuadé aux gens des basses classes de la ville et des environs qu'il en savait plus long que tous les médecins à brevets et à diplômes... On disait mystérieusement qu'il avait des secrets pour guérir. Des *secrets!* ce grand mot qui répond à tout parce qu'il ne répond à rien, le cheval de bataille de tous les empiriques, qui sont maintenant tout ce qui reste des sorciers, si puissants jadis sur l'imagination populaire. Ce ci-devant abbé Reniant, « car, — disait-il avec colère, — ce diable de titre d'abbé était comme une teigne sur son nom que toutes les calottes de *brai* n'auraient pu jamais en arracher! » — ne se livrait point par amour du gain à ces fabrications cachées de remèdes, qui pouvaient être des empoisonnements : il avait de quoi vivre. Mais il obéissait au démon dangereux des expériences qui commence par traiter la vie humaine comme une matière à expérimentation, et qui finit par faire des Sainte-Croix et des Brinvilliers! Ne voulant pas avoir affaire avec les médecins patentés, comme il les appelait d'un ton de mépris, il était le propre apothicaire de ses drogues et il vendait ou donnait ses breuvages, — car bien souvent il les donnait, — à condition pourtant qu'on lui en rapportât les bouteilles. Ce coquin, qui n'était pas un sot, savait intéresser les passions de ses malades à sa médecine. Il donnait du vin blanc, mêlé à je ne sais quelles herbailles, aux hydropiques par ivrognerie, et aux filles *embarrassées*, — disaient les paysans en clignant de l'œil, — des tisanes qui *tout de même faisaient fondre leurs embarras*. C'était un homme de taille moyenne, de mine frigide et discrète, vêtu dans le genre du vieux M. de Mesnilgrand (mais en bleu), portant, autour d'une figure de la couleur du lin qui n'a pas été blanchi, des cheveux en rond (la seule chose qu'il eût gardée du prêtre) d'une odieuse nuance filasse, et droits comme des chandelles; peu parleur et compendieux quand il se mettait à parler. Froid et propret comme la crémaillère d'une cheminée hollandaise, en ces dîners où l'on disait tout et où il sirotait mièvrement son vin dans son angle de table quand les autres lampaient le leur, il plaisait peu à ces bouillants, qui le comparaient à du vin tourné de Sainte-Nitouche, un vignoble de leur invention. Mais cet air-là ne donna que plus de ragoût à son histoire, quand il dit modestement que, pour lui, ce qu'il avait fait de mieux contre *l'infâme* de M. de Voltaire, ç'avait été un jour — dame! on fait ce qu'on peut! — de donner un paquet d'hosties à des cochons!

A ce mot-là, il y eut un tonnerre d'interjections triomphantes. Mais le vieux M. de Mesnilgrand le coupa de sa voix incisive et grêle :

— C'est, sans doute, dit-il, — la dernière fois, l'abbé, que vous avez donné la communion!

Et le pince-sans-rire mit sa main blanche et sèche au-dessus de ses yeux, pour voir le Reniant, posé maigrement derrière son verre entre les deux larges poitrines de ses deux voisins, le capitaine Rançonnet, empourpré et flambant comme une torche, et le capitaine au 6e cuirassiers, Travers de Mautravers, qui ressemblait à un caisson.

— Il y avait déjà longtemps que je ne la donnais plus, — reprit le ci-devant prêtre, — et que j'avais jeté ma souquenille aux orties du chemin. C'était en pleine révolution, le temps où vous étiez ici, citoyen Le Carpentier, en tournée de représentant du peuple. Vous vous rappelez bien une jeune fille d'Hémevès que vous fîtes mettre à la maison d'arrêt? une enragée! une épileptique!

— Tiens! — dit Mautravers, — il y a une femme mêlée aux hosties! L'avez-vous aussi donnée aux cochons?

— Tu te crois spirituel, Mautravers? — fit Rançonnet. — Mais n'interrompez donc pas l'abbé. L'abbé, finissez-nous l'histoire.

— Ah! l'histoire — reprit Reniant — sera bientôt contée. Je disais donc, monsieur Le Carpentier, cette fille d'Hémevès, vous en souvenez-vous? On l'appelait la Tesson... Joséphine Tesson, si j'ai bonne mémoire, une grosse maflée, — une espèce de Marie Alacoque pour le tempérament sanguin, l'âme damnée des chouans et des prêtres, qui lui avaient allumé le sang, qui l'avaient fanatisée et rendue folle... Elle passait sa vie à les cacher, les prêtres... Quand il s'agissait d'en sauver un, elle eût bravé trente guillotines. Ah! les ministres du Seigneur! comme elle les nommait, elle les cachait chez elle, et partout. Elle les eût cachés sous son lit, dans son lit, sous ses jupes, et, s'ils avaient pu y tenir, elles les aurait tous fourrés et tassés, le Diable m'emporte! là où elle avait mis leur boîte à hosties — entre ses tétons!

— Mille bombes! — fit Rançonnet, exalté.

— Non, pas mille, mais deux seulement, monsieur Rançonnet, — dit, en riant de son calembour, le vieux apostat libertin ; — mais elles étaient de fier calibre !

Le calembour trouva de l'écho. Ce fut une risée.

— Singulier ciboire qu'une gorge de femme ! — fit le docteur Bleny, rêveur.

— Ah ! le ciboire de la nécessité ! — reprit Reniant, à qui le flegme était déjà revenu. — Tous ces prêtres qu'elle cachait, persécutés, poursuivis, traqués, sans église, sans sanctuaire, sans asile quelconque, lui avaient donné à garder leur Saint-Sacrement, et ils l'avaient campé dans sa poitrine, croyant qu'on ne viendrait jamais le chercher là !... Oh ! ils avaient une furieuse foi en elle. Ils la disaient une sainte. Ils lui faisaient croire qu'elle en était une. Ils lui montaient la tête et lui donnaient soif du martyre. Elle, intrépide, ardente, allait et venait, et vivait hardiment avec sa boîte à hosties sous sa bavette. Elle la portait de nuit, par tous les temps, la pluie, le vent, la neige, le brouillard, à travers des chemins de perdition aux prêtres cachés qui faisaient communier les mourants, en *catimini*... Un soir, nous l'y surprîmes, dans une ferme où mourait un chouan, moi et quelques bons garçons des Colonnes Infernales de Rossignol. Il y en eut un qui, tenté par ses maîtres avant-postes de chair vive, voulut prendre des libertés avec elle ; mais il n'en fut pas le bon marchand, car elle lui imprima ses dix griffes sur la figure, à une telle profondeur qu'il a dû en rester marqué pour toute sa vie ! Seulement, tout en sang qu'elle le mît, le mâtin ne lâcha pas ce qu'il tenait, et il arracha la boîte à bons dieux qu'il avait trouvée dans sa gorge : et j'y comptai bien une douzaine d'hosties que, malgré ses cris et ses ruées, car elle se rua sur nous comme une furie, je fis jeter immédiatement dans l'auge aux cochons.

Et il s'arrêta, faisant jabot, pour une si belle chose, comme un pou sur une tumeur qui se donnerait des airs.

— Vous avez donc vengé messieurs les porcs de l'Evangile, dans le corps desquels Jésus-Christ fit entrer des démons, — dit le vieux M. de Mesnilgrand de sa sarcastique voix de tête — vous avez mis le bon Dieu dans ceux-ci à la place du Diable : c'est un prêté pour un rendu.

— Et en eurent-ils une indigestion, M. Reniant, ou bien les amateurs qui en mangèrent ? — demanda profondément un hideux petit bourgeois nommé Le Hay, usurier à cinquante pour cent de son état et qui avait l'habitude de dire qu'*en tout il faut considérer la fin*.

Il y eut comme un temps d'arrêt dans ce flot d'impiétés grossières.

— Mais toi, tu ne dis rien, Mesnil, de l'histoire de l'abbé Reniant ? — fit le capitaine Rançonnet qui guettait l'occasion d'accrocher n'importe à quoi son histoire de la visite de Mesnilgrand à l'église.

Mesnil ne disait rien, en effet. Il était accoudé, la joue dans sa main, sur le bord de la table, écoutant sans horripilation, mais sans goût, toutes ces horreurs, débitées par des endurcis, et sur lesquelles il était blasé et bronzé... Il en avait tant entendu toute sa vie dans les milieux qu'il avait traversés ! Les milieux, pour l'homme, c'est presque une destinée. Au moyen âge, le chevalier de Mesnilgrand aurait été un croisé brûlant de foi. Au XIXe siècle, c'était un soldat de Bonaparte, à qui son incrédule de père n'avait jamais parlé de Dieu, et qui, particulièrement en Espagne, avait vécu dans les rangs d'une armée qui se permettait tout, et qui commettait autant de sacrilèges qu'à la prise de Rome les soldats du connétable de Bourbon. Heureusement, les milieux ne sont absolument une fatalité que pour les âmes et les génies vulgaires. Pour les personnalités vraiment fortes, il y a quelque chose, ne fût-ce qu'un atome, qui échappe au milieu et résiste à son action toute-puissante. Cet atome dormait invincible dans Mesnilgrand. Ce jour-là, il n'aurait rien dit : il aurait laissé passer avec l'indifférence du bronze ce torrent de fange impie qui roulait devant lui en bouillonnant, comme un bitume de l'enfer ; mais, interpellé par Rançonnet :

— Que veux-tu que je te dise ? — fit-il, avec une lassitude qui touchait à la mélancolie. — M. Reniant n'a pas fait une chose si crâne pour que, toi, tu puisses tant l'admirer ! S'il avait cru que c'était Dieu, le Dieu vivant, le Dieu vengeur qu'il jetait aux porcs, au risque de la foudre sur le coup ou de l'enfer, sûrement, pour plus tard, il y aurait eu là du moins de la bravoure, du mépris *de plus que la mort*, puisque Dieu, s'il est, peut éterniser la torture. Il y aurait eu là une crânerie, folle, sans doute, mais enfin une crânerie à tenter un crâne aussi crâne que toi ! Mais la chose n'a pas cette beauté-là, mon cher. M. Reniant ne croyait pas que ces hosties fussent Dieu. Il n'avait pas là-dessus le moindre doute. Pour lui, ce n'étaient que des morceaux de *pain à chanter*, consacrés par une superstition imbécile, et pour lui, comme pour toi-même, mon pauvre Rançonnet, vider la boîte aux hosties dans l'auge aux cochons, n'était pas plus héroïque que d'y vider une tabatière ou un cornet de pains à cacheter.

— Eh! eh! — fit le vieux M. de Mesnilgrand, se renversant sur le dossier de sa chaise, ajustant son fils sous sa main en visière, comme il l'eût regardé tirer un coup de pistolet bien en ligne, toujours intéressé par ce que disait son fils, même quand il n'en partageait pas l'idée, et ici il la partageait. Aussi doubla-t-il son : Eh! eh!

— Il n'y a donc ici, mon pauvre Rançonnet, — reprit Mesnil, — disons le mot... qu'une cochonnerie. Mais ce que je trouve beau, moi, et très beau, ce que je me permets d'admirer, messieurs, quoique je ne croie pas non plus à grand'chose, c'est cette fille Tesson, comme vous l'appelez, M. Reniant, qui porte ce qu'elle croit son Dieu sur son cœur ; qui, de ses deux seins de vierge fait un tabernacle à ce Dieu de toute pureté ; et qui respire, et qui vit, et qui traverse tranquillement toutes les vulgarités et tous les dangers de la vie avec cette poitrine intrépide et brûlante, surchargée d'un Dieu, tabernacle et autel à la fois, et autel qui, à chaque minute, pouvait être arrosé de son propre sang!... Toi, Rançonnet, toi, Mautravers, toi, Sélune, et moi aussi, nous avons tous eu l'Empereur sur la poitrine, puisque nous avions sa Légion d'honneur, et cela nous a parfois donné plus de courage au feu de l'y avoir. Mais elle, ce n'est pas l'image de son Dieu qu'elle a sur la sienne : c'en est, pour elle, la réalité. C'est le Dieu substantiel, qui se touche, qui se donne, qui se mange, et qu'elle porte, au prix de sa vie, à ceux qui ont faim de ce Dieu-là! Eh bien, ma parole d'honneur! je trouve cela tout simplement sublime... Je pense de cette fille comme en pensaient les prêtres, qui lui donnaient leur Dieu à porter. Je voudrais savoir ce qu'elle est devenue. Elle est peut-être morte ; peut-être vit-elle, misérable, dans quelque coin de campagne ; mais je sais bien que, fussé-je maréchal de France, si je la rencontrais, cherchât-elle son pain, les pieds nus dans la fange, je descendrais de cheval et lui ôterais respectueusement mon chapeau, à cette noble fille, comme si c'était vraiment Dieu qu'elle eût encore sur le cœur! Henri IV, un jour, ne s'est-il pas agenouillé dans la boue, devant le Saint-Sacrement qu'on portait à un pauvre, avec plus d'émotion que moi je ne m'agenouillerais devant cette fille-là?

Il n'avait plus la joue sur sa main. Il avait rejeté sa tête en arrière. Et, pendant qu'il parlait de s'agenouiller, il grandissait, et, comme la fiancée de Corinthe dans la poésie de Gœthe, il semblait, sans s'être levé de sa chaise, grandi du buste jusqu'au plafond.

— C'est donc la fin du monde! — dit Mautravers, en cassant un noyau de pêche avec son poing fermé, comme avec un marteau. — Des chefs d'escadron de hussards à genoux, maintenant, devant des dévotes!

— Et encore, — dit Rançonnet, — encore, si c'était comme l'infanterie devant la cavalerie, pour se relever et passer sur le ventre à l'ennemi! Après tout, ce ne sont pas là de désagréables maîtresses que ces diseuses d'*oremus*, que toutes ces mangeuses de bon Dieu, qui se croient damnées à chaque bonheur qu'elles nous donnent et que nous leur faisons partager. Mais, capitaine Mautravers, il y a pis pour un soldat que de mettre à mal quelques bigotes : c'est de devenir dévot soi-même, comme une poule mouillée de pékin, quand on a traîné le bancal!... Pas plus tard que dimanche dernier, où pensez-vous, messieurs, qu'à la tombée du jour j'ai surpris le commandant Mesnilgrand, ici présent?...

Personne ne répondit. On cherchait ; mais, de tous les points de la table, les yeux convergeaient vers le capitaine Rançonnet.

— Par mon sabre! — dit Rançonnet, — je l'ai rencontré... non pas rencontré, car je respecte trop mes bottes pour les traîner dans le crottin de leurs chapelles ; mais je l'ai aperçu, de dos, qui se glissait dans l'église, en se courbant sous la petite porte basse du coin de la place. Étonné, ébahi : Eh! sacrebleu! me suis-je dit, ai-je la berlue?... Mais c'est la tournure de Mesnilgrand, ça!... Mais que va-t-il donc faire dans une église, Mesnilgrand?... L'idée me regalopa au cerveau de nos anciennes farces amoureuses avec les satanées béguines des églises d'Espagne. Tiens! fis-je, ce n'est donc pas fini? Ce sera encore de la vieille influence de jupon. Seulement, que le Diable m'arrache les yeux avec ses griffes si je ne vois pas la couleur de celui-ci! Et j'entrai dans leur boutique à messes... Malheureusement, il y faisait noir comme dans la gueule de l'enfer. On y marchait et on y trébuchait sur de vieilles femmes à genoux, qui y marmottaient leurs patenôtres. Impossible de rien distinguer devant soi, lorsque à force de tâtonner pourtant dans cet infernal mélange d'obscurité et de carcasses de vieilles dévotes en prières, ma main rattrapa mon Mesnil, qui filait déjà le long de la contre-allée. Mais, croirez-vous bien qu'il ne voulut jamais me dire ce qu'il était venu faire dans cette galère d'église?...

Voilà pourquoi je vous le dénonce aujourd'hui, messieurs, pour que vous le forciez à s'expliquer.

— Allons, parle, Mesnil, justifie-toi. Réponds à Rançonnet, — cria-t-on de tous les coins de la salle.

— Me justifier! — dit Mesnil gaîment — Je n'ai pas à me justifier de faire ce qui me plaît. Vous qui clabaudez à cœur de journée contre l'Inquisition, est-ce que vous êtes des inquisiteurs en sens inverse, à présent? Je suis entré dans l'église, dimanche soir, parce que cela m'a plu.

— Et pourquoi cela t'a-t-il plu?... — fit Mautravers, car si le Diable est logicien, un capitaine de cuirassiers peut bien l'être aussi.

— Ah! voilà! — dit Mesnilgrand, en riant. — J'y allais... qui sait? peut-être à confesse. J'ai du moins fait ouvrir la porte d'un confessionnal. Mais tu ne peux pas dire, Rançonnet, que ma confession ait trop duré?...

Ils voyaient bien qu'il se jouait d'eux... Mais il y avait dans cette jouerie quelque chose de mystérieux qui les agaçait.

— Ta confession! mille millions de flammes! Ton plongeon serait donc fait? — dit tristement Rançonnet, terrassé, qui prenait la chose au tragique. Puis, se rejetant dans sa pensée et se renversant comme un cheval cabré : — Mais non, — cria-t-il, — tonnerre des tonnerres! c'est impossible! Voyez-vous, vous autres, le chef d'escadron Mesnilgrand à confesse, comme une vieille bonne femme, à deux genoux sur le strapontin, le nez au guichet, dans la guérite d'un prêtre? Voilà un spectacle qui ne m'entrera jamais dans le crâne! Trente mille balles plutôt!

— Tu es bien bon; je te remercie, — fit Mesnilgrand avec une douceur comique, la douceur d'un agneau.

— Parlons sérieusement, — dit Mautravers. — Je suis comme Rançonnet. Je ne croirai jamais à une capucinade d'un homme de ton calibre, mon brave Mesnil. Même à l'heure de la mort, les gens comme toi ne font pas un saut de grenouille effrayée dans un baquet d'eau bénite.

— A l'heure de la mort, je ne sais pas ce que vous ferez, messieurs, — répondit lentement Mesnilgrand; — mais quant à moi, avant de partir pour l'autre monde, je veux faire à tout risque mon porte-manteau.

Et ce mot d'officier de cavalerie fut si gravement dit qu'il y eut un silence, comme celui du pistolet qui tirait, il n'y a qu'une minute, et tapageait, et dont la détente a cassé.

— Laissons cela, du reste, — continua Mesnilgrand. — Vous êtes, à ce qu'il paraît, encore plus abrutis que moi par la guerre et par la vie que nous avons menée tous... Je n'ai rien à dire à l'incrédulité de vos âmes; mais puisque toi, Rançonnet, tu tiens à toute force à savoir pourquoi ton camarade Mesnilgrand, que tu crois aussi athée que toi, est entré l'autre soir à l'église, je veux bien et je vais te le dire. Il y a une histoire là-dessous... Quand elle sera dite, tu comprendras peut-être, même sans croire à Dieu, qu'il y soit entré.

Il fit une pause, comme pour donner plus de solennité à ce qu'il allait raconter, puis il reprit :

— Tu parlais de l'Espagne, Rançonnet. C'est justement en Espagne que mon histoire s'est passée. Plusieurs d'entre vous y ont fait la guerre fatale qui, dès 1808, commença le désastre de l'Empire et tous nos malheurs. Ceux qui l'ont faite, cette guerre-là, ne l'ont pas oubliée, et toi, par parenthèse, moins que personne, commandant Sélune! Tu en as le souvenir gravé assez avant sur la figure pour que tu ne puisses pas l'effacer.

Le commandant Sélune, assis auprès du vieux M. de Mesnilgrand, faisait face à Mesnil. C'était un homme d'une forte stature militaire et qui méritait de s'appeler *le Balafré* encore plus que le duc de Guise, car il avait reçu en Espagne, dans une affaire d'avant-poste, un immense coup de sabre courbe, si bien appliqué sur sa figure qu'elle en avait été fendue, nez et tout, en écharpe, de la tempe gauche jusqu'au-dessous de l'oreille droite. A l'état normal, ce n'aurait été qu'une terrible blessure d'un assez noble effet sur le visage d'un soldat; mais le chirurgien qui avait rapproché les lèvres de cette plaie béante, pressé ou maladroit, les avait mal rejointes, et à la guerre comme à la guerre! On était en marche, et, pour en finir plus vite, il avait coupé avec des ciseaux le bourrelet de chair qui débordait de deux doigts l'un des côtés de la plaie fermée; ce qui fit, non pas un sillon dans le visage de Sélune, mais un épouvantable ravin. C'était horrible, mais, après tout, grandiose. Quand le sang montait au visage de Sélune, qui était violent, la blessure rougissait, et c'était comme un large ruban rouge qui lui traversait sa face bronzée : « Tu portes — lui disait Mesnil au cours de leurs communes ambitions — ta croix de grand-officier de la Légion d'honneur sur ta figure, avant de l'avoir sur ta poitrine; mais sois tranquille, elle y descendra. »

Elle n'y était pas descendue; l'Empire avait fini avant. Sélune n'était que chevalier.

— Eh bien, messieurs, — continua Mesnilgrand, nous avons vu des choses bien atroces en Espagne, n'est-ce pas? et même nous en avons fait; mais je ne crois pas avoir vu rien de plus abominable que ce que je vais avoir l'honneur de vous raconter.

— Pour mon compte, — dit nonchalamment Sélune, avec la fatuité d'un vieil endurci qui n'entend pas qu'on l'émeuve de rien, — pour mon compte, j'ai vu un jour quatre-vingts religieuses jetées l'une sur l'autre, à moitié mortes, dans un puits, après avoir été préalablement très bien violées chacune par deux escadrons.

— Brutalité de soldats! — fit Mesnilgrand froidement; — mais voici du raffinement d'officier.

Il trempa sa lèvre dans son verre, et, son regard cerclant la table et l'étreignant :

— Y a-t-il quelqu'un d'entre vous, messieurs, — demanda-t-il, — qui ait connu le major Ydow?

Personne ne répondit, excepté Rançonnet.

— Il y a moi, — dit-il. — Le major Ydow! si je l'ai connu! Eh! parbleu! il était avec moi au 8e dragons.

— Puisque tu l'as connu, — reprit Mesnilgrand, — tu ne l'as pas connu seul. Il était arrivé au 8e dragons, arboré d'une femme...

— La Rosalba, dite « la Pudica », — fit Rançonnet, sa fameuse... Et il dit le mot crûment.

« Oui, — repartit Mesnilgrand pensivement, — car une pareille femme ne méritait pas le nom de maîtresse, même de celle d'Ydow... Le major l'avait amenée d'Italie, où, avant de venir en Espagne, il servait dans un corps de réserve, avec le grade de capitaine. Comme il n'y a ici que toi, Rançonnet, qui l'ait connu, ce major Ydow, tu me permettras bien de le présenter à ces messieurs et de leur donner une idée de ce diable d'homme, dont l'arrivée au 8e dragons tapagea beaucoup quand il y entra, avec cette femme en sautoir. Il n'était pas Français, à ce qu'il paraît. Ce n'est pas tant pis pour la France. Il était né je ne sais où et de je ne sais qui, en Illyrie ou en Bohême, je ne suis pas bien sûr... Mais, où qu'il fût né, il était étrange, ce qui est une manière d'être étranger partout. On l'aurait cru le produit d'un mélange de plusieurs races. Il disait, lui, qu'il fallait prononcer son nom à la grecque : Ἀΐδον, pour Ydow, parce qu'il était d'origine grecque; et sa beauté l'aurait fait croire, car il était beau, et, le Diable m'emporte! peut-être trop pour un soldat. Qui sait si on ne tient pas moins à se faire casser la figure, quand on l'a aussi belle? On a pour soi le respect qu'on a pour les chefs-d'œuvre. Tout chef-d'œuvre qu'il fût, cependant, il allait au feu avec les autres; mais quand on avait

— Vous êtes, a ce qu'il parait, encore plus abrutis que moi...

dit cela du major Ydow, on avait tout dit. Il faisait son devoir, mais il ne faisait jamais plus que son devoir. Il n'avait pas ce que l'Empereur appelait le *feu sacré*. Malgré sa beauté, dont je convenais très bien, d'ailleurs, je lui trouvais au fond une mauvaise figure, sous ses traits superbes. Depuis que j'ai traîné dans les musées, où vous n'allez jamais, vous autres, j'ai rencontré la ressemblance du major Ydow. Je l'ai rencontrée très frappante dans un des bustes d'Antinoüs... tenez! de celui-là auquel le caprice ou le mauvais goût du sculpteur a incrusté deux émeraudes dans le marbre des prunelles. Au lieu de marbre blanc, les yeux vert de mer du major éclairaient un teint chaudement olivâtre et un angle facial irréprochable; mais, dans la lueur de ces mélancoliques étoiles du soir, qui étaient ses yeux, ce qui dormait si voluptueusement, ce n'était pas Endymion : c'était un tigre... et, un jour, je l'ai vu s'éveiller !... Le major Ydow était, en même temps, brun et blond. Ses cheveux bouclaient très noirs et très serrés autour d'un front petit, aux tempes renflées, tandis que sa longue et soyeuse moustache avait le blond fauve et presque jaune de la martre zibeline... Signe (dit-on) de trahison ou de perfidie, qu'une chevelure et une barbe de couleur différente. Traître ? le major l'aurait peut-être été plus tard. Il eût peut-être, comme tant d'autres, trahi l'Empereur ; mais il ne devait pas en avoir le temps. Quand il vint au 8e dragons, il n'était probablement que faux, et encore pas assez pour ne pas en avoir l'air, comme le voulait le vieux malin de Souwarow, qui s'y connaissait... Fut-ce cet air-là qui commença son impopularité parmi ses camarades ? Toujours est-il qu'il devint, en très peu de temps, la bête noire du régiment. Très fat d'une beauté à laquelle j'aurais préféré, moi, bien des laideurs de ma connaissance, il ne semblait n'être, en somme, comme disent soldatesquement les soldats, qu'un miroir à... à ce que tu viens de nommer, Rançonnet, à propos de la Rosalba. Le major Ydow avait trente-cinq ans. Vous comprenez bien qu'avec cette beauté qui plaît à toutes les femmes, même aux plus fières, — c'est leur infirmité, — le major Ydow avait dû être horriblement gâté par elles et chamarré de tous les vices qu'elles donnent ; mais il avait aussi, disait-on, ceux qu'elles ne donnent pas et dont on ne se chamarre point... Certes, nous n'étions pas, comme tu le dirais, Rançonnet, des capucins dans ce temps-là. Nous étions même d'assez mauvais sujets, joueurs, libertins, coureurs de filles, duellistes, ivrognes au besoin, et mangeurs d'argent sous toutes les espèces. Nous n'avions guère le droit d'être difficiles. Eh bien ! tels que nous étions alors, il passait pour bien pire que nous. Nous, il y avait des choses, — pas beaucoup ! mais enfin, il y en avait bien une ou deux, dont, si démons que nous fussions, nous n'aurions pas été capables. Mais lui (prétendait-on), il était capable de tout. Je n'étais pas dans le 8e dragons. Seulement, j'en connaissais tous les officiers. Ils parlaient de lui cruellement. Ils l'accusaient de servilité avec les chefs et de basse ambition. Ils suspectaient son caractère. Ils allèrent même jusqu'à le soupçonner d'espionnage, et même il se battit courageusement deux fois pour ce soupçon entre-exprimé ; mais l'opinion n'en fut pas changée. Il est toujours resté sur cet homme une brume qu'il n'a pu dissiper. De même qu'il était brun et blond à la fois, ce qui est assez rare, il était aussi à la fois heureux au jeu et heureux en femmes ; ce qui n'est pas l'usage non plus. On lui faisait payer bien cher ces bonheurs-là, du reste. Ces doubles succès, ces airs à la Lauzun, la jalousie qu'inspirait sa beauté, — car les hommes ont beau faire les forts et les indifférents quand il s'agit de laideur, et répéter le mot consolant qu'ils ont inventé : qu'un homme est toujours assez beau quand il ne fait pas peur à son cheval, ils sont, entre eux, aussi petitement et lâchement jaloux que les femmes entre elles, — tout cet ensemble d'avantages était l'explication, sans doute, de l'antipathie dont il était l'objet ; antipathie qui, par haine, affectait les formes du mépris, car le mépris outrage plus que la haine, et la haine le sait bien !... Que de fois ne l'ai-je pas entendu traiter, entre le haut et le bas de la voix, de « dangereuse canaille, » quoique, s'il eût fallu prouver clairement qu'il en était une, on ne l'eût certainement pas pu... Et de fait, messieurs, encore au moment où je vous parle, il est incertain pour moi que le major Ydow fût ce qu'on disait qu'il était... Mais, tonnerre ! — ajouta Mesnilgrand avec une énergie mêlée à une horreur étrange, — ce qu'on ne disait pas et ce qu'il a été un jour, je le sais, et cela me suffit ! »

— Cela nous suffira aussi probablement, — dit gaîment Rançonnet ; — mais, sacrebleu ! quel diable de rapport peut-il y avoir entre l'église où je t'ai vu entrer dimanche soir et ce damné major du 8e dragons, qui aurait pillé toutes les églises et toutes les cathédrales d'Espagne et de la chrétienté, pour faire des bijoux à sa coquine de femme avec l'or et les pierres précieuses des Saints-Sacrements ?

— Reste donc dans le rang, Rançonnet ! — fit Mesnil, comme s'il eût commandé un mouvement à son escadron, — et tiens-toi tranquille ! Tu seras donc toujours la même tête chaude, et partout impatient comme devant l'ennemi ? Laisse-moi manœuvrer, comme je l'entends, mon histoire.

— Eh bien ! marche ! — fit le bouillant capitaine, qui, pour se calmer, lampa un verre de picardan. Et Mesnilgrand reprit :

« Il est bien probable que sans cette femme qui le suivait, et qu'on appelait sa femme, quoiqu'elle ne fût que sa maîtresse et qu'elle ne portât pas son nom, le major Ydow eût peu frayé avec les officiers du 8e dragons. Mais cette femme, qu'on supposait tout ce qu'elle était pour s'être agrafée à un pareil homme, empêcha qu'on ne fît autour du major le désert qu'on aurait fait sans elle. J'ai vu cela dans les régiments. Un homme y tombe en suspicion ou en discrédit, on n'a plus avec lui que de stricts rapports de service ; on ne *camarade* plus ; on n'a plus pour lui de poignées de main ; au café même, ce caravansérail d'officiers, dans l'atmosphère chaude et familière du café, où toutes les froideurs se fondent, on reste à distance, contraint et poli jusqu'à ce qu'on ne le soit plus et qu'on éclate, s'il vient le moment d'éclater. Vraisemblablement, c'est ce qui serait arrivé au major ; mais une femme, c'est l'aimant du Diable ! Ceux qui ne l'auraient pas vu pour lui, le virent pour elle. Qui n'aurait pas, au café, offert un verre de *schnick* au major, dédoublé de sa femme, le lui offrait en pensant à sa moitié, en calculant que c'était là un moyen d'être invité chez lui où il serait possible de la rencontrer... Il y a une proportion d'arithmétique morale, écrite, avant qu'elle le fût par un philosophe sur du papier, dans la poitrine de tous les hommes, comme un encouragement du Démon : « c'est qu'il y a plus loin d'une femme à son premier amant, que de son premier au dixième. » et c'était, à ce qu'il semble, plus vrai avec la femme du major qu'avec personne. Puisqu'elle s'était donnée à lui, elle pouvait bien se donner à un autre, et, ma foi ! tout le monde pouvait être cet autre-là ! En un temps fort court, au 8e dragons, on sut combien il y avait peu d'audace dans cette espérance. Pour tous ceux qui ont le flair de la femme, et qui en respirent la vraie odeur à travers tous les voiles blancs et parfumés de vertu dans lesquels elle s'entortille, la Rosalba fut reconnue tout de suite pour la plus corrompue des femmes corrompues, — dans le mal, une perfection !

« Et je ne la calomnie point, n'est-ce pas, Rançonnet ?... Tu l'as eue peut-être, et si tu l'as eue, tu sais maintenant s'il fut jamais une plus brillante, une plus fascinante cristallisation de tous les vices ! Où le major l'avait-il prise ?... D'où sortait-elle ? Elle était si jeune ! On n'osa pas, tout d'abord, se le demander ; mais ce ne fut pas long, l'hésitation ! L'incendie — car elle n'incendia pas que le 8e dragons, mais mon régiment de hussards à moi, mais aussi, tu t'en souviens, Rançonnet, tous les états-majors du corps d'expédition dont nous faisions partie, — l'incendie qu'elle alluma prit très vite d'étranges proportions... Nous avions vu bien des femmes, maîtresses d'officiers, et suivant les régiments, quand les officiers pouvaient se payer le luxe d'une femme dans leurs bagages : les colonels fermaient les yeux sur cet abus, et quelquefois se le permettaient. Mais de femme à la façon de cette Rosalba, nous n'en avions pas même l'idée. Nous étions accoutumés à de belles filles, si vous voulez, mais presque toutes du même type, décidé, hardi, presque masculin, presque effronté ; le plus souvent de belles brunes plus ou moins passionnées, qui ressemblaient à de jeunes garçons, très piquantes et très voluptueuses sous l'uniforme que la fantaisie de leurs amants leur faisait porter quelquefois... Si les femmes d'officiers, légitimes et honnêtes, se reconnaissent des autres femmes par quelque chose de particulier commun à elles toutes, et qui tient au milieu militaire dans lequel elles vivent, ce quelque chose-là est bien autrement marqué dans les maîtresses. Mais, la Rosalba du major Ydow n'avait rien de semblable aux aventurières de troupes et aux suiveuses de régiment dont nous avions l'habitude. Au premier abord, c'était une grande jeune fille pâle, — mais qui ne restait pas longtemps pâle, comme vous allez voir, — avec une forêt de cheveux blonds. Voilà tout. Il n'y avait pas de quoi s'écrier. Sa blancheur de teint n'était pas plus blanche que celle de toutes les femmes à qui un sang frais et sain passe sous la peau. Ses cheveux n'étaient pas de ce blond étincelant, qui a les fulgurances métalliques de l'or ou les teintes molles et endormies de l'ambre gris, que j'ai vu à quelques Suédoises. Elle avait le visage classique qu'on appelle un visage de camée, mais qui ne différait par aucun signe particulier de cette sorte de visage, si impatientant pour les âmes passionnées, avec son invariable correction et son unité. Au prendre ou au laisser, c'était certainement ce qu'on peut appeler une belle fille, dans l'ensemble de sa personne... Mais les philtres qu'elle faisait boire n'étaient point dans sa beauté... Ils étaient ailleurs... Ils étaient où vous ne devineriez jamais qu'ils fussent... dans ce monstre d'impudicité qui osait s'appeler Rosalba, qui osait porter ce nom immaculé de Rosalba, qu'il ne faudrait donner qu'à l'innocence, et qui, non contente d'être la Rosalba, la Rose et Blanche, s'appelait encore la Pudique, la Pudica, par-dessus le marché ! »

— Virgile aussi s'appelait « le pudique, » et il a écrit le *Corydon ardebat Alexim*, — insinua Reniant, qui n'avait pas oublié son latin.

« Et ce n'était pas une ironie — continua Mesnilgrand — que ce surnom de Rosalba, qui ne fut point inventé par nous, mais que nous lûmes dès le premier jour sur son front, où la nature l'avait écrit avec toutes les roses de sa création. La Rosalba n'était pas seulement une fille de l'air le plus étonnamment pudique pour ce qu'elle était ; c'était positivement la Pudeur elle-même. Elle eût été pure comme les Vierges du ciel, qui rougissent peut-être sous le regard des Anges, qu'elle n'eût pas été plus la Pudeur. Qui donc a dit — ce doit être un Anglais — que le monde est l'œuvre du Diable, devenu fou ? C'était sûrement ce Diable-là qui, dans un accès de folie, avait créé la Rosalba, pour se faire le plaisir... du Diable, de fricasser, l'une après l'autre, la volupté dans la pudeur et la pudeur dans la volupté, et de pimenter, avec un condiment céleste, le ragoût infernal des jouissances qu'une femme puisse donner à des hommes mortels. La pudeur de la Rosalba n'était pas une simple physionomie, laquelle, par exemple, aurait, celle-là, renversé de fond en comble le système de Lavater. Non, chez elle, la pudeur n'était pas le *dessus du panier ;* elle était aussi bien le dessous que le dessus de la femme, et elle frissonnait et palpitait en elle autant dans le sang qu'à la peau. Ce n'était pas non plus une hypocrisie. Jamais le vice de Rosalba ne rendit cet hommage, pas plus qu'un autre, à la vertu. C'était réellement une vérité. La Rosalba était pudique comme elle était voluptueuse, et le plus extraordinaire, c'est qu'elle l'était en même temps. Quand elle disait ou faisait les choses les plus... osées, elle avait d'adorables manières de dire : « J'ai honte ! » que j'entends encore. Phénomène inouï ! on était toujours au début avec elle, même après le dénouement. Elle fût sortie d'une orgie de bacchantes, comme l'Innocence de son premier péché. Jusque dans la femme vaincue, pâmée, à demi morte, on retrouvait la vierge confuse, avec la grâce toujours fraîche de ses troubles et le charme auroral de ses rougeurs... Jamais je ne pourrai vous faire comprendre les raffolements que ces contrastes vous mettaient au cœur ; le langage périrait à exprimer cela ! »

Il s'arrêta. Il y pensait, et ils y pensaient. Avec ce qu'il venait de dire, il avait, le croira-t-on ? transformé en rêveurs ces soldats qui avaient vu tous les genres de feux, ces moines débauchés, ces vieux médecins, tous ces écumeurs de la vie et qui en étaient revenus. L'impétueux Rançonnet, lui-même, ne souffla mot. Il se souvenait.

« Vous sentez bien, — reprit Mesnilgrand — que le phénomène ne fut connu que plus tard. Tout d'abord, quand elle arriva au 8ᵉ dragons, on ne vit qu'une fille extrêmement jolie quoique belle, dans le genre, par exemple, de la princesse Pauline Borghèse, la sœur de l'Empereur, à qui, du reste, elle ressemblait. La princesse Pauline avait aussi l'air idéalement chaste, et vous savez tous de quoi elle est morte... Mais, Pauline n'avait pas en toute sa personne une goutte de pudeur pour teinter de rose la plus petite place de son corps charmant, tandis que la Rosalba en avait assez dans les veines pour rendre écarlates toutes les places du sien. Le mot naïf et étonné de la Borghèse, quand on lui demanda comment elle avait bien pu poser nue devant Canova : « Mais l'atelier était chaud ! il y avait un poêle ! » la Rosalba ne l'eût jamais dit. Si on lui eût adressé la même question, elle se serait enfuie en cachant son visage divinement pourpre dans ses mains divinement rosées. Seulement, soyez bien sûrs qu'en s'en allant, il y aurait eu par derrière à sa robe un pli dans lequel auraient niché toutes les tentations de l'enfer !

« Telle donc elle était, cette Rosalba, dont le visage de vierge nous pipa tous, quand elle arriva au régiment. Le major Ydow aurait pu nous la présenter comme sa femme légitime, et même comme sa fille, que nous l'aurions cru. Quoique ses yeux d'un bleu limpide fussent magnifiques, ils n'étaient jamais plus beaux que quand ils étaient baissés. L'expression des paupières l'emportait sur l'expression du regard. Pour des gens qui avaient roulé la guerre et les femmes, et quelles femmes ! ce fut une sensation nouvelle que cette créature à qui, comme on dit avec une expression vulgaire, mais énergique, « on aurait donné le bon Dieu sans confession. » Quelle sacrée jolie fille ! se soufflaient à l'oreille les anciens, les vieux routiers ; mais quelle mijaurée ! Comment s'y prend-elle pour rendre le major heureux ?... Il le savait, lui, et il ne le disait pas... Il buvait son bonheur en silence, comme les vrais ivrognes, qui boivent seuls. Il ne renseignait personne sur la félicité cachée qui le rendait discret et fidèle pour la première fois de sa vie, lui, le Lauzun de garnison, le fat le plus carabiné et le plus fastueux, et qu'à Naples, rapportaient des officiers qui l'y avaient connu, on appelait le tambour-major de la séduction ! Sa beauté, dont il était si vain, aurait fait tomber toutes les filles d'Espagne à ses pieds, qu'il n'en eût pas ramassé une. A cette époque, nous étions sur les frontières de l'Espagne et du Portugal, les Anglais devant nous, et nous occupions dans nos marches les villes les moins hostiles au roi Joseph. Le major Ydow et la Rosalba y vivaient ensemble, comme ils eussent fait dans une ville de garnison en temps de paix. Vous vous sou-

CE FUT LA QU'ELLE COMMENÇA DE PRODUIRE SUR LES HOMMES CES EFFETS D'ACHARNEMENT...

venez des acharnements de cette guerre d'Espagne, de cette guerre furieuse et lente, qui ne ressemblait à aucune autre, car nous ne nous battions pas ici simplement pour la conquête, mais pour implanter une dynastie et une organisation nouvelle dans un pays qu'il fallait d'abord conquérir. Aucun de vous n'a oublié qu'au milieu de ces acharnements il y avait des pauses, et que, dans l'entre-deux des batailles les plus terribles, au sein de cette contrée envahie dont une partie était à nous, nous nous amusions à donner des fêtes aux Espagnoles les plus *afrancesadas* des villes que nous occupions. C'est dans ces fêtes que la femme du major Ydow, comme on disait, déjà fort remarquée, passa à l'état de célébrité. Et de fait, elle se mit à briller au milieu de ces filles brunes d'Espagne, comme un diamant dans une torsade de jais. Ce fut là qu'elle commença de produire sur les hommes ces effets d'acharnement qui tenaient, sans doute, à la composition diabolique de son être, et qui faisaient d'elle la plus enragée des courtisanes, avec la figure d'une des plus célestes madones de Raphaël.

« Alors les passions s'allumèrent et allèrent leur train, faisant leur feu dans l'ombre. Au bout d'un certain temps, tous flambèrent, même des vieux, même des officiers généraux qui avaient l'âge d'être sages, tous flambèrent pour « la Pudica, » comme on trouva piquant de l'appeler. Partout et autour d'elle les prétentions s'affichèrent ; puis les coquetteries, puis l'éclat des duels, enfin tout le tremblement d'une vie de femme devenue le centre de la galanterie la plus passionnée, au milieu d'hommes indomptables qui avaient toujours le sabre à la main. Elle fut le sultan de ces redoutables odalisques, et elle jeta le mouchoir à qui lui plut, et beaucoup lui plurent. Quant au major Ydow, il laissa faire et laissa dire... Etait-il assez fat pour n'être pas jaloux, ou, se sentant haï et méprisé, pour jouir, dans son orgueil de possesseur, des passions qu'inspirait à ses ennemis la femme dont il était le maître?... Il n'était guère possible qu'il ne s'aperçût de quelque chose. J'ai vu parfois son œil d'émeraude passer au noir de l'escarboucle, en regardant tel de nous que l'opinion du moment soupçonnait d'être l'amant de sa moitié ; mais il se contenait... Et, comme on pensait toujours de lui ce qu'il y avait de plus insultant, on imputait son calme indifférent ou son aveuglement volontaire à des motifs de la plus abjecte espèce. On pensait que sa femme était encore moins un piédestal à sa vanité qu'une échelle à son ambition. Cela se disait comme ces choses-là se disent, et il ne les entendait pas. Moi qui avais des raisons pour l'observer, et qui trouvais sans justice la haine et le mépris qu'on lui portait, je me demandais s'il y avait plus de faiblesse que de force, ou de force que de faiblesse, dans l'attitude sombrement impassible de cet homme, trahi journellement par sa maîtresse, et qui ne laissait rien paraître des morsures de sa jalousie. Par Dieu ! nous avons tous, messieurs, connu de ces hommes assez fanatisés d'une femme pour croire en elle, quand tout l'accuse, et qui, au lieu de se venger quand la certitude absolue d'une trahison pénètre dans leur âme, préfèrent s'enfoncer dans leur bonheur lâche, et en tirer, comme une couverture par-dessus de leur tête, l'ignominie !

« Le major Ydow était-il de ceux-là ? Peut-être. Mais, certes ! la Pudica était bien capable d'avoir soufflé en lui ce fanatisme dégradant. La Circé antique, qui changeait les hommes en bêtes, n'était rien en comparaison de cette Pudica, de cette Messaline-Vierge, avant, pendant et après. Avec les passions qui brûlaient au fond de son être et celles dont elle embrasait tous ces officiers, peu délicats en matière de femmes, elle fut bien vite compromise, mais elle ne se compromit pas. Il faut bien entendre cette nuance. Elle ne donnait pas prise sur elle ouvertement par sa conduite. Si elle avait un amant, c'était un secret entre elle et son alcôve. Extérieurement, le major Ydow n'avait pas l'étoffe du plus petit bout de scène à lui faire. L'aurait-elle aimé, par hasard?... Elle demeurait avec lui, et elle aurait pu sûrement, si elle avait voulu, s'attacher à la fortune d'un autre. J'ai connu un maréchal de l'Empire assez fou d'elle pour lui tailler un manche d'ombrelle dans son bâton de maréchal. Mais c'est encore ici comme ces hommes dont je vous parlais. Il y a des femmes qui aiment... ce n'est pas leur amant que je veux dire, quoique ce soit leur amant aussi. Les carpes regrettent leur bourbe, disait Mme de Maintenon. La Rosalba ne voulut pas regretter la sienne. Elle n'en sortit pas, et moi j'y entrai. »

— Tu coupes les transitions avec ton sabre ! — fit le capitaine Mautravers.

« Parbleu ! — repartit Mesnilgrand, — qu'ai-je à respecter ? Vous savez tous la chanson qu'on chantait au XVIIIe siècle :

> Quand Boufflers parut à la cour,
> On crut voir la reine d'amour.
> Chacun s'empressait à lui plaire,
> Et chacun l'avait... à son tour !

« J'eus donc mon tour. J'en avais eu, des femmes, et par paquets ! Mais qu'il y en eût une seule comme cette Rosalba, je ne m'en doutais pas. La bourbe fut un paradis. Je ne m'en vais pas vous faire des analyses à la façon des romanciers. J'étais un homme d'action, brutal sur l'article, comme le comte Almaviva, et je n'avais pas d'amour pour elle dans le sens élevé et romanesque qu'on donne à ce mot, moi tout le premier... Ni l'âme, ni l'esprit, ni la vanité, ne furent pour quelque chose dans l'espèce de bonheur qu'elle me prodigua ; mais ce bonheur n'eut pas du tout la légèreté d'une fantaisie. Je ne croyais pas que la sensualité pût être profonde. Ce fut la plus profonde des sensualités. Figurez-vous une de ces belles pêches, à chair rouge, dans lesquelles on mord à belles dents, ou plutôt ne vous figurez rien... Il n'y a pas de figures pour exprimer le plaisir qui jaillissait de cette pêche humaine, rougissant sous le regard le moins appuyé comme si vous l'aviez mordue. Imaginez ce que c'était quand, au lieu du regard, on mettait la lèvre ou la dent de la passion dans cette chair émue et sanguine. Ah ! le corps de cette femme était sa seule âme ! Et c'est avec ce corps-là qu'elle me donna, un soir, une fête qui vous fera juger d'elle mieux que tout ce que je pourrais ajouter. Oui, un soir, n'eut-elle pas l'audace et l'indécence de me recevoir, n'ayant pour tout vêtement qu'une mousseline des Indes transparente, une nuée, une vapeur, à travers laquelle on voyait ce corps, dont la forme était la seule pureté et qui se teignait du double vermillon mobile de la volupté et de la pudeur !... Que le Diable m'emporte si elle ne ressemblait pas, sous sa nuée blanche, à une statue de corail vivant ! Aussi, depuis ce temps, je me suis soucié de la blancheur des autres femmes comme de ça ! »

Et Mesnilgrand envoya d'une chiquenaude une peau d'orange à la corniche, par-dessus la tête du représentant Le Carpentier, qui avait fait tomber celle du roi.

« Notre liaison dura quelque temps, — continua-t-il, — mais ne croyez pas que je me blasai d'elle. On ne s'en blasait pas. Dans la sensation, qui est *finie*, comme disent les philosophes en leur infâme baragouin, elle transportait l'infini ! Non, si je la quittai, ce fut pour une raison de dégoût moral, de fierté pour moi, de mépris pour elle, pour elle qui, au plus fort des caresses les plus insensées, ne me faisait pas croire qu'elle m'aimât... Quand je lui demandais : *M'aimes-tu?* ce mot qu'il est impossible de ne pas dire, même à travers toutes les preuves qu'on vous donne que vous êtes aimé, elle répondait : « Non ! » ou secouait énigmatiquement la tête. Elle se roulait dans ses pudeurs et dans ses hontes, et elle restait là-dessous, au milieu de tous les désordres de sens soulevés, impénétrable comme le sphinx. Seulement, le sphinx était froid, et elle ne l'était pas... Eh bien, cette impénétrabilité qui m'impatientait et m'irritait, puis encore la certitude que j'eus bientôt des fantaisies à la Catherine II qu'elle se permettait, fut la double cause du vigoureux coup de caveçon que j'eus la force de donner pour sortir des bras tout-puissants de cette femme, l'abreuvoir de tous les désirs ! Je la quittai, ou plutôt je ne revins plus à elle. Mais je gardai l'idée qu'une seconde femme comme celle-là n'était pas possible ; et de penser cela me rendit désormais fort tranquille et fort indifférent avec toutes les femmes. Ah ! elle m'a parachevé comme officier. Après elle, je n'ai plus pensé qu'à mon service. Elle m'avait trempé dans le Styx. »

— Et tu es devenu tout à fait Achille ! — dit le vieux monsieur de Mesnilgrand, avec orgueil.

« Je ne sais pas ce que je suis devenu, — reprit Mesnilgrand ; — mais je sais bien qu'après notre rupture, le major Ydow, qui était avec moi dans les mêmes termes qu'avec tous les officiers de la division, nous apprit un jour, au café, que sa femme était enceinte, et qu'il aurait bientôt la joie d'être père. A cette nouvelle inattendue, les uns se regardèrent, les autres sourirent ; mais il ne le vit pas, ou, l'ayant vu, il n'y prit garde, résolu qu'il était, probablement, à ne faire jamais attention qu'à ce qui était une injure directe. Quand il fut sorti : « L'enfant est-il de toi, Mesnil ? » me demanda à l'oreille un de mes camarades ; et dans ma conscience une voix secrète, une voix plus précise que la sienne, me répéta la même question. Je n'osais me répondre. Elle, la Rosalba, dans nos tête-à-tête les plus abandonnés, ne m'avait jamais dit un mot de cet enfant, qui pouvait être de moi, ou du major, ou même d'un autre.. »

— L'enfant du drapeau ! — interrompit Mautravers, comme s'il eût donné un coup de pointe avec sa latte de cuirassier.

« Jamais, — reprit Mesnilgrand, — elle n'avait fait la moindre allusion à sa grossesse ; mais quoi d'étonnant ? C'était, je vous l'ai dit, un sphinx que la Pudica, un sphinx qui dévorait le plaisir silencieusement et gardait son secret. Rien du cœur ne traversait les cloisons physiques de cette femme, ouverte au plaisir seul... et chez qui la pudeur était sans doute la première peur, le premier frisson, le premier embrasement du plaisir! Cela me fit un effet singulier de la savoir enceinte. Convenons-en, messieurs, à présent que nous sommes sortis de la vie bestiale des passions : ce qu'il y a de plus affreux dans les amours partagés, — cette gamelle! — ce n'est pas seulement la malpropreté du partage, mais c'est de plus l'égarement du sentiment paternel ; c'est cette anxiété terrible qui vous empêche d'écouter la voix de la nature, et qui l'étouffe dans un doute dont il est impossible de sortir. On se dit : Est-ce à moi, cet enfant?... Incertitude qui vous poursuit comme la punition du partage, de l'indigne partage auquel on s'est honteusement soumis! Si on pensait longtemps à cela, quand on a du cœur, on deviendrait fou; mais la vie, la vie puissante et légère, vous reprend de son flot et vous emporte, comme le bouchon en liège d'une ligne rompue. — Après cette déclaration faite à nous tous par le major Ydow, le petit tressaillement paternel que j'avais cru sentir dans mes entrailles s'apaisa. Rien ne bougea plus... Il est vrai que quelques jours plus tard, j'avais bien autre chose à penser qu'au bambin de la Pudica. Nous nous battions à Talavera, où le commandant Titan, du 9ᵉ hussards, fut tué à la première charge, et où je fus obligé de prendre le commandement de l'escadron.

« Cette rude peignée de Talavera exaspéra la guerre que nous faisions. Nous nous trouvâmes plus souvent en marche, plus serrés, plus inquiétés par l'ennemi, et forcément il fut moins question de la Pudica entre nous. Elle suivait le régiment en char à bancs, et ce fut là, dit-on, qu'elle accoucha d'un enfant que le major Ydow, qui croyait en sa paternité, se mit à aimer comme si réellement cet enfant avait été le sien. Du moins, quand cet enfant mourut, car il mourut quelques mois après sa naissance, le major eut un chagrin très exalté, un chagrin à folies, et on n'en rit pas dans le régiment. Pour la première fois, l'antipathie dont il était l'objet se tut. On le plaignit beaucoup plus que la mère qui, si elle pleura sa géniture, n'en continua pas moins d'être la Rosalba que nous connaissions tous, cette singulière catin arrosée par le Diable, qui avait, malgré ses mœurs, conservé la faculté, qui tenait du prodige, de rougir jusqu'à l'épine dorsale deux cents fois par jour! Sa beauté ne diminua pas. Elle résistait à toutes les avaries. Et, cependant, la vie qu'elle menait devait faire très vite d'elle ce qu'on appelle entre cavaliers une vieille chabraque, si cette vie de perdition avait duré. »

— Elle n'a donc pas duré? Tu sais donc, toi, ce que cette chienne de femme-là est devenue? — fit Rançonnet, haletant d'intérêt excité, et oubliant pour une minute cette visite à l'église qui le tenait si dru.

« — Oui, — dit Mesnilgrand, concentrant sa voix comme s'il avait touché au point le plus profond de son histoire. — Tu as cru, comme tout le monde, qu'elle avait sombré avec Ydow dans le tourbillon de guerre et d'événements qui nous a enveloppés et, pour la plupart de nous, dispersés et fait disparaître. Mais je vais aujourd'hui te révéler le destin de cette Rosalba. »

Le capitaine Rançonnet s'accouda sur la table en prenant dans sa large main son verre, qu'il y laissa, et qu'il serra comme la poignée d'un sabre, tout en écoutant.

« La guerre ne cessait pas, — reprit Mesnilgrand. — Ces patients dans la fureur, qui ont mis cinq cents ans à chasser les Maures, auraient mis, s'il l'avait fallu, autant de temps à nous chasser. Nous n'avancions dans le pays qu'à la condition de surveiller chaque pas que nous y faisions. Les villages envahis étaient immédiatement fortifiés par nous, et nous les retournions contre l'ennemi. Le petit bourg d'Alcudia, dont nous nous emparâmes, fut notre garnison assez de temps. Un vaste couvent y fut transformé en caserne ; mais l'état-major se répartit dans les maisons du bourg, et le major Ydow eut celle de l'alcade. Or, comme cette maison était la plus spacieuse, le major Ydow y recevait quelquefois le soir le corps des officiers, car nous ne voyions plus que nous. Nous avions rompu avec les *afrancesados*, nous défiant d'eux, tant la haine pour les Français gagnait du terrain! Dans ces réunions entre nous, quelquefois interrompues par les coups de feu de l'ennemi à nos avant-postes, la Rosalba nous faisait les honneurs de quelque punch, avec cet air incomparablement chaste que j'ai toujours pris pour une plaisanterie du Démon. Elle y choisissait ses victimes ; mais je ne regardais pas à mes successeurs. J'avais ôté mon âme de cette liaison, et, d'ailleurs, je ne traînais après moi, comme l'a dit je ne sais plus qui, la chaîne rompue d'aucune espérance trompée. Je n'avais ni dépit, ni jalousie, ni ressentiment. Je regardais vivre et agir cette femme, qui m'intéressait comme spectateur et qui cachait les déportements du vice le plus impudent sous les déconcertements les plus charmants de l'innocence. J'allais donc chez elle, et devant le monde elle m'y parlait avec la simplicité presque timide d'une jeune fille, rencontrée par hasard à la fontaine ou dans le fond du bois. L'ivresse, le tournoiement de tête, la rage des sens qu'elle avait allumée en moi, toutes ces choses terribles n'étaient plus. Je les tenais pour dissipées, évanouies, impossibles ! Seulement, lorsque je retrouvais inépuisable cette nuance d'incarnat qui lui teignait le front pour un mot, pour un regard, je ne pouvais m'empêcher d'éprouver la sensation de l'homme qui regarde dans son verre vidé la dernière goutte de champagne rosé qu'il vient de boire, et qui est tenté de faire rubis sur l'ongle, avec cette dernière goutte oubliée.

« Je le lui dis, un soir. Ce soir-là, j'étais seul chez elle.

« J'avais quitté le café de bonne heure, et j'y avais laissé le corps d'officiers engagé dans des parties de cartes et de billard, et jouant un jeu très vif. C'était le soir, mais un soir d'Espagne où le soleil torride avait peine à s'arracher du ciel. Je la trouvai à peine vêtue, les épaules au vent, embrasées par une chaleur africaine, les bras nus, ces beaux bras dans lesquels j'avais tant mordu et qui, dans de certains moments d'émotion que j'avais si souvent fait naître, devenaient, comme disent les peintres, du *ton* de l'intérieur des fraises. Ses cheveux, appesantis par la chaleur, croulaient lourdement sur sa nuque dorée, et elle était belle ainsi, déchevelée, négligée, languissante à tenter Satan et à venger Eve ! A moitié couchée sur un guéridon, elle écrivait... Or, si elle écrivait, la Pudica, c'était, pas de doute ! à quelque amant, pour quelque rendez-vous, pour quelque infidélité nouvelle au major Ydow, qui les dévorait toutes, comme elle dévorait le plaisir, en silence. Lorsque j'entrai, sa lettre était écrite, et elle faisait fondre pour la cacheter, à la flamme d'une bougie, de la cire bleue pailletée d'argent, que je vois encore, et vous allez savoir, tout à l'heure, pour-

« Je le lui dis un soir. Ce soir-la, j'étais seul chez elle...

quoi le souvenir de cette cire bleue pailletée d'argent m'est resté si clair.

« — Où est le major ? — me dit-elle, me voyant entrer, troublée déjà, — mais elle était toujours troublée, cette femme qui faisait croire à l'orgueil et au sens des hommes qu'elle était émue devant eux !

« Il joue frénétiquement ce soir, — lui répondis-je, en riant et en regardant avec convoitise cette friandise de flocon rose qui venait de lui monter au front ; — et moi, j'ai ce soir, une autre frénésie.

« Elle me comprit. Rien ne l'étonnait. Elle était faite aux désirs qu'elle allumait chez les hommes, qu'elle aurait ramenés en face d'elle de tous les horizons.

« — Bah ! fit-elle lentement, quoique la teinte d'incarnat que je voulais boire sur son adorable et exécrable visage se fût foncée à la pensée que je lui donnais. — Bah ! vos frénésies à vous sont finies. — Et elle mit le cachet sur la cire bouillante de la lettre, qui s'éteignit et se figea.

« — Tenez ! — dit-elle, insolemment provocante, — voilà votre image ! C'était brûlant il n'y a qu'une seconde, et c'est froid.

« Et, tout en disant cela, elle retourna la lettre et se pencha pour en écrire l'adresse.

« Faut-il que je le répète jusqu'à satiété ? Certes ! je n'étais pas jaloux de cette femme : mais nous sommes tous les mêmes. Malgré moi, je voulus voir à qui elle écrivait, et pour cela, ne m'étant pas assis encore, je m'inclinai par-dessus sa tête ; mais mon regard fut intercepté par l'entre-deux de ses épaules, par cette fente enivrante et duvetée où j'avais fait ruisseler tant de baisers, et, ma foi ! magnétisé par cette vue, j'en fis tomber un de plus dans ce ruisseau d'amour, et cette sensation l'empêcha d'écrire... Elle releva sa tête de la table où elle était penchée, comme si on lui eût piqué les reins d'une pointe de feu, se cambrant sur le dossier de son fauteuil, la tête renversée : elle me regardait, dans ce mélange de désir et de confusion qui était son charme, les yeux en l'air et tournés vers moi, qui étais derrière elle, et qui fis descendre dans la rose mouillée de sa bouche entr'ouverte ce que je venais de faire tomber dans l'entre-deux de ses épaules.

« Cette sensitive avait des nerfs de tigre. Tout à coup, elle bondit : — Voilà le major qui monte, — me dit-elle. — Il aura perdu, il est jaloux quand il a perdu. Il va me faire une scène affreuse. Voyons ! mettez-vous là... je vais le faire partir. — Et, se levant, elle ouvrit un grand placard dans lequel elle pendait ses robes, et elle m'y poussa. Je crois qu'il y a bien peu d'hommes qui n'aient été mis dans quelque placard, à l'arrivée du mari ou du possesseur en titre... »

— Je te trouve heureux avec ton placard ! — dit Sélune ; — je suis entré un jour dans un sac à charbon, moi ! C'était, bien entendu, avant ma sacrée blessure. J'étais dans les hussards blancs alors. Je vous demande dans quel état je suis sorti de mon sac à charbon !

« Oui, — reprit amèrement Mesnilgrand, — c'est encore là un de ces revenants-bons de l'adultère et du partage ! En ces moments-là, les plus fendants ne sont pas fiers, et, par générosité pour une femme épouvantée, ils deviennent aussi lâches qu'elle, et font cette lâcheté de se cacher. J'en ai, je crois, mal au cœur encore d'être entré dans ce placard, en uniforme et le sabre au côté, et, comble de ridicule ! pour une femme qui n'avait pas d'honneur à perdre et que je n'aimais pas !

« Mais je n'eus pas le temps de m'appesantir sur cette bassesse d'être là, comme un écolier, dans les ténèbres de mon placard et les frôlements sur mon visage de ses robes, qui sentaient son corps à me griser. Seulement, ce que j'entendis me tira bientôt de ma sensation voluptueuse. Le major était entré. Elle l'avait deviné, il était d'une humeur massacrante, et, comme elle l'avait dit, dans un accès de jalousie, et d'une jalousie d'autant plus explosive qu'avec nous tous il la cachait. Disposé au soupçon et à la colère comme il l'était, son regard alla probablement à cette lettre restée sur la table, et à laquelle mes deux baisers avaient empêché la Pudica de mettre l'adresse.

« — Qu'est-ce que c'est que cette lettre ?... fit-il, — d'une voix rude.

« — C'est une lettre pour l'Italie, — dit tranquillement la Pudica.

« Il ne fut pas dupe de cette placide réponse.

« — Cela n'est pas vrai ! — dit-il grossièrement, car vous n'aviez pas besoin de gratter beaucoup le Lauzun dans cet homme pour y retrouver le soudard ; et je compris, à ce seul mot, la vie intime de ces deux êtres, qui engloutissaient entre eux deux des scènes de toute espèce, et dont, ce jour-là, j'allais avoir un spécimen. Je l'eus, en effet, du fond de mon placard. Je ne les voyais pas, mais je les entendais : et les entendre, pour moi, c'était les voir. Il y avait leurs gestes dans leurs paroles et dans les intonations de leurs voix, qui montèrent en quelques instants au diapason de toutes les fureurs. Le major insista pour qu'on lui montrât cette lettre sans adresse, et la Pudica, qui l'avait saisie, refusa opiniâtrement de la donner. C'est alors qu'il voulut la prendre de force. J'entendis les froissements et les piétinements d'une lutte entre eux, mais vous devinez bien que le major fut plus fort que sa femme. Il prit donc la lettre et la lut. C'était un rendez-vous d'amour à un homme, et la lettre disait que cet homme avait été heureux et qu'on lui offrait le bonheur encore... Mais cet homme-là n'était pas nommé. Absurdement curieux comme tous les jaloux, le major chercha en vain le nom de l'homme pour qui on le trompait... Et la Pudica fut vengée de cette prise de lettre, arrachée à sa main meurtrie, et peut-être ensanglantée, car elle avait crié pendant la lutte : « Vous me déchirez la main, misérable ! » Ivre de ne rien savoir, défié et moqué par cette lettre qui ne le renseignait que sur une chose, c'est qu'elle avait un amant, — un amant de plus, — le major Ydow tomba dans une de ces rages qui déshonorent le caractère d'un homme, et cribla la Pudica d'injures ignobles, d'injures de cocher. Je crus qu'il la rouerait de coups. Les coups allaient venir, mais un peu plus tard. Il lui reprocha, — en quels termes ! d'être... tout ce qu'elle était. Il fut brutal, abject, révoltant ; et elle, à toute cette fureur, répondit en vraie femme qui n'a plus rien à ménager, qui connaît jusqu'à l'axe l'homme à qui elle s'est accouplée, et qui sait que la bataille éternelle est au fond de cette bauge de la vie à deux. Elle fut moins ignoble, mais plus atroce, plus insultante et plus cruelle dans sa froideur, que lui dans sa colère. Elle fut insolente, ironique, riant du rire hystérique de la haine dans son paroxysme le plus aigu, et répondant au torrent d'injures que le major lui vomissait à la face par de ces mots comme les femmes en trouvent, quand elles veulent nous rendre fous, et qui tombent sur nos violences et dans nos soulèvements comme des grenades à feu dans de la poudre. De tous ces mots outrageants à froid qu'elle aiguisait, celui avec lequel elle le dardait le plus, c'est qu'elle ne l'aimait pas — qu'elle ne l'avait jamais aimé : « Jamais ! jamais ! jamais ! » répétait-elle, avec une furie joyeuse, comme si elle lui eût dansé des entrechats sur le cœur ! — Or, cette idée — qu'elle ne l'avait jamais aimé — était ce qu'il y avait de plus féroce, de plus affolant pour ce fat heureux, pour cet homme dont la beauté avait fait ravage, et qui, derrière son amour pour elle, avait encore sa vanité ! Aussi arriva-t-il une minute où, n'y tenant plus, sous le dard de ce mot, impitoyablement répété, qu'elle ne l'avait jamais aimé, et qu'il ne voulait pas croire, et qu'il repoussait toujours :

« — Et notre enfant ? — objecta-t-il, l'insensé ! comme si c'était une preuve, et comme s'il eût invoqué un souvenir !

— « Ah ! notre enfant ! — fit-elle, en éclatant de rire. — Il n'était pas de toi !

« J'imaginai ce qui dut se passer dans les yeux verts du major, en entendant son miaulement étranglé de chat sauvage. Il poussa un juron à fendre le ciel. — Et de qui est-il ? garce maudite ! — demanda-t-il, avec quelque chose qui n'était plus une voix.

« Mais elle continua de rire comme une hyène.

« — Tu ne le sauras pas ! — dit-elle, en le narguant. Et elle le cingla de ce *tu ne le sauras pas !* mille fois répété, mille fois infligé à ses oreilles ; et quand elle fut lasse de le dire, — le croiriez-vous ? — elle le lui chanta comme une fanfare ! Puis, quand elle l'eut assez fouetté avec ce mot, assez fait tourner comme une toupie sous le fouet de ce mot, assez roulé avec ce mot dans les spirales de l'anxiété et de l'incertitude, cet homme, hors de lui, et qui n'était plus entre ses mains qu'une marionnette qu'elle allait casser ; quand, cynique à force de haine, elle lui eut dit, en les nommant par tous leurs noms, les amants qu'elle avait eus, et qu'elle eut fait le tour du corps d'officiers tout entier : « Je les ai eu tous, — cria-t-elle, — mais ils ne m'ont pas eue, eux ! Et cet enfant que tu es assez bête pour croire le tien, a été fait par le seul homme que j'aie jamais aimé ! que j'aie jamais idolâtré ! Et tu ne l'as pas deviné ? Et tu ne le devines pas encore ?

« Elle mentait. Elle n'avait jamais aimé un homme. Mais elle sentait bien que le coup de poignard pour le major était dans ce mensonge, et elle l'en dagua, elle l'en larda, elle l'en hacha, et quand elle en eut assez d'être le bourreau de ce supplice, elle lui enfonça, pour en finir, comme on enfonce un couteau jusqu'au manche, son dernier aveu dans le cœur :

« — Eh bien ! — fit-elle, — puisque tu ne devines pas, jette ta langue aux chiens, imbécile ! C'est le capitaine Mesnilgrand.

« Elle mentait probablement encore, mais je n'en étais pas si sûr, et mon nom, ainsi prononcé par elle, m'atteignit comme une balle à travers mon placard. Après ce nom, il y eut un silence comme après un égorgement. — L'a-t-il tuée au lieu de lui répondre ? — pensé-je, lorsque j'entendis le bruit d'un cristal, jeté violemment sur le sol, et qui y volait en mille pièces.

« Je vous ai dit que le major Ydow avait eu, pour l'enfant qu'il croyait le sien, un amour paternel immense et, quand il l'avait perdu, un de ces chagrins à folies dont notre néant voudrait éterniser et matérialiser la durée. Dans l'impossibilité où il était, avec sa vie militaire en campagne, d'élever à son fils un tombeau qu'il aurait visité chaque jour, — cette idolâtrie de la tombe ! — le major Ydow avait fait embaumer le cœur de son fils pour mieux l'emporter avec lui partout, et il l'avait déposé pieusement dans une urne de cristal, habituellement placée sur une encoignure, dans sa chambre à coucher. C'était cette urne qui volait en morceaux.

« — Ah ! il n'était pas à moi, abominable gouge ! — s'écria-t-il. Et j'entendis, sous sa botte de dragon, grincer et s'écraser le cristal de l'urne, et piétiner le cœur de l'enfant qu'il avait cru son fils !

« Sans doute, elle voulut le ramasser, elle ! l'enlever, le lui prendre, car je l'entendis qui se précipita ; et les bruits de lutte recommencèrent, mais avec un autre, — le bruit des coups.

« — Eh bien ! puisque tu le veux, le voilà, le cœur de ton marmot, catin déhontée ! — dit le major. Et il lui battit la figure de ce cœur qu'il avait adoré, et le lui lança à la tête comme un projectile. L'abîme appelle l'abîme, dit-on. Le sacrilège créa le sacrilège. La Pudica, hors d'elle, fit ce qu'avait fait le major. Elle rejeta à sa tête le cœur de cet enfant qu'elle aurait peut-être gardé s'il n'avait pas été de lui, l'homme exécré, à qui elle eût voulu rendre torture pour torture, ignominie pour ignominie ! C'est la première fois, certainement, que si hideuse chose se soit vue ! un père et une mère se souffletant tour à tour le visage, avec le cœur mort de leur enfant !

« Cela dura quelques minutes, ce combat impie... Et c'était si étonnamment tragique, que je ne pensai pas tout de suite à peser de l'épaule sur la porte du placard, pour la briser et intervenir... quand un cri comme je n'en ai jamais entendu, ni vous non plus, messieurs, — et nous en avons pourtant entendu d'assez affreux sur les champs de bataille ! — me donna la force d'enfoncer la porte du placard, et je vis... ce que je ne reverrai jamais ! La Pudica, terrassée, était tombée sur la table où elle avait écrit, et le major l'y retenait d'un poignet de fer, tous voiles relevés, son beau corps à nu, tordu, comme un serpent coupé, sous son étreinte. Mais que croyez-vous qu'il faisait de son autre main, messieurs ?... Cette table à écrire, la bougie allumée, la cire à côté, toutes ces circonstances avaient donné au major une idée infernale, — l'idée de cacheter cette femme, comme elle avait cacheté sa lettre, — et il était dans l'acharnement de ce monstrueux cachetage, de cette effroyable vengeance d'amant perversement jaloux !

— JAMAIS ! JAMAIS ! JAMAIS ! RÉPÉTAIT-ELLE

« — Sois punie par où tu as péché, fille infâme ! — criait-il.

« Il ne me vit pas. Il était penché sur sa victime, qui ne criait plus, et c'était le pommeau de son sabre qu'il enfonçait dans la cire bouillante et qui lui servait de cachet !

« Je bondis sur lui ; je ne lui dis même

« Sois punie par ou tu as péché, fille infame !... » cria-t-il.

pas de se défendre, et je lui plongeai mon sabre jusqu'à la garde dans le dos, entre les épaules, et j'aurais voulu, du même coup, lui plonger ma main et mon bras avec mon sabre à travers le corps, pour le tuer mieux ! »

— Tu as bien fait, Mesnil — dit le commandant Sélune ; — il ne méritait pas d'être tué par devant, comme un de nous, ce brigand-là ! »

JE JETAI UN DERNIER REGARD SUR CE CORPS SUPERBE ET MUTILÉ.

— Eh ! mais c'est l'aventure d'Abailard, transposée à Héloïse ! — fit l'abbé Reniant.

— Un beau cas de chirurgie, — dit le docteur Bleny, — et rare !

Mais Mesnilgrand, lancé, passa outre :

« Il était, — reprit-il, — tombé mort sur le corps de sa femme évanouie. Je l'en arrachai, le jetai là, et poussai du pied son cadavre. Au cri que la Pudica avait jeté, à ce cri sorti comme d'une vulve de louve, tant il était sauvage ! et qui me vibrait encore dans les entrailles, une femme de chambre était montée. « Allez chercher le chirurgien du 8e dragons ; il y a ici de la besogne pour lui, ce soir ! » Mais je n'eus pas le temps d'attendre le chirurgien. Tout à coup, un boute-selle furieux sonna, appelant aux armes. C'était l'ennemi qui nous surprenait et qui avait égorgé au couteau, silencieusement, nos sentinelles. Il fallait sauter à cheval. Je jetai un dernier regard sur ce corps superbe et mutilé, immobilement pâle pour la première fois sous les yeux d'un homme. Mais, avant de partir, je ramassai ce pauvre cœur, qui gisait à terre dans la poussière et avec lequel ils auraient voulu se poignarder et se déchiqueter, et je l'emportai, ce cœur d'un enfant qu'elle avait dit le mien, dans ma ceinture de hussard. »

Ici, le chevalier de Mesnilgrand s'arrêta, dans une émotion qu'ils respectèrent, ces matérialistes et ces ribauds.

— Et la Pudica ?... — dit presque timidement Rançonnet, qui ne caressait plus son verre.

« Je n'ai plus eu jamais des nouvelles de la Rosalba, *dite* la Pudica, — répondit Mesnilgrand. — Est-elle morte ? A-t-elle pu vivre encore ? Le chirurgien a-t-il pu aller jusqu'à elle ? Après la surprise d'Alcudia, qui nous fut si fatale, je le cherchai. Je ne le trouvai pas. Il avait disparu, comme tant d'autres, et n'avait pas rejoint les débris de notre régiment décimé. »

— Est-ce là tout ? — dit Mautravers. — Et si c'est là tout, voilà une fière histoire ! Tu avais raison, Mesnil, quand tu disais à Sélune que tu lui rendrais en une fois la petite monnaie de ses quatre-vingts religieuses violées et jetées dans le puits. Seulement, puisque Rançonnet rêve maintenant derrière son assiette, je reprendrai la question où il l'a laissée : Quelle relation a ton histoire avec tes dévotions à l'église, de l'autre jour ?..

« C'est juste, — dit Mesnilgrand. — Tu m'y fais penser. Voici donc ce qui me reste à dire, à Rançonnet et à toi : j'ai porté plusieurs années, et partout, comme une relique, ce cœur d'enfant dont je doutais ; mais quand, après la catastrophe de Waterloo, il m'a fallu ôter cette ceinture d'officier dans laquelle j'avais espéré de mourir, et que je l'eus porté encore quelques années, ce cœur, — et je t'assure, Mautravers, que c'est lourd, quoique cela paraisse bien léger, — la réflexion venant avec l'âge, j'ai craint de profaner un peu plus ce cœur si profané déjà, et je me suis décidé à le déposer en terre chrétienne. Sans entrer dans les détails que je vous donne aujourd'hui, j'en ai parlé à un des prêtres de cette ville, de ce cœur qui pesait depuis si longtemps sur le mien, et je venais de le remettre à lui-même, dans le confessionnal de la chapelle, quand j'ai été pris dans la contre-allée à bras-le-corps par Rançonnet. »

Le capitaine Rançonnet avait probablement son compte. Il ne prononça pas une syllabe, les autres non plus. Nulle réflexion ne fut risquée. Un silence plus expressif que toutes les réflexions leur pesait sur la bouche à tous.

Comprenaient-ils enfin, ces athées, que, quand l'Eglise n'aurait été instituée que pour recueillir les cœurs -- morts ou vivants — dont on ne sait plus que faire, c'eût été assez beau comme cela?

— Servez donc le café! — dit, de sa voix de tête, le vieux M. de Mesnilgrand. — S'il est, Mesnil, aussi fort que ton histoire, il sera bon.

Pour paraître le 1er Décembre

CÉLESTE PRUDHOMAT, par **Gustave GUICHES.**

ILLUSTRATIONS DE RENÉ LELONG.

Dans la même Collection ont paru :

CRUELLE ÉNIGME, par **Paul BOURGET**, de l'Académie Française.
ILLUSTRATIONS DE A. CALBET.

FLIRT, par **Paul HERVIEU**, de l'Académie Française.
ILLUSTRATIONS DE F. BELLENGER.

LA MAISON DES DEUX BARBEAUX, par **André THEURIET**
de l'Académie Française.
ILLUSTRATIONS DE HUARD.

L'ABBÉ JULES, par **Octave MIRBEAU.**
ILLUSTRATIONS DE HERMANN-PAUL.

LES TRANSATLANTIQUES, par **Abel HERMANT**
ILLUSTRATIONS DE HERMANN-PAUL.

ANDRÉ CORNÉLIS, par **Paul BOURGET**, de l'Académie Française.
ILLUSTRATIONS DE STARACE.

LA GLU, par **Jean RICHEPIN.**
ILLUSTRATIONS DE LAURENT-DESROUSSEAUX.

SIRE, par **Henri LAVEDAN**, de l'Académie Française.
ILLUSTRATIONS DE CONRAD.

L'INCONNU, par **Paul HERVIEU**, de l'Académie Française.
ILLUSTRATIONS DE H. MORIN.

Achevé d'imprimer
Pour M. Arthème FAYARD
sur les presses de la maison
WELLHOFF et ROCHE

www.ingramcontent.com/pod-product-compliance
Ingram Content Group UK Ltd.
Pitfield, Milton Keynes, MK11 3LW, UK
UKHW020917180726
13838UKWH00002B/590